离婚找导师

颜桥 / 著

山东画报出版社

序

离婚导师，必有一款适合你

在网上搜索关键词"离婚公司"，大量离婚地下中介充斥其中，网页内容都很通俗，诸如：偷情取证、代打官司、出轨考察、财产顾问、情感困惑等各色名目。一个普通中国人离婚，涉及的是一条庞大的流水线。世界上其他国家的人离婚，绝没中国人这么累。中国式离婚的"困局"，不在离婚，而在于"中国"两字，正如小说所写：

> 老公养狗老婆不爱的，离婚！婆婆不满媳妇面相、不旺夫的，离婚！老公长得和我爸太像的，离婚！……

旧有的价值观认为，离婚是件坏事，但是真遇到离婚，如果有一个服务机构就好了，于是大量"中国式离婚公司"应运而生。小说虚构的就是一群三教九流的人组成的"山寨离婚团"：心理学家、星座情感专家、居委会大妈、追债公司打手、离婚律师……这些人"乱炖"在一个名叫"祝你幸福"的离婚公司一同创业。他们持有的婚姻价值观也大相径庭,甚至互相冲突,但依然各自为政,有负责心理分析的,有负责星座匹配的,有负责财产分割的,还有治疗离婚抑郁的。各种闲杂人等,为的只是提供一种"无痛离婚辅导"的特别服务。

这些离婚导师,都怀有一个"中国梦":能让中国人毫无痛苦、快乐和谐地离婚。所以他们打出"无痛离婚""微信试离婚"的噱头,赚足眼球。同时,这个四不像的离婚公司也折射出中国人在"离婚潮"时期的喜怒哀乐。而这些试图解决中国人离婚的"偏方",本身就是荒诞的缩影。貌似荒诞,实则无奈。

感谢占星师 Amor 邀请我参加"大卫·瑞雷工作坊",从而使我有了创作书中女主人公的灵感。特此鸣谢。大凡相信占星的人群,只是要给生活"一个可以解释的理由"。离婚也是如此,我们只是需要一套说服自己的方式,这样可以减少离婚带来的焦虑感。离婚公司贩卖的不是科学,而是庞杂的草根生存价值,所以小说里的"星座速配""评书劝和""麻将说和"都大行其道,越是民间的、草根的、偏方的,就越受欢迎。人们只是需要给离婚一个可以说服自己的理由罢了。

这是一个绝对接地气的公司,创始人李德生是一位有抱负的心理学家,企图科学预测中国人的婚姻(大数据离婚)。但当各种江湖人士加盟后,这个草根离婚公司就不再受控制,它变得像中国人离婚的实验室,接受各种价值冲刷,最后幸存下来,熠熠生辉。

离婚找导师,像一句广告词。每个准备离婚的人,都需要几根救命稻草,这样的离婚机构不是太多,而是太少。也许在今后几年,中国大量正规营业的"离婚公司"能得到社会公众认可，不需偷偷挂牌营业。离婚公司会扮演重要的角色，他们降低离婚可能对社会造成的冲突，让你不致于在离婚困境里陷入两难。而自然大量的"离婚杂症"也就推给那些离婚导师，他们在处理问题的同时，也可能会陷入自己人生的困顿里。导师心里比常人更苦。

离婚，找导师。就像你打110一样，那是离婚泥淖里的110。

颜 桥

2014年6月

目 录

1. "祝你幸福"婚姻事务所 / 1
2. 酒吧"泼妇" / 6
3. 离婚,就像天气预报 / 9
4. 为"女神"打工 / 13
5. 天平是礼貌的白羊 / 16
6. 有个丈母娘,活得像只羊Ⅰ / 20
7. "卖萌"干洗服务 / 23
8. 轨道内离婚 / 25
9. 有个丈母娘,活得像只羊Ⅱ / 27
10. 备胎的备胎,算备胎吗? / 29
11. 有个丈母娘,活得像只羊Ⅲ / 31
12. 这占星师有点"二" / 34
13. 醒木劝和张大姐 / 38
14. 有个丈母娘,活得像只羊Ⅳ / 42
15. 临"危"受命 / 44
16. 老板有秘密 / 48

17. 白羊世家列传 / 51

18. 逃离爱的地心引力 / 55

19. 革命不是请客吃饭 / 57

20. 马律师咨询中…… / 61

21. 有个丈母娘，活得像只羊V / 64

22. "安全"专家特招 / 67

23. 想念是一片"海" / 71

24. 为了忘却的纪念 / 73

25. 有个丈母娘，活得像只羊VI / 76

26. 劝和，还是劝离 / 78

27. 煽煽风，点点火 / 81

28. 淘宝007的秘密武器 / 84

29. 活在别人的故事里 / 90

30. 凶宅夜未眠 / 91

31. 革命友谊交流会 / 93

32. 孙璐璐的"路" / 99

33. 当"路"撞到"海" / 103

34. 当"海"遇见"路" / 106

35. 林木森的"木" / 110

36. 一场说走就走的旅行 / 113

37. 好好谈恋爱 / 121

38. 马"表哥"的春天 / 123

39. 解聘风波 / 128

40. 等不及了，好朋友 / 131

41. 三人同舟 / 136

42. 高三（1）班 / 138

43. 见义勇为的流氓 / 140

44. 分居狙击战 / 143

45. 分居狙击战 Ⅱ / 147

46. 最后一次，狐步舞 / 151

47. 反猫眼的寂寞 / 155

48. "海""路"又交汇 / 157

49. 和女巫谈谈心 / 161

50. 业余保镖 / 163

51. 妈妈的旅行 / 166

52. 马律师的攻心计 / 168

53. 微信试离婚 / 171

54. 马律师的幸福彩票 / 173

55. 还原"现场" / 175

56. 恐机狂去美国 / 177

57. 告别梦幻 / 180

58. 难兄难弟一壶酒 / 182

59. 最老的实习生 / 184

60. 布谷鸟有话说 / 186

61. 备孕别动队 / 189

62. 莫斯科红场之旅 / 192

63. 和为贵，脸皮次之 / 195

64. 撤资风波 / 196

65. 感冒的百万富翁 / 199

66. 马董事入股 / 201

67. 棒棒糖的梦 / 202

68. 老舅潜水表 / 205

69. 巨鲸餐厅 / 206

70. 林木森的战斗 / 208

71. 林木森的战斗Ⅱ / 212

72. 夫妻暗战 / 214

73. 路遥知马力 / 216

74. 无痛离婚 / 218

75. 爱情"夹心"汉堡 / 220

76. 试离婚测试题 / 224

77. 试离婚倒计时 / 226

78. 孙母来袭 / 230

79. 父女是冤家 / 232

80. 父女是冤家Ⅱ / 234

81. 牙齿谈恋爱 / 236

82. 二舅过招 / 239

83. 丑舅见公婆 / 241

84. 恶评风波 / 243

85. 娜拉出走 / 245

86. 偷户口本的"二舅" / 249

87. 二舅的绝地反击 / 252

88. 预约分离 / 254

89. 超级合伙人 / 256

90. 劝女离婚 / 258

91. 死缠烂打的二舅 / 263

92. 竞敌出现 / 265

93. 黑客的自白 / 267

94. 应似故人来 / 269

95. 海的求婚 / 271

96. 不是结局的结局 / 273

1. "祝你幸福"婚姻事务所

张锦华走在喧闹的路上,被汽车尾气呛得直犯晕。城里不比家里,出门习惯大口吸一口气,满肺满肺的。这里的天,阴霾阴霾的,呼吸谨慎微小,不能大口呼气,也不能大口吸气,做啥都窝窝囊囊的,中不溜秋的,叫人不够痛快。话说回来,谁叫她有一个嫡亲闺女在城里。

张锦华的闺女,在城里有一份体面的工作,大学教师。女婿是一名优秀的会计老师,就是教人算账的老师。双教师家庭,老多人羡慕。两人一切都好,万事俱备,只差一娃。女儿怕老娘在家闲出毛病,就叫她来城里一同住。

张锦华一看,哇哈嘿!人家娃儿满仓满谷的,自己却栖下无孙。本想在城里谋个保姆的活聊以自慰,但带孩你就带孩呗,人家问学历多少,有无经验,有无健康证明,是否二婚,会几国外语。又不是和八国联军谈判,咱带娃的学啥外语?

张锦华,认识的都叫她一声"张姐",徐娘半老,直奔中老年,新名词,属于"青黄老太"。说她是老太太,嫩一些,说是大姐,老一点。老太太,和庄稼似的,一茬一茬地长,遇到青黄不接的年份,小老太当成大娘使,故曰:青黄老太。

面试的时候常被叫成"张——金——花",张姐帮着纠正:"同志,我叫张锦华,不是张金花。"

"大婶,问你个问题呀,金花是南瓜结的花吗?"

"……"

这城里人心里有几道弯,弯里有几道门,门上有几根钉,钉上有几只苍蝇,张姐都不晓得,她只是一个投奔女儿来的"毛脚丈母娘"。

这已经是这礼拜的第十五家了。张姐姐从大衣口袋里摸出老花镜:

公司:祝你幸福婚姻事务所

地址:东城区安定门安定大街安定胡同　怡家小院888号

这城里的楼,动不动就是几F呀几A。一栋楼还要分东南西北区,是北区还是南区,是一单元还是二单元?大家都好像住在蜂巢里,一格格的,贼难分得清。好不容易你上了8楼,人家告诉你这里没有821。这都八楼,怎么就没有821?人家说,这是B区,你那是A区821。

但这个啥啥事务所,所却在北京一条安静的胡同内,胡同里没多少人走动,还有人蹲在路边惬意地刷牙,一副没睡醒的样子。公厕上男和女的大字,画着圈,还是白漆刷上去的,充满20世纪80年代的怀旧气息,这让张锦华感到很亲切。

她穿过长长的里巷,见到一间清雅的四合院,门口两簇竹子。两盏红色灯笼,上书两字:离婚。这离婚还用红色喜庆字,头回见。大门口挂着"祝你幸福离婚事务所"的牌匾,红色字,端正。进门却很现代化,四合院里头玻璃房子居多。一间玻璃房,一个男人跪着哭,抱着一个女人的腿。女人恨不得踹他。忽然,里面一个女人抄起东西就朝玻璃砸,哐当,把张姐吓得一哆嗦。只见玻璃上挂了一块牌子,上书:婚姻调解室。忽然门口一位男士放鞭炮,噼里啪啦,他高呼:"离婚啦!Oh yeah!"他伸出剪刀手,在门口自拍,然后像羚羊一样奔走。张姐想,乖乖,这都是些什么怪胎,此机构莫不是邪教组织吧?

调解室对面的墙壁上,贴着一张"祝你幸福"的标语:

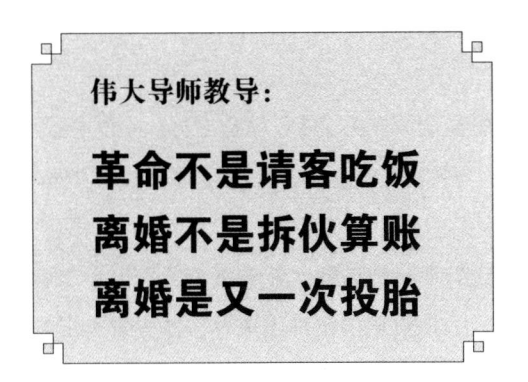

> **伟大导师教导:**
>
> **革命不是请客吃饭**
> **离婚不是拆伙算账**
> **离婚是又一次投胎**

张姐纳闷,这都哪个导师说的。又见一块牌子,上书:婚姻观察室。前方有一块毛笔手写竹牌:CEO办公室。张姐用待见UFO的热情,走进门。办公室里,没有搪瓷茶缸,没有烟头,空荡荡的。对面坐着位戴黑框眼镜的后生,说不老,岁数貌似也不小。你要说老呢,这后生给人有股初生牛犊不怕虎的架势,浓眉大眼,一张嘴一口白牙。张姐没敢抬头,用眼睛余光瞥见两条很浓的眉毛,扭成倒八字,向上簇,真是两条烦恼的眉毛!倒八眉,有一点不好的,短命!张姐连忙拉回元神。

后生戴着大耳麦,坐在那儿盯着几个电视屏一样的东西,说道:"切换二号调解室信号,一号出现剧烈争吵,速派送调解员。二号离异家庭,申请导师调解。"他看见张姐,迅速拿下耳麦。

"大姐,请坐。您知道我们公司是干嘛的吗?"

"不晓得,好像和离婚有关。"

"大姐，我们是离婚辅导机构。"

"夫妻调解吧，不是我张锦华夸海口，在居委会十六年，经我们二办调解的夫妻，不下数百，都是哭天抢地来的，欢天喜地回的。"张姐鼓起勇气，开始痛说居委会革命家史。

"二办？"

"颜桥村居委会第二办公室，简称二办。一办主要办理准生证明、计划生育规划、外来人口登记，二办主要是夫妻调解、破裂复合、开死亡证明……"

"你知道我们平时都做什么业务来着？"

"不清楚。"张姐觉得还是谨慎点，让人家告诉好些。

浓眉毛忽然向内结实地构成一个烦恼的"八"。

"大姐，'祝你幸福'是一家以离婚事务为主体的服务公司，通俗点，就是给你解决要不要离婚，怎么快乐离婚，怎么重新开始生活的离婚辅导公司。"黑眼镜忽然站起来，伸出一只手，很有力地握了下张姐的手，"我叫李德生，您可以叫我德生。"德生，这不是收音机的名字？张姐想。后生笑起来："大姐，依您这些年的调解经验，您对快乐离婚怎么看？"

"这离婚还有快乐的？"张姐问道，"谁真想离婚，都是些气话，去去火、降降温、消消气，十有八九就离不了。"

"大姐，假如我要你做的，包括规劝人离婚呢？"

"啊呀！不是劝和，是劝离啊！"张锦华才明白过来，"劝离？这可是被人刨祖坟的活呀！这把老骨头，还棒打鸳鸯，天各一方。福德耗尽，报应不爽！"她边说边要撤。

德生笑道："大姐，你看这样，公司新成立，急需婚姻调解员，留个联系方式！您再考虑考虑？我们是让该离婚的人，早脱离苦海。"

张姐嘟囔着嘴巴，忽然想起那句标语，小声凑过来说："新的投胎？我懂！理，是这个理；道，却不是好条道！这年头，谁离婚你跟着瞎掺和，就和你解手，托个人代擦，你擦得干净？"

话虽粗俗，理却有点对。李德生觉得这老太太，说话一套套，有点意思。他高兴地拍了张姐肩头一下，张姐被这个动作本能地吓退一步。

德生眉毛忽然放下来，温暖地看着这位老大姐："大姐，时代不同了。你知道这个城里有多少人离婚？39%！10个人，就有4个闹离婚，也许就是你邻居，也许就是你女儿！"

"呸呸呸！真不吉利！"李德生忽然看到张姐朝自己呸口水，他慌忙躲远些。张姐觍着脸道："我女儿今年才结的婚，刚俩月，真晦气！"

德生看着这位大姐像躲避瘟疫一样迅速离开，他才意识到，这个"中国"已经不是十年前他上哈佛学习前的那块"大陆"，一切变得模糊、陌生、生猛、刺激。

楼市有风险
离婚需谨慎

2013年，上海、青岛等地婚姻登记处贴出这样的"预警告示"。

因房子限购、孩子上学等社会问题，不少夫妻陷入走投无路"假离婚"的困境。

2. 酒吧"泼妇"

面试一整天，李德生发现，在中国开一家离婚公司，费牛鼻子劲儿。国内的人，觉得离婚是一件羞于告人的事。所谓家丑不外扬，谁愿意找个中间方，搅屎棍。目前中国人的离婚业务，最成熟的就是离婚财产咨询。中产离婚，本身就是一笔好买卖。可以说，离婚，才是改变命运的第一生产力。

德生想到一个人，或许适合。他拨通电话，约老同学马力出来聊聊。李德生有个奇怪的癖好，去一家餐厅，必须每次坐在同样的位置，点同一道菜。即使这家餐厅拆迁，新餐厅开张，沧海桑田，他依然会坐在同样的位置上。他坚定地认为，浩渺宇宙里，只有一个点，最适合沉思和寻找灵感。

餐厅很安静。李德生看到边上桌有一本《Monocle》，这是他在国外每期都翻的杂志，国内居然有人这么好品味。忽然，他发现不远处有个短发女孩直盯着自己，脸上露出奇怪的表情。她端起一杯酒，款款走来，似嫣然一笑。她戴着两个很夸张的耳环，看上去像考拉的耳朵形状。女孩摇动手中酒杯，橙黄的液体被灯光照耀，流光溢彩。

女孩上前第一句就问他："你认识黄雯吧？"她语速很快，像炒豆子，可惜锅里就几颗豆子。

李德生很诧异："你怎么知道？"

女孩忽然很激动："若要人不知，除非己莫为。搞大人家肚子，还装成不熟……"

李德生慌忙道:"等一下,你搞错人了吧?"

但已经来不及了,李德生感到一股金色的抛物线迎面扑来,像只下山的孟加拉虎。接着,他感到脸上一阵冰凉,身上有白色的东西,是酒杯里的冰块。

"黄雯是我客户,冤有头债有主,我叫杨丽琪!酒算我请,干洗费寄我那。"女子丢出一张名片,扬长而去。

李德生顿觉世界兵荒马乱,莫名奇妙让人泼了,好在只是酒。

桌上安静地躺着一张名片:

杨丽琪　失恋咨询　占星师

女人去得无影无踪。野马一样的女子,浇完就走,让你找不到草原。

失恋咨询?占星?德生脑子都大,莫不是失恋了?失恋也不会把这款1988年波尔多产的干红当水泼,1瓶2300元呢,李德生几次想拿下,都克制了。德生用手指蘸了点酒,偷偷搁到嘴上一吮,四顾无人。今天真够衰到底,遇到女神经病。

马力又迟到了,这位老同学从未准时过。他的口头禅就是:"今儿个,我请!"他用右手从左边口袋艰难地作掏钱状,然后定格,再定格,这样就可以延迟买单,待对方早把单买了。他迅速说:"讨厌,怎么好意思呢。下次我来!哎,真不好意思!"其实,他不好意思好些年了,从没羞愧过,正是依靠这种不知羞耻的脾性,成为一名著名的离婚律师。

马力看到李德生满身酒渍,说:"嚄,不是第一场?声色犬马,杯盘狼藉呢。今儿个我请,我请!"李德生用餐巾纸擦着身上污渍,说:"不用了,有人刚请过了。说正事,我这次回国你知道的,开家离婚公司。这些年，你也积累了不少的离婚案件经验，希望你可以过来帮我。"马力一脸为难地说："老同学，你知道，我挂了个律所。一年几十万，纯毛利。不想挪了，太累。"

李德生搅动咖啡："那不勉强你，这次黄雯给我一千多万启动这个公司，但中国离婚服务市场，我们不是很了解……"

马力打断说："等等，你俩不是离了吗？她还给你这个'前夫'这么一大笔，算赡养费吗？"

李德生惊讶地说："你怎么知道我们的事？"

马力马上拿出手机念："本人与李德生先生，依据美国哈佛心理学系'离婚大数据研究所'测试结果，实行试离婚（一年分居）。在此期间，反思婚姻各项满意度，届满一年，告示亲友婚姻何去何从。"

马力说，自己一直在留心老同学的博客和微博，当他第一时间获悉德生和黄雯试离婚的消息后，深表痛心。他说这话时却隐约有一种按捺不住的幸灾乐祸，然后马上恢复成一副假惺惺的关心语气。离婚律师据说有一百副假面，都写着：同情，同情，同情。

马力忽然问："国外还时兴试离婚？你们是咋打算的。"

德生似乎一点不想谈和老婆的事情，他嘴巴很严。

马力说："我忽然改变主意了。强龙还需地头蛇，有外来的和尚，还需本土的道士做道场，我愿意加入公司，尽绵薄之力，以慰同窗之谊。"马力没什么文化，却喜欢卖弄古雅。

马力又问了句："黄雯会回中国吗？"这是他最关心的。

德生说："她是董事，会不定期来！我们目前关系如何，不妨碍我们在公司的 parter, 联席合伙。即便离婚夫妻一起创业，在美国也是很正常的事。"

"美国人挺不符常理的,留个前妻前夫创业,后患无穷。我要是你,就立马离!"马力当年也追求过黄雯,狗嘴吐不出象牙,句句旁敲侧击。

"谢谢!"李德生不让他说完。

马力忽然把头凑到德生耳边:"关于期权和股份,你知道的。"

"你提个要求。"

"那怎么好意思。怪不好意思!哈哈哈。怎么好意思,今天我请!"

德生很快说:"那你请!"

马力忽然被这几个字击中,呆在那,半天才缓过来。

"好,我请!真我请?"

3. 离婚,就像天气预报

李德生拿出哈佛大学的毕业照。这是两人的合影,一位女子身穿博士服,微笑着,李德生拧着眉毛,一脸心事,他用一只会思考的眉毛思考了三十七八年,直到他决定"试离婚"。

恩格斯在其著作《家庭、私有制和国家的起源》中谈到,人类对婚姻的理解不断随着社会思潮的改变而改变。李德生读博士的时候,感兴趣的研究方向是:离婚研究。

他与导师在《科学》发表重磅文章《水稻种植与离婚率》,通过大数据理论分析,对中国南方六省水稻数据与离婚数据对比,发现种植水稻地区的南方离婚率要普遍低于北方。由此得出,水稻文化更注重集体主义，而小麦种植地区更偏重个人主义。这种"大数据文化模型"被广泛引入"离婚预测"。李德生坚信掌握大数据运算方式，最终可以在不同种族和地域，建立个人化的离婚概率预测，由此人类离婚就和天气预报一样，具备可预测性。[1]

李德生虽说迂腐，但却身怀科学家的情怀，总想给后世留下一些研究成果，就好比牛顿发现万有引力，爱因斯坦发现相对论。大数据离婚，就是离婚研究领域的"万有引力"。按照这个大胆的构想，未来人类的离婚决策，就像天气预报一样简单，将大数据输入特定数学运算模型，在离婚数据库里进行运算，最后测算出夫妻离婚的可能性（离婚概率）。譬如湿度90%，天气就很可能会下雨。

假如你在哈佛大学的林荫道上遇到戴着黑框眼镜的李德生，他便会从一个婚姻科学家的角度向你阐述离婚的生活美学，剥离那些复杂的心理学术语，仅仅罗列一些观点，你就知道他仿佛泡在一种酸酸的学究泡菜坛子里，一股子替全人类操心的苦情状。

1. 离婚，不只是一种法律关系的解体，作为法律关系终止的离婚是短暂的，但从对方生活习惯、思维方式乃至心灵创伤中走出，则需要相当漫长的时间。

2. 离婚决策，不是等婚姻无法维系才进行"决策"，结婚后就需要定期评估。这就和你修车的道理一样，年检不达标，就要考虑保养或二手转让。等到老牛破车再离，损失就大发了。

3. 正如恋爱需要心理辅导，离婚更是需要一个强大高效的团队和导师。离婚导师会成为中国婚姻市场的新生力量，自己离婚太累，

---

[1]作者虚构了李德生"大数据离婚的理论及研究情况"，但《科学》上确曾发表过《离婚率与水稻种植研究》的文章。

在"导师"指导下离婚会成为未来的主流生活方式。离婚导师、律师和医生,都会成为主流职业。

想离婚,问导师。现在最为紧迫的是发明一套科学的离婚咨询理论,再通过"婚姻事务所"这种连锁组织,最终把离婚咨询普及开来。李德生正是为了这个启蒙理想,与妻子黄雯建立了离婚研究的实验室。实验室把征集到的 1250 对夫妻分为两组,一组为有明确离婚意向的自愿者,一组为婚姻融洽的夫妻。他们采集各对夫妻的电话聊天记录、邮件和聊天软件记录,评估双方对婚姻价值的相容性;采集大量个体相关的"离婚大数据",包括城市状态、收入差异、家庭教育状况、职业差异等等,根据大数据来评测夫妻各种参数的冲突程度。李德生预感自己或许将要改变世界。但黄雯却觉得,这是科学家发疯的征兆。大师离疯子,有时只有一步之遥。

那天,下着雨,黄雯和他在落地窗前。黄雯问:"德生,你对自己离婚研究的准确性怎么看?"德生推了下眼镜,他总禁不住把眼镜推上去,好像自己的鼻头是一个滑雪场的甬道。

"我觉得离婚决策是心理学与经济学的交叉学科,只要我们得到的数据足够多,就可以很无限精确靠近离婚预测。"

黄雯说:"你能预测下一步我打算做什么吗?"

德生抬头看了她一眼:"怎么忽然跳到这个话题?"

"我想了好久,我们暂时分开一段吧。"黄雯冷冷地说了一句。

"怎么,不是一切都好好的?"

"你的理论才是你的结发妻子,我不是。我需要的是老公,不是战友。"

"老公不就是一位有共同梦想的战友吗?"

"你真觉得老公是战友吗?"

"在婚姻里,有共同价值观的伴侣,76% 会在婚姻中产生愉悦感和幸福感!"

"够了够了,又是数据!报告!问卷!我是个女人。女人需要一种感觉,幸福就是一种感觉。我现在觉得不幸福。"

"感觉是靠不住的,感觉往往是错觉!"

"可我不需要一个数据和预测来证明我是否幸福。"

"……"

"我们先分居,试离婚一段。"黄雯有一种厌倦感,她把一份报告丢给老公。

"我做了一下你的离婚心理测试,我们未来离婚的概率是98.79%,你相信科学还是相信感觉?我只问你一次!"

"这……"这可真把李德生问住了,理论是自己千辛万苦建立的,不能打自己的脸。

"宇宙中的真理太多,真爱或许只有一个。"黄雯忽然说,"你还是捍卫你的理论吧。"

德生忽然不知道说什么了,依照自己的研究,试离婚是最明智的选择。

所谓试离婚,就是在一定约定周期,双方模拟离婚情境,做出相应心态调整。试离婚的双方,可以在合同契约上附带约束,试离婚周期完毕后,再讨论是否离婚。一旦试离婚开始,双方已经是心理意义上的"前夫前妻"了。

德生原本就打算回国,开展一项中国人离婚研究的调查,现在似乎更有理由去了。

飞机起飞前，黄雯告知：项目经费已经审批，200万美金，这笔经费是黄雯申请到的。某种意义上，李德生只是理论家，黄雯才是实干派。黄雯牢牢控制住一切生杀大权，但德生总是把自己包装成精神导师，这点看官很容易理解：马克思发明理论，毛泽东改造世界。

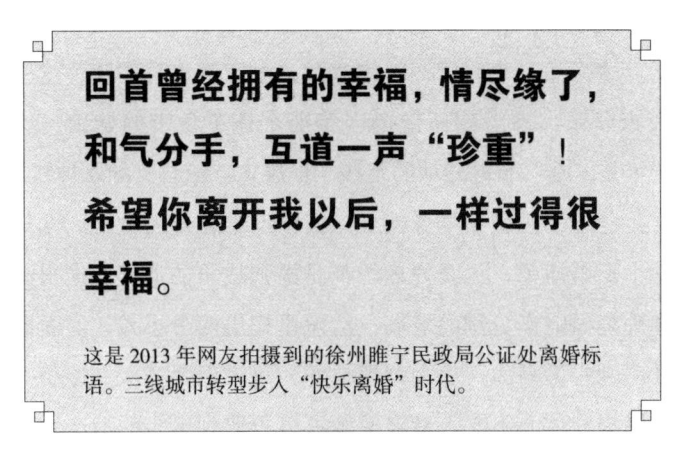

> **回首曾经拥有的幸福，情尽缘了，和气分手，互道一声"珍重"！希望你离开我以后，一样过得很幸福。**
>
> 这是2013年网友拍摄到的徐州睢宁民政局公证处离婚标语。三线城市转型步入"快乐离婚"时代。

4．为"女神"打工

正当李德生看毕业照那会儿，马力也从抽屉里拿出自己中学的毕业纪念照，齐刷刷的五六排人站得笔直。他把照片上的尘土吹干净，重新放在醒目的位置。

马力站在第三排的中央，挨着德生。马力拿出放大镜，在他俩正下方，站着一位青涩的梳着羊角辫的女生，自然是黄雯了。黄雯插在这两人之间。马力满脸红色痘包，虽在黑白照片基调里，依稀可见到"月亮上的环形山"。

马力成绩一般，只考上本地很一般的大学，不比德生和黄雯，一直名列前茅，一起考上北京大学。后来，又一起去了美国。后来，干脆一起结了婚，再后来，还给马力寄来红色结婚请帖，并且附上一张婚纱照。你说气人不气人！这时，马力脸上的青春痘已成了暗色的痘印。

马力觉得造化弄人，也许自己当初成绩好一点，三人一起去了北京，公开追求黄雯，没准可以和李德生背水一战，鹿死谁手，亦未可知。这当然只是假设，白驹过隙，大家都直奔中年，这三人团已经久未联系，马力却还记得当年那个梳羊角辫的姑娘，这是他三十七年来，唯一非常心动的女孩。他决定：给自己的女神打工！

男女定律往往是你单身越久，就越没有恋爱的欲望。尤其马力还是一个离婚律师，每天处理的都是婚姻战争的遗迹。记得有次，一位办理离婚财产分割的老婆，从包里掏出两个小人，上面插满了大头针。她告诉马力，从大师那请的，每天诅咒三次，让小三和前夫财运受损，体力不支，最终使她可以争取到更多的财产。他瞪圆双眼，女人哇，可怕！他已经很多年不知道女人的味道。三月不知肉味，但女人可比男人凶猛，不惹为妙。

马力来到德生的办公室，把北京四合院折腾成这个鬼样子，外面古典，里面前卫，像一个大实验室。马力看到"宣泄室"上两把剑，嘴里啧啧。德生说，以后你就知道了，有些婚姻矛盾是不可调和的，唯有生死一斗。马力问效果如何，德生说，其实把情绪宣泄掉，人才会理智。

德生指着对面几间办公室，说："那间就是你的办公室。"马力看着德生的办公室边上有一间很大的办公室，就问那是谁的办公室。德生说，这是给黄雯准备的董事办公室。马力看了下自己的办公室说："我的眼睛不太好使，喜欢阳光好点的地方，要不，咱们俩换换，成不？"马力想离梦中情人近一些。德生想了下，说好。

马力说："条件按我在电话里提到的，对外我是合伙人，享受分红。"德生说："没问题，但具体比例，我需要咨询下黄雯的意见。"马力忽然眼神柔和下来："雯说多少就多少，别问我了，我没问题。"德生立刻说："以后，把姓带出来，别雯雯雯的，听起来别扭。"马力说："怎么，你都别扭好些年了。都快离了，还不准我叫。雯雯雯！"李德生说："只是试离婚，法律上我们还没离婚。"马力只好管住臭嘴，心想：李德生，给你戴顶绿色帽子，让你压老子！

德生发现马力右手戴一块金色手表，左手戴着一块黑色的潜水表。德生问："你这是'两个代表'？"马力说："最近正倒时差，带两块手表。"德生好奇："你不是一直在国内，倒什么时差。"马力说："别提了，最近有个客户是中国女人，嫁给阿拉伯的石油王子，正闹离婚，让我当首席离婚顾问，我都是按照中东时间严格作息。"德生呵呵一笑。

马力说："这样，等我把这个案子搞定，就来上班。"德生问："你为啥不直接飞中东呢？"

马力说："老同学，难道你健忘，我从不坐飞机，我恐机。"马力看了一眼手表，说："不好，中东晚8点，要开碰头会，先走一步！"

马力回头一看黄雯那间办公室，一道阳光透过窗户照在座位上，他笑了。

5. 天平是礼貌的白羊

白羊座，这个阳春三四月，草长莺不飞的犯二星座，最大特点就是心直口快，着急到替客户抱不平。杨立琪事后有些后悔，没有给人家解释，就泼了；也没有向人家解释为啥泼，就撤了。这和恐怖分子似的。白羊座就是这样，想了，做了；做了，又后悔了。既然那么容易后悔，当初为何义无反顾地泼，这就叫"泼妇"吧。

咨询师在心理咨询中，容易产生移情。替客户强出头，也是移情。那位叫黄雯的客户很感谢她，在电话里哽咽地说，对方是一位建筑师，不戴眼镜，视力很好。具体好到什么程度？这么说吧，可在对面楼上，架台高倍天文望眼镜，看她洗澡。

杨丽琪忽然觉得，难道泼错了？也没多想，就上了景阳冈！泼错了糟酒，打错了大虫，错泼了好人。羞死羞死羞死人啦，啊啊啊啊啊啊！想起来，她就恨不得在地上打几个滚。

最近她的失恋咨询核心就是"耻感文化"。通俗地说，皮薄肉嫩、羞耻心强的女性，幸福来得快去得也快，痛苦也更加强烈。但皮糙肉厚没皮没脸的，虽说高潮来得慢，但痛苦也少很多。像杨丽琪这种女子，江湖给面子，人送绰号"二姐"。皮太薄，心太粗，人太野。想到难为情处，可以在人群里忽然发出"哎呀"一声，都一大把年纪，自认为是自己的女神，实则"女神经"年久失修，漏掉一个字。

二姐一跺脚，说："水逆！"

水逆，地球占星文艺青年都懂的。星座运势就是自己另一块"表"。表也像女人，时不时有类似大姨妈周期。水逆，会引起信息不通畅，沟通出现障碍，信息容易丢失什么的，反正在那段时间，所有都是水逆干的！说它不但时髦，还容易使女人之间惺惺相惜。

"我合同砸了，水逆！"

"太灵了，我今天交通堵了一下午，水逆啊！"

"我老公和别的女人跑了，赶上水逆，找不到了！"

丽琪忽然想到那天那个被自己泼成落汤鸡的男人，一副囧态，偷偷笑出声来。哎呀喂，怎么联系他，至少说声"对不起，泼错了！水逆，对不住！"

忽然有电话，劈头就问："请问你觉得诸葛小强如何？"

二姐说："死了！"就把电话挂了。

一会儿电话又打过来："诸葛小强面试我们保健品销售，二试已通过，我们是人事部，有必要向前东家咨询下。"

二姐说："浑球！怎么留我电话！上面写我啥？"

"大唐盛世三彩妆品公司／副董事长／杨丽琪女士。"

"诸葛小强是我前前男友，得有七八年不联系了。"

"哦，这个出入有点大。"

"不过算他倒霉！"二姐二劲又上来了，"这人人品很差，大学时候谈恋爱，全是我出钱养他，毕业还欠我四万块没还。母亲病了都不会去看，禽兽不如！一毕业就劈腿，一劈腿就被踹！……"

"杨女士，我们是企业，不关心私人生活方面。"

"前女友就相当于一个资深人事部门，你想，这孙子敢坑我，不坑你们？他连爹都敢坑！把罩子擦亮点！"二姐怎一个爽字了得。

5. 天平是礼貌的白羊

二姐忽然想，会不会说狠了，又有点后悔。

二姐点上香薰精油灯，她拿出偶像神婆苏珊·米勒的占星运势，她的理想是将占星和情感咨询结合起来，帮助许多中国人解决情感与婚姻的困局。当然，这只是遥远的梦想。

最近一位双子座客户告诉她，她都快爱上射手了，因为觉得彼此很像。

她用专业口吻告诉对方，星盘上对宫位置（对于普通读者，不需要纠结我们主人公星座控术语——作者注）的星座，都可以"换位思考"。

占星导师说了，射手座呢，只是口气更大的双子座；水瓶只是坐在观众中的狮子座；当处女座三杯酒落了肚，就成了迷糊不清的双鱼座；而摩羯座，只是决定不吃午饭的巨蟹座；天平是一只礼貌的白羊；白羊呢，只是很爱发脾气的天平！并非白羊不懂礼貌，因为有了"礼貌"的白羊，都成了假模假样的优雅系天平。人一优雅，就开始有选择障碍了，愈发纠结。

丽琪认为，占星不是迷信，它只是对人的一种测量和探索，每个人都戴着星座设置的人格面具，你能否找到不同面具之间的神秘关联，这才是重要的。

她相信，不远的将来，她将发明出一套适合中国人婚姻匹配的占星理论，用以改善中国人的婚姻状态。她掏出笔，在纸上记下：

土（摩羯　金牛　处女）
水（巨蟹　天蝎　双鱼）
火（白羊　狮子　射手）

风（双子　水瓶　天平）

占星缘于古老的四大元素构建世界的朴素观念。这种观念认为，世界由地水火风四大元素构成。土系人规避风险，寻求利益，期盼安定生活；火系人带来热情、冒险和灵感，寻找更广阔的世界历程；风系人，就像风把花粉带去更远的地方，他们建立沟通和整合资源，延展人际网路；水系人，像水那样渗透，细腻敏感，让人与人相互理解——这四种人，本质上构成我们的生活世界的交流模式。

土遇水，亲密融洽；风遇火，风风火火。占星速配就是告诉你，互补元素容易相生，而对立的元素容易相克。假如一个火系女人遇到土系的老公，免不了遭遇冷暴力；而一位风系女对火系男的欣赏，更多是新鲜好奇，未必是真爱。好奇终止的地方，爱情早就结束了！

丽琪正要深入整理脑海哲思，忽然干洗店来人了。洗衣费，999！

干洗店的小伙子很亲切地说："你老公让送来的。999卖萌订单。"

二姐就问："啥叫卖萌订单？"

小伙子说："这是本店新推出的服务，老公卖萌，老婆撒娇。就是让老婆老公互相为对方干洗衣服买单。老公偶尔卖萌下，增进彼此感情。老婆偷偷把钱交了，以示支持。"送衣服的很坏地眨巴眨巴眼。

丽琪的火不打一处来。这孙子，999也就算了，订单也跟老娘耍流氓！

"我没老公，臭流氓！"

"我们很多女客户第一反应都像您这样。毕竟老公卖萌，很多人难以接受。"

干洗公司死皮赖脸拿着账单上门，好说歹说，不由分说，抢走你999元，说订单代表永恒的爱。如今，打劫都以爱之名了。

她悻悻地回忆那位男生的模样，原本的歉意都不见了。

没见过你这样气量狭小的极品男，还假装情侣来勒索！她看着干洗单上写着："老公：李德生敬赠。"

"李——德——生，你等着！"二姐被干洗单吃豆腐了！

恶心的卖萌订单！

6. 有个丈母娘，活得像只羊 I

吴天明在墙壁上贴上本月底的财务报表，黑压压的，数字像蝌蚪大小，这却难不倒吴会计。本月起开始出现"赤字"，那些赤字是怎么出现的？吴天明老婆的老娘张锦华从乡下来看她，一看就是三个月，丝毫没有走的迹象！给丈母娘买了一张双人床，8000大洋。床上用品崭新的全棉大红床单、床套被单、枕头套等若干，2000大洋。那床比婚床都要红。丈母娘棉衣、棉裤、外套、老花镜、美容护理品一应俱全，母女俩就差携款潜逃了。

吴天明对着这些红色蝌蚪，叹了口气。盘算着两年后，他与夫人将诞下血脉，届时月嫂及照看孩子的费用将高达8000元/月，找"妈妈"看护孩子能省去高额成本。但目前他们并无生育计划，不要鸡蛋时，非得养只老母鸡，动不动吃你喝你啃你。这样把母鸡请进门大吃大喝，违背中央号召的节俭之风。但你要赶走老母鸡，小母鸡不答应。他这只公鸡也不好说什么。

目前唯一办法，就是想着办法劝退老母。从吴天明的会计学专业角度考虑，现在为两年后的部门养着人是不值当的，单一张8000的床就够请一个月月嫂的了。吴天明越想越觉胸闷，下午还有一门《会计学》的课。忘了介绍，吴天明是张锦华的南方女婿，在大学里教会计专业。新婚才三个月，婚火连三月呀。

吴天明是一位儒雅的青年知识分子，儒雅到连老婆这样粗俗的称呼都不屑于直呼，他出门会礼貌地说声："夫人，我去也！晚餐让妈备好，我6点左右到家。"李瑶摆了下手："吴天明，我妈不是佣人。晚餐你自个儿学校解决吧。今天我带妈去逛商场。拜拜！"吴天明叹了口气："岂有此理，有了老娘就忘了夫君！"吴天明看着自己的袜子已经破了一个洞，粗硕的脚趾已经破茧而出。这和老母三人一起过的日子，何日到头！

晚上吴天明一个人坐在家里桌子边吃泡面。为了犒劳自己，他买了碗骨汤面，吃起来还是像毛线一样。李瑶带着母亲逛街回来，老太太又换上一身黑色的唐装，古香古色，脖子上一块绿油油的东西。李瑶高兴地对吴天明说："你看咱们这块玉好看吗？"吴天明倒吸一口凉气，"哦，挂得都和通灵宝玉似的，就差给咱妈这个菩萨拜拜了。"张锦华被这话搞得不好意思起来，女儿立刻朝老公瞪了一眼。吴天明小声在夫人耳朵边问："花了几个？"李瑶伸出三个手指，三千。吴天明的心猛地一疼！看着老太太胸前那块绿得心酸的宝玉，吴天明用手小心地翻了下背面，刻着古朴典雅的四个字：芳龄永继。

吴天明和夫人躺在床上。吴天明对着天花板，说："夫人，我与你商榷一事。"

李瑶不耐烦说："别商榷，有屁就放！"吴天明说："请不要这么粗俗。本月在老太太上开支已经严重赤字，依据吴李家庭决议草案，建议财务收缩。"李瑶说："我反对。我妈好不容易来一趟，咱们要孝敬孝敬。"吴天明说："孝敬应该，但咱也要过日子，财务赤字一直维持，我将彻夜难安呀，夫人！"李瑶说："我这有安眠药，一片，睡得和死猪一样。"忽然听到隔壁老太太的呼噜声。李瑶马上说，小声点，吵到咱妈。吴天明想，这"芳龄永继"吃得好睡得好，搞得其余的人都要失眠了。

张锦华一早就起来，吴天明已经在客厅里等着，和颜悦色地问："妈，昨日安歇可好？"张姐这么多年在居委会见过大量文秘，但听这个吴女婿说话总起一身鸡皮疙瘩。张姐说，还成。吴天明心想，都呼噜响成雷，只是"还成"。吴天明假装关心地问，工作找的如何了？张姐马上像泄了气的皮球，对着女婿抱怨，这城里啥都难——打车难买房难，找件像样工作也难。吴天明忽然故作焦急地说："妈，有件事情，本来不想和你说，我和瑶瑶很高兴你来，赡养老人，这是我们应该的。只不过长安米贵，居之不易哪！"

"什么白居易？"张姐问，这些卖文嚼字的先生实在不好懂。

吴天明尽力通俗："这么说吧，城里不比乡下，我们准备要个孩子。"

张姐抓住吴天明的手，说："要孩子好，趁着我身体还硬朗，给你们带！"

吴天明说："那都是后话啦，目前家庭开支太大，我们还想给孩子积一点储备，所以……"吴天明看到丈母娘似乎明白一点自己的话，接着说："所以呢，我们全家都提倡节俭。然后，瑶瑶和我的意思都希望你找一份轻松的工作，很多乡下的老人不习惯城里，闲出一身毛病，去医院又得花一大笔钱，你看，你赚多少，无非自己添些衣裳。"

"不不不！我能穿多少衣服，我得给我的外孙储蓄一点，别让人家说姥姥什么都没留给他！"张姐自从瑶瑶爸爸过去后，就很少这么期望，仿佛有一个婴儿正在朝自己招手，她忽然老泪纵横。

吴天明本来只是想暗示下老太太，最好别闲着，自个儿赚几个钱，别拖累别人。现在把老太太搞哭了，吴天明不好意思："妈，这是怎么了？"张姐擦干眼泪说："妈这是高兴的，这日子越来越有盼头啰。"吴天明想，盼个大头鬼，你也不是什么省油的灯，搞起佛光普照。

7. "卖萌"干洗服务

丽琪鼓起勇气打这个电话，那头响了很久，一个沉稳冰冷的男生问："喂，找哪位？"

"你是李德生先生吧？"丽琪觉得这几个字绕口。

"是。你哪位？"对方波澜不惊。

"我是那天酒吧的那位，呵呵。"丽琪差点想说，我是那天在酒吧泼你的女人，这么快就忘了你姐。她提醒自己保持平和，"那天一点小误会。我是杨丽琪。记起来了吗？酒吧，短头发的。"

电话那边半天没有任何动静，也不挂，急得二姐就想翻脸开骂了！

"衣服干洗费，电话知会你一下。"

"唔。"

二姐够憋屈的，怎么才能绕到999块上呢？"哦，我秘书说干洗费呀，这个有点贵呀。"

二姐还是要保持淑女风度，找了个秘书当挡箭牌。

"哦，我直接把名片给干洗店了。有问题吗？"真是个老狐狸！

丽琪感到有一股无名怒火："好，我就给你挑明了，999就999，我也认了。可是你还整那么一个卖萌撒娇订单恶心我，居心叵测。"二姐把话挑开。

"我想你是不是有点误会，我稍后咨询下干洗店。"电话那头一点不着急。

"不用了，你这种极品，干洗好存起来当寿衣吧！"二姐立马挂断，但又马上后悔，是不是又说狠了。

李德生又一阵莫名其妙，被劈头盖脸骂了一顿。他看了一眼那件"寿衣"，挂在衣架上。

德生打电话给干洗店："干洗这套衣服花了多少？"送货那人说："情人节快到了，我们推出卖萌撒娇套餐，干洗外加补丝，999元，让老婆买单，为爱保鲜。您夫人真漂亮！二话没说买了，激动得全身发抖！很少这样情深意重的，且行且珍惜。"

德生恍然大悟，原来电话里那话是以为自己贪小便宜了。他脑海里又浮现出那天这位爽利火爆的女人，泼完酒，丢下名片；隔几天，一顿骂，挂电话。等你再拨回去，对方已关机。冤孽！遇到没头没脑的女人，发一顿没头没脑的脾气，换个火爆些的男人，一定疯了，还好是李德生。

8. 轨道内离婚

德生和马力坐在窗台边，城市的灯火开始慢慢点亮。没想到，七年后又回到中国，和老同学创业，这是以前想都没想过的事。

马力问："问你个事，你和黄雯是怎么离婚的，是你小子出轨了吗？"

"不是。"

"难道是她出轨？"马力忽然紧张起来。

"难道除了出轨，你就没有轨道内的问题？"德生觉得国人对离婚的看法总是单刀直入，位置都是脐下三寸。

"这倒不是，但我接触离婚案，八成要离婚的夫妻，不是丈夫不行就是老婆出轨。"马力颇有感慨地说。

李德生看了下满城灯火，每个格子也许都住着一对夫妻，柴米油盐酱醋茶，也许所有中国格子里都有烦恼，都平庸乏味。

"为什么国内夫妻离婚，除了房子还是房子，物质因素成为离婚面临最大的不确定因素？"

"房子就是真金白银！一套房子够你奋斗上十几年的，此时不争，更待何时！我有个客户，离婚时，出于'礼貌'把房子让给老婆。后来自己破产了，又找我帮他打官司要回来！"马力已经习惯了中国式离婚。

"当初可以礼貌赠送，这次就不讲礼貌了吗？"李德生问。

马力说："这礼貌，只是男人女人的外套。离婚就是 game

over，终止关系！礼貌成为最不重要的东西。离婚时的那张嘴脸，比任何时候都真实。"

德生说："咨询界有句话：离婚才是检验爱情的试金石。"

马力点头："别跑偏了！你们为什么要试离婚？"

德生想了下说："性格差异，决定冷静下。"

马力说："我早说你们不合适。多好的小姑娘，被你拐跑了，啥也没留下。"

德生说："咱能不提这个吗？你的口气像狼外婆。"

马力说："好，说真格的，你回来做离婚咨询，要入乡随俗。中国人离婚，烂芝麻谷子事多着呢。要接地气！"

德生问："怎样算接地气呢？"

马力拍了下德生："李老板，这个，我比你懂！现在重要的是招兵买马，各司其职。"

德生说："你帮我物色张罗下。"

马力想了下，说："我想到一个人，很合适。"

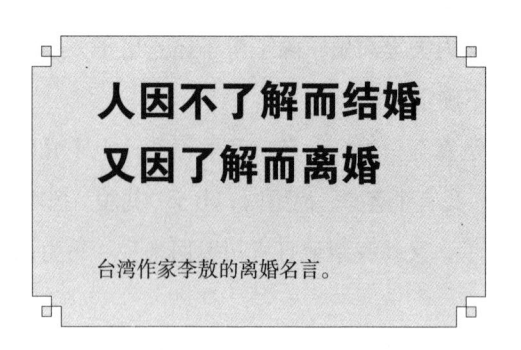

**人因不了解而结婚
又因了解而离婚**

台湾作家李敖的离婚名言。

9．有个丈母娘，活得像只羊Ⅱ

吴天明专门请了一天假，陪丈母娘。今天，她是他亲娘。吴天明查了下电表、水表，跑得真快！

地板上都是鞋印。刚拖的地，又脏了。吴天明戴上白手套，从边角旮旯找出数根头发，吴天明对陌生女人的头发过敏。这头发真脏，吴天明用香皂洗了三遍，才丢进垃圾桶。他真想给丈母娘也来个大清洗，否则搁在家里，总那么"不搭"。

吴天明最喜欢呆在厨房里，用他的话说，好男人，弄几个小菜给老婆吃吃。大盒小盒，用家里从缅甸买的布包放在自行车后座上，一边走一边打着铃铛。大家看见了，就知道有一个贤惠的男人来给他的妻，送饭了。虽然老土，但他喜欢那种装点出来的温存。

在张姐来的这些日子里，吴天明再也感觉不到自己是厨房的主人。以前老婆高兴的时候就会抱着吴天明说，"南方小男人真够细心的，就像一位'小妈妈'"。现在，"老妈妈"来了，"小妈妈"靠边站了。吴天明知道，这是一场"两个妈妈"之间的战斗，只可智取，不可强攻。

厨房的厨具位置都被调换了，调料的小瓶子找不到了，一切都恢复成一个乡村合作社的食堂伙食水准。

吴天明皮笑肉不笑地问："妈，起得真早。今儿个我做菜吧。"

张姐赶忙说："放下！我来！你们知识分子不要做，都是脏活累活。"

吴天明想卖弄一下新学的淮扬菜，忙着讲了一堆扬州风土历史，发现老太太几乎没听。她只是在边上挑刺："这个不能这么切，青菜要过个水，上面有农药残留。"吴天明据理力争："过水就不好吃，你以为是北京人吃面，都过冷水哪！"老太太说："做菜，你不懂！"吴天明把锅勺子一摔："我哪个不懂！你才瞎指挥！"张姐想，这个南方小女婿，脾气还不小。发起脾气不是囫囵万箭齐发，而是拆分成细小嘟囔，时不时给你蜇一下。

吴天明挽起袖子说："妈妈，您歇歇，我给您弄两个小菜吃！"

张姐嘟囔着："吃菜就吃菜，还小菜，感觉你们那没大盘菜啦，全是小菜？"

吴天明心想，这老太太现在都这么事儿，以后还了得。但嘴巴里却说："应该我们伺候您才对，您就该歇歇，逛逛街，买买玉。"吴天明故意把最后三个字的音发得足够清脆。

张姐连忙把脖子上的玉摘下来："瞧，我都忘记摘了，昨个瑶瑶给戴的，这东西精贵。"

吴天明心想，睡觉都不摘，真是金玉命，万一摔碎了，又折腾出月嫂半月薪水。

吴天明说："要不，我给您保管，北方天气干燥，玉器要保持湿润，不然易干裂。"

张姐递给他："对对，还是南方女婿心细，你处理吧，我最怕戴着贵重的东西。"

吴天明说："那我来。"吴天明把玉用手帕包起来，塞进自己的口袋。

吴天明很关心地对丈母娘说："妈，给您提几个建议。整天呆在屋子里，对身体超级不好，最好多出去走动。白天别老开着灯。这科学家研究，白天和晚上都开灯，容易昼夜不分。长久下去，就会出现失眠多梦、生物钟紊乱，严重的还会有肌肤癌变的可能。"张姐被吓到了，说："哇呀，这都是科学家说的吗？"

吴天明说："美国科学家最新研究。我看到了就一大早告诉你。皮肤癌，可不是闹着玩，全身溃烂，死无全尸！"张锦华吓得连忙出门。吴天明说："科学家还说，最佳回家时间是晚上六点，夕阳西下，皮肤接受适当阳光，可以延年益寿。"张姐问道："那科学家有没有告诉咱，最佳出门时间是几点？"吴天明一下被问住了："这倒没有。科学家也不能管太多，出门你随意，但回家咱要尊重科学。"

张锦华急匆匆走了。吴天明感到一阵轻松，把屋子里能关的所有电器都断电，翘起二郎腿，哼起几句京剧。看着家里又恢复成原来的样子，"小妈妈"终于松口气。他拿起电话："喂，老伍呀，你知道有啥二手玉器的交易市场吗？"

10. 备胎的备胎，算备胎吗？

马力在咖啡厅等人，这是家里给安排的第 25 次咖啡厅相亲。此前已经历相片相亲、家长相亲、邻居相亲等各种五花八门的相亲，马力已经倦了。但对方已经来了，姑娘很清丽，似乎这次……马力不敢往下想，这算有点动心吗？

对方上下打量自己，女孩问："马先生，您的职业是？"

马力说："律师。"女孩说："职业不错。"马力又补充了句：

"离婚律师,主要给人办离婚。"

女的说:"哦,我最近就在离婚后期。"马力说:"你这还没离,怎么就开始谈上了呢?"女的说:"现在竞争激烈,早点找备胎。"马力说:"合着,我就是那个备胎呀。"女的说:"你不是!你还不够资格成为备胎,只是备胎的候选人。"

马力琢磨了一会儿,便说:"对不起,我有事先走。一筷子都没动,就用了张湿巾。这是两块钱。咖啡取消了吧。"女的说:"呀,让女人买单,这样极品也能当律师!"马力的小名叫"不吃亏",啥女人的亏都没吃过,活到三十九还是"原装",资深处男。据说资深处男连走路,两条腿都是挨着的,一点缝隙都没有。那是骗你的。

马力见到丽琪,随手递上名片。丽琪一看:

"祝你幸福"婚姻事务所
马力　首席法律顾问

丽琪说:"呀,不错,离婚咨询是很热门的领域哪。"

马力说:"丽琪小主,有无兴趣加入我们创业团队?"

丽琪说:"加入离婚公司也是极好的,不过我主要作的是失恋研究。"

马力说:"细节我就不管啦。通俗理解离婚公司就是:要不忽悠破镜重圆,收咨询费;要不让它一拍两散,由我这样的离婚律师分分家当,点点家产,一清二白。一句话,我负责切肉,你负责包扎。"

丽琪笑了:"还真实在!"

马力说:"老板是我的老同学,哈佛大学心理学系毕业,在美国有多项专利。他发明了一种大数据离婚测试,据说可以预测你在结婚七年内的离婚率,准确率达到99%。"

丽琪好奇："有这么神奇吗？"

马力接着煽风点火："这次我们联手，主要是我利用自己丰富的本土客户资源，他用哈佛心理学系多年的科研成果，黑白双煞，重出江湖。"

丽琪说："说的和神雕侠侣似的。"

马力说："雕不是他，我就是因为这只雕才答应的。"

丽琪说："认识你这么久，忽然觉得你会幽默了。"

马力说："从现在开始，我的副业是离婚律师，主业是怎么搞定那只雕！"

丽琪说："废话不说，约个时间见老板。对了，顺道见见那只雕！"

11. 有个丈母娘，活得像只羊Ⅲ

张锦华的新工作就是轧马路,早上出去,轧马路,买菜。回家一放,再出去,轧马路。城里的老头老太太真惬意,扭扭大秧歌,她呢？不知道漫长时间如何打发。白天开灯容易犯上皮肤癌,她全身打了个寒战,"全身溃烂，死无全尸"响彻耳边。虽然她很害怕"癌"，但她更怕在马路上漫无目地走，像个幽灵。她真的要找个打发时间的活儿！她忽然想起口袋里有一张上次应聘的名片，祝你幸福个啥的，要不死马来当活马医吧。差不离就是居委会那些破事，没有九分也可以凑合及格。

李瑶看到妈妈这几天出去得比鸡早，回得比猫晚，心想，妈妈不是恋爱了吧，找哪个城里老头叙旧去了。她马上觉得这个想法太荒唐了，虽然妈妈当了多年的居委会主任，但是好歹是个正经人。正想到这儿，张锦华扶着后腰就回来了，李瑶问："妈，你最近都上哪去，老不见你。"张姐说："走走对身体好。"李瑶觉得奇怪，这人怎么忽然变了一种感觉，只有吴天明暗爽，离两人世界不远了，oh yeah！

　　吴天明一回家，李瑶把他一把拽进卧室，说："给我！"吴天明问："什么。"李瑶说："少装，玉佩！"吴天明嘟囔："拿去保养了。"李瑶追问："哪家店？收据给我！"吴天明堆着微笑说："在办公室，没带。"李瑶忽然从盒子里拿出一块一模一样的玉佩，在吴天明的眼前摆动。吴天明"咦"的一声。

　　李瑶说："行啊，小吴子，背着我居然把咱妈的玉送到典当行。我花了三倍价钱赎回啦。"

　　吴天明高声叫道："你个败家娘们，你这一来一去，我们等于让典当行捞个大便宜。"

　　李瑶冷笑说："心疼吧，我提醒你，物权法规定，在物主未享有知情权的情况下，肆意典当他人物品，这是违法的。"

　　吴天明连忙争辩："这玉佩的钱可是我们夫妻共同支出呀，我也算半个物权人。"

　　李瑶说："小吴子，听好了！以后大事需问过我，否则损失自负。"吴天明叹了口气说，知道啦。李瑶温柔地拍了下吴天明的屁股，说："吴会计，不知道你对妈说了啥，变了个人呀。假如明天之内，妈妈不能变成原来那个妈，我会陆续把家里最贵的东西，得不定是哪件，都送到典当行。"

吴天明连忙摆手："千万别便宜外人！老婆，明天回来前，一定让你看到一个严肃活泼的妈妈咪呀。"李瑶说："跪安吧！"

吴天明早上起来，做好一锅蔬菜粥，一脸微笑，说："妈，以后您没事就在家多休息，别出去乱蹦达。"张姐说："你不是说家里老开着灯，见不到自然光，容易引发那个啥皮肤癌。"

吴天明说："最近，俄国科学家严重否定这个观点，纯粹胡说八道。"

张姐说："你不是说这是美国科学家最新研究成果？"

吴天明说："美国人的话，也不能全信。这俄罗斯，毕竟是咱老大哥。你愿意相信谁？"张姐想了下："我还是信老大哥。"

吴天明说："这就对了。这俄罗斯科学家发现，宇航员上太空之前，有一段时间，尽量少出门，多吃蔬菜。这出门就是紫外线，容易导致皮肤癌。全身溃烂，死无全尸！"张锦华愣住，这两边科学家还让人活不？

吴天明安慰道："多听老大哥的，乌龟为啥长寿，少吃多餐多休息，宅在壳里养精神。"

张姐心想，还是信乌龟靠谱，人家毕竟是实践出真知。

李瑶晚上回家，发现妈妈今天没出去。

张姐对她说："瑶瑶，妈想跟你商量件事。妈妈找了份工作。"

李瑶说："妈你这么大把年纪，该歇歇了。别出去，我养你！"

张姐说："这样下去，会闲出毛病来。"女儿问都是啥单位，张姐只说是一家给人调节夫妻矛盾的。女儿说，这个你在行！李瑶紧紧抱着妈妈瘦小的后背。小时候，妈妈背着她翻过一座山去看病，山上很冷，她就紧紧抱着妈妈。现在妈妈老了，她觉得自己有能力保护妈妈。爸爸去年车祸去世后,妈妈就更加孤单了,她想可以把妈妈接到城里,享几天清福。现在妈妈像放出笼的鸟,又要飞走了。

话说回来,张姐做邻里调解有些年头了。早年居委会在一家院里,院子中央有一口井,每次谁家揍老婆都到井周围练练手,女人被打坐地而哭,就威胁跳井,嘴巴哎哎叫着,"不活了不活了"。但那些年的居委会工作,没有一个跳井的。大凡女人要挟跳井,男人就学乖了。那口井只是一个绝佳道具,但没有人真正相信自己适合葬身井底。对着和尚骂秃子,对着天井骂汉子,只要一骂,第二天街坊全都知道家丑了,大凡吵架到"跳井"的,居委会只要善意提醒,隔墙有耳,闲言碎语要提防,女人就会忽然反击,一脚踢在男人屁股上,大喊:"有话回去说,丢脸还没丢够吗?"后来,居委会搬进一个院子,这回没有井,劝和的成功率就低多了。

12. 这占星师有点"二"

李德生最恨的咨询方式就是:鸡汤。心灵鸡汤是一种麻醉剂,只是用美好的语言暂时缓解问题,却无法为客户解决根本性冲突。麻醉时间一过,药效聊胜于无。面试咨询师的时候,李德生抛出一个问题:假如我现在是一位中年离异主妇,没有经济收入,没有朋友圈,离婚对我可能是一项毁灭性打击。一切都需要重新开始,你如何帮助这位离婚客户?一位咨询师的回答是:"我会安慰她,比你惨的人多了去,非洲好些人在贫困线,连温饱都无法解决,你和他们比起来,就是幸福的。要相信人生总会迎接阳光,无论你是哪一片叶子，上帝总会在适当的角度照亮你！"李德生在面试书上批：中国鸡汤导师。世界是残酷的，离婚咨询是要让你以更加坚强的勇气面对世界。招聘部门遇见此类鸡汤人选，一律不予录用！

马力告诉德生，今天有位神秘人物拜访。马力坚持说，见这位神秘贵客须挑黄道吉日，这人轻易不见人。德生想，是不是还需要三顾茅庐，何许人也，这么煞有介事。

在中国开离婚公司，和想象中完全不同。自从公司试营业以来，每天都有人在门口张望，你问他：您是来咨询业务的吗？他马上说，看看，看看再说。 第二天，公司门口墙上被涂鸦上大量"狠话"，如：祝你幸福，龟儿子扎堆堆！拆婚没得好下场！（看来是四川的爷）胡同的墙上画着一只大乌龟，龟头前一把"菜刀"。德生看到漫画后，笑了。

那天下午对德生和丽琪来说，都会是最难忘的一天，虽然这事，我也是后来听"祝你幸福"老员工说起的。丽琪打开办公室门的那刻，两人愣住一小会儿。

二姐只是说："我去洗手间一下。"

二姐从洗手间出来，就把妆容全卸了。

"李德生先生是吧，真是闻名不如见面。"

"杨女士，现在是面试，你让我足等了你二十分钟，只为恢复你的本来面目。"德生语带双关。

"哦，我原以为是高规格会面，后来，觉得自己特贱。哪个名人说，你不能忍受我最差的一面，也就不配享有我最好的一面。"

"你的意思，两次你最差的一面，我都有幸撞到。"

"再差，也比老公撒娇，老婆发飙的那些伎俩要好。"二姐总

12. 这占星师有点"二"

是心直口快。

德生一笑:"第一,你告知我可以负责干洗,我只是兑现契约。第二,你无端泼我一身酒,影响到我一天的工作计划,你还没有道歉呢。第三,现在是面试,你总得告诉我你来这儿的理由。"

杨丽琪撇了撇嘴,问了句:"你是摩羯座或金牛座吗?"

德生不屑地说:"抱歉,我对这些星座血型没有了解。"

德生看看手表:"我一会儿还有几个面试,要不,如果你对我公司项目还有兴趣的话,我们再谈。"

丽琪道:"不用了。这次我倒觉得,马力作为一位靠谱的金牛男,眼光很成问题呢,遇人不淑呀。"

德生仿佛没有听见,边看简历边说:"那开始面试吧,请问你在心理咨询行业从业经验有多少?依靠的是哪个理论流派的咨商经验?有无具体成功的案例?……"

丽琪不耐烦地打断:"对不起,姑娘我不面试了。"

德生还一直质问:"你说的星座之流,是伪科学。如何证明你的科学性,有实验数据吗?"

"就你这样还 CEO 呢,是 UFO 吧。蛋糕好吃,需要证明为什么好吃吗?假如星座能解决目前中国人的情感困惑,为什么一定要是科学?这样的认知,还哈佛大学!"

"杨女士,很抱歉,你的资历离我们理想中的婚姻咨询师有一点距离!"

"李德生先生,很抱歉,我也从没想过到你们公司。你是1月出生的?"

"你怎么知道?"李德生忽然抬起头。

"可否请你告知我你的出生时间和地点？"

李德生看了下手表，心想：这马力也是，还把这个危险的女疯子带到办公室，赖着算命不走了。

"我其实一点儿不想给你预测啥，只是你出言不逊，侮辱我作为占星师的尊严。"

李德生无奈告诉她自己的生辰八字，这个女人将生辰八字输入到软件，立刻出来一张占星图。她看了一眼，笑了两声："真是个无趣的男人！你有五颗星都在第10宫位，事业宫。落陷位置行星很多，一看就很窝囊。婚姻不顺呢，最近。"

德生抬起头，直勾勾望着她，也不言语。

丽琪走到门口，忽然说："对了，我遇见你那天，是水逆。水逆也会影响到你最近的婚姻，请你多加注意。摩羯是个极品工作狂，有点轻度的人格强迫症，我从你身上感觉到了。"

"祝你生意兴隆。下一位。"李德生头也不抬。

"最后告诫你几句，摩羯和金牛的生意搭配，金牛会更加在乎成本和风险，他们最常用的口头禅就是'你说这些管用吗？我要的是立竿见影的'，不像射手这类空头支票，他们只会说'我相信，这会是一个伟大的企业'这类屁话。"丽琪说起占星可以滔滔不绝，但德生似乎没在听，她顿感无趣。

马力不知道发生了什么，看着丽琪气呼呼就走了。德生说："马力，你给我介绍的什么人啊，上次酒吧泼酒的疯女人就是她。"马力说，不能吧。他解释："德生，我之所以看上丽琪，是因为她有大量客户资源和渠道，对新公司来说，客户资源就是上帝呀。"

"可是，她不符合咨询师的行业标准。"

"规范、标准,你说的这些管用吗?我要的是马上立竿见影的。"马力的话让德生心里咯噔一下,好像在哪听过。

李德生对着新来的面试者说:"请问,你为什么加入我们公司?说说你理想的职业规划。"

"我特别看好咱们离婚咨询这个市场,我相信,这一定会是个伟大的企业……"

"你是什么星座?"李德生没忍住问了句。

"我是射手。巴菲特说,人生就像滚雪球,即使现在雪球不大,但关键是你要找到足够长的坡。"

"对不起,我是问你有清晰的职业规划吗?"

"我有一个未来十年内的战略规划——"男人咽了下口水高声说道。

德生说:"好,有结果我们会通知你。下一个。"

13. 醒木劝和张大姐

张姐终于上班了,城里的调解员,丈二和尚摸不着头脑。为了给自己壮胆,她自备一块醒木:醒木一敲惊风雨,张姐变做调解人。

在居委会时,她办公桌上总压着一块醒木,虽说没正儿八经学过评书,但她平时却喜欢一些过门,拿醒木一拍,就是扣题。花开两朵,各表一支。很多客户看到这样的乡下老太太,就会悄悄找李德生说:"能换个导师吗?这位像刚从土里挖出来的。"这让张姐脸面挂不住。

下班后，她特地买了一件白衬衫，衬衫晒了一整天，带着阳光气，这下"洋气"了。她相信，在城里，她可以依靠自己的努力，被大家尊敬。

城里人不比乡下人，城里人离婚吵架，底气十足，不讲情面，只在乎利益。城里人骄横，如果你说话不到位，他们就大声叫嚷："怎么做调解的，换人换人！投诉！"城里人满口新名词，满嘴跑火车，没有一句老实话。张姐有点陌生，但她只要有快醒木，胆子就大了，嗓门就高了。有醒木，佩戴上以前居委会发的红袖章，她就是婚姻调解界的大法官，底气十足。

在乡下，她喜欢编顺口溜，一串一串的：

一日夫妻百日恩，百日夫妻比海深。夫妻哪有隔夜仇，床头打架床尾和。

打是亲来骂是爱，认个错来表个态。关起门来过日子，敞开心胸好做人。

俗人快语，直奔主题。目前最要紧的是找到调解的感觉，张姐一找到感觉，就和踩到电门一样，城里人的"电门"（开关）也和乡下人不同，张姐需要找找感觉。

这次来的是一对青年夫妇，小年轻似乎比女儿还小好几岁，这么早就结婚了。

女的高声喊道："你这个人有劲么，说离婚，砸到家里已经没啥可砸的啦，还死皮赖脸不离，有意思吗？"

男的半天憋出一句："我觉得还挺有意思的，嘿嘿。"

女的说:"你让大妈说说看,我们痛下决心要离婚,他却拖泥带水。"

"我绝对没有藕断丝连,我这人够干脆的,说离就离。"男人胆子也壮大些。

"那我每天只要一发朋友圈,你就点赞,一开手机微信,全都是赞。给你打电话,就是不接。气人不气人!"

"都是吃的,确实挺赞的!"

张姐仿佛在听天书,作为一个从高粱地里走到楼房里的居委会主任,她忽然发现,城市里太多自己听不懂的话,太多自己搞不懂的人。但凭居委会主任的直觉,她敏锐地感觉到什么,开始拿出居委会的杀手锏:先声夺人!把儿孙几个唬住!

张姐把醒木一拍,当场把小两口镇住,好像是法官开庭审判的架势。当现场安静后,她迅速换上笑脸,柔声说:"小伙子,小姑娘,小同志,来来来,喝杯茶,消消火。夫妻能吵比不吵好,这吵架不是这么吵的?阿姨教你怎么吵。"两人顿时傻眼了:"咋吵?"

张姐把醒木一拍,啪!对着小伙说:"姑娘好似花一朵,桃花眼柳叶弯眉,(这)几辈修来同船渡。(你是)身在福中不知福。"女孩不好意思地笑了:"你看看,人家大姐多会说话,学着点!"

张姐说:"夫妻过日子,磕磕碰碰叫交流。要是还没有打够,我们这边有专门的出气室(宣泄室)。我先带你们参观下。"张姐指着隔壁房间的小黑屋,上书"宣泄室",里面有大量可以摔的碟子,外设一个拳击台,可供反目为仇的夫妇上场决斗。墙上还有两把构成"x"的剑,用作情敌决斗。

女生看着剑两眼放光,男生忙说:"大妈,气出够了。咱们出去吧。"

张姐说:"叫我张姐就可以,我呢在居委会干了半辈子。四条腿的猪和两条腿的男人女人,大姐见得最多,虽然,我不知道这个赞来赞去是个什么东西,但我知道,小伙子,你还是很想赞的。"张姐不知道什么叫赞,只能看猫找爪印,走着看。

男人说:"可不,该让赞的时候不让赞,一发图就瞎赞,这样的赞我绝不赞。"

张姐想:这都一堆什么乱七八糟的。

张姐忽然假装生气,"你这孩子!结婚不是游戏,我要是你妈妈,我会给你一个嘴巴子,你对得起他们吗?他们盼你长大,盼你读书,盼你娶个贤惠的老婆。结婚后又盼着要个大胖小子,香火代代相传。多大点事呀,做男人,在老婆面前认个错,认错才是真爷们!"

女孩被这话感动得掉眼泪,男孩一看这架势,忽然对女孩说:"媳妇,咱别出来丢人现眼了,我错了!"女孩说这样,你跪下!男孩立刻双膝着地,女人用手机咔嗒一声拍下来,然后说:"我把照片公布到朋友圈。来呀,去点个赞!你最喜欢赞的!嗯哼。"

男孩一边擦眼泪一边说:"早知道不来了,丢脸丢到姥姥家了!"

张姐说:"姥姥会给你点赞的!"

张姐长长呼了口气,有惊无险,瞎猫撞见死耗子,总算蒙过去了。

她总结出中国式婚姻调解员的三板斧:1. 要倚老卖老;2. 半哄半吓唬;3. 万事和为贵。

中国人,没有不讲和气的,和气能生财,家和万事兴。劝和比劝离有市场多了。

14. 有个丈母娘，活得像只羊 Ⅳ

张姐一到家就和女儿说，要买台"能点赞"的手机。女儿哈哈大笑，母亲什么时候变得这么新潮。张锦华用手比划着说："我看人家对着手机说话，但看了会儿，似乎不是在打电话。他们叫语音啥的？"李瑶说："那是微信，妈妈能跟上高科技，我给你买个iPhone 5s！"吴天明在边上听到，一拍脑门，这败家娘们，老太太用iPhone，这是"爱疯了"，老牛配雷达。

吴天明压抑怒火，让自己绽放一丝微笑，那笑只是勉强从牙缝挤药膏一样挤出："妈妈，这个iPhone用起来很复杂，还是国产手机好！"李瑶瞪了眼，说："我妈要用就用最好的，小吴子，明天去苹果概念店排队，发票给我！"张姐说："对了，到时把你们的啥圈都给我，我去点个赞。"李瑶笑得前仰后合，吴天明苦笑，就为了点赞，买个iPhone。抽风呀！他觉得自从老太太来城里，这个生活可不是一个"乱"字了得。

张姐忽然想到什么，说："对了，这手机的钱，你先帮我垫着，发工资就给你。"李瑶说："哟呵，不错，还有工资呀。"吴天明问"多少"，被李瑶狠狠推开。李瑶对着吴天明说："多少不管你的事。"张姐摸着女儿的额头说："妈妈可以自己养活自己。你呢，攒点钱准备要个孩子，趁着妈还年轻，给你带。"吴天明连忙说："妈妈说得对，妈妈说得对。"

吴天明在苹果概念店门口转悠了半天，有人小声问他："高仿苹果，1500块一台，要吗？"吴天明问："这个能打电话吗？"那人噗嗤一笑，打给奥巴马都可以。吴天明问，打给他干吗？那人神秘地说："苹果就是他瞎装出来的。"

  吴天明想，连奥巴马和乔布斯都整不明白，还捣鼓手机呢！那人怕他不放心，就说："哥们，苹果能干的，都能干！这是翻新的，否则1500能来吗？"吴天明把手机在手里掂饬一会儿，问："800，卖吗？"那人立刻把手机抢过来："大兄弟，800，你只有去抢啦。"吴天明伸出一个手指，加100吧，爱干不干，只能这么多。那人表示无奈，然后说："900可买不到原装充电器。"吴天明说，我不要原装的，给我最便宜的充电器就成。那人说成，充电器没啥要紧的，这个乔布斯充电器，充得比奥巴马快多了！

  张姐拿着"iPhone 5s"，压根儿不会用。李瑶小心告诉她，这个是导航的，城里大，万一你找不到路了，打开GPS，就可以看到自己的位置。妈妈要记住哦！张姐笑道："你妈还没有老到需要机器认路的份儿。"李瑶说："这可不比乡下，城里车多路杂的。"张姐知道，女儿说的是她的老伴。头天还好好的，出门买咸菜，被一辆卡车撞倒碾轧，她赶到的时候，他人已经不成形了，她眼一黑。肇事的卡车，再也找不到了，只有她和女儿孤单为伴。想到这，母女俩紧紧抱在一起，眼泪不觉下来。

  女儿想，偌大世界，在GPS上，只有两个小点，在慢慢一点点靠近。

15. 临"危"受命

马力告诉德生,每周一,"女巫"都会在咖啡厅开办"失恋辅导班",德生偷偷跑去参加。今天的主题是"如何对付冷暴力"。咖啡厅的墙上有很多便笺贴,德生瞅见一张上面写着"摩羯与狗不得入内"。服务员要每个人登记身份证号,他本能地犹豫了下,还是登记了。

过了一阵,二姐来了,咖啡厅每个人都表现出异常兴奋的样子。她的讲座声情并茂,使粉丝有一种代入感,还有女孩当场落泪。德生坐在人群之中,很不自在,周围都是带着泪痕的女孩,你不哭都对不起那杯免费咖啡。德生看着二姐,想:不能小觑星座在中国的号召力,白猫黑猫,有效果就是治愈系好猫。

咖啡厅主持人上去介绍今天的主题:"刚才很多女生提到摩羯冷暴力,现在我们来做个游戏,随机选择现场一位摩羯男,请他说说自己的冷暴力。"主持人大声说:"李德生。李德生先生在吗?"主持人叫了好几声,二姐一惊,难道……台下李德生坐的位置空了,人不知去哪了。

其实李德生偷偷溜达到洗手间,遇到这种"自我忏悔"的机会,没有摩羯不跑的。

德生见外面动静小点才出门,一出门就撞见二姐。

二姐说:"这么巧,是你。怎么跑到洗手间来,是卸妆吗?皮那么厚,得卸一阵哦。"

德生尴尬地说:"路过来看看你。讲座精彩。"德生似乎觉得没话找话。

二姐说:"哪里,我离你们的要求有很大距离!我就是神婆。"

德生说:"上次,我的话有点重,其实,占星咨询也算不错。"

二姐说:"啥叫算不错呀,没有数据支持,没有科学依据,邪门歪道,怕弄脏你大科学家耳朵。"

德生说:"这次来,主要是请你——"

二姐不等他说完,就打断:"没啥好谈的,我们都等你说说冷暴力,摩羯男李德生先生。"

德生说:"我怎么冷暴力?"

二姐说:"你一直有冷暴力倾向,对我爱理不理的。奶奶的,你以为你谁呀?"二姐又犯二了。

德生说:"可我——"二姐大声说:"还想找我谈,一点诚意都没有。谈球呀!"

德生站在台上,实在没什么可说的,只好沉默站立。底下女生咋呼说:"你看!和我老公一样,一小时都不带喘气的,就和冬眠一样,冷暴力多可怕!"

德生感觉在这种场合,冷汗都出来了,感觉下面的女人要三堂会审一样。他只好"谦虚"地讲了一通。

二姐看了,一高兴,就"不计前嫌"了。

二姐终于又到公司"拜访"李德生。

德生对丽琪说:"希望我们可以摒弃前嫌,不打不相识嘛。"

丽琪说:"最烦你这种死缠乱打的,不来你们这,这事就没完没了。"其实二姐被捧着,挺开心。

德生主动说:"这段时间我也在自我检讨,中国人离婚的情况异常复杂，你看看，老公养狗老婆不爱的，离婚！婆婆不满媳妇的面相，不旺夫的，离婚！老公长得和我爸爸太像的，离婚！……这些离婚理由，真够可以的。"

二姐说："拿中国人的离婚理由砌墙，够砌另一座万里长城。你们大心理学家不是有办法，整一个姐看看。"德生忽然开始脱去上衣。二姐说："你干吗？我叫了！"

"你不是让我整一个？这是这些天我整的。"德生拉下衬衫，脖子、肩膀和手臂全是抓痕，"我在美国做婚姻研究十年获得的女人抓痕，还不及这里一个月的。"

二姐哈哈笑："这都是被挠伤的？"

德生说："都是误伤，我发现，中国人离婚的肢体语言远比西方人多，咨询师被攻击的概率不亚于拳击裁判。现在，已经有人给我们公司贴大字报、针扎小人，各种手段，应有尽有。"

二姐："在中国开离婚公司不是闹着玩的，没两把刷子，别做呀。"

德生说："怎么个刷子，说来听听。"

二姐说："第一，不要说教，没人愿意听晦涩道理，重要是实用有效；第二，要产品化，离婚公司就是一个医院，分科挂号，有病治病，无病谈心。"

德生说："有道理。真心希望你能加入。"二姐说："不见半点诚意。"

德生说："怎样算有诚意？"

二姐把办公室门打开，干洗店那个小伙子又来了，把一堆女人蕾丝内衣内裤摆在办公桌上。

李德生被突如其来的"壮举"吓着了,"这是干嘛?"

伙计说:"上次我们的'老公卖萌'套餐,您老婆买的单。我们这个月推出'老婆撒娇'计划,就是老公为老婆买单。您看,999元,全是内衣内裤,一样的数,缘分哪!"

德生着急了大叫:"瞎胡闹呀。谁是我老婆呀。"

二姐忽然嗲声嗲气:"老公,999,不要那么小气嘛!"

伙计接着说:"这次,内衣上都用薰衣草、迷迭香、玫瑰等65种精油洗过,焕发情欲的味道。"他还在一堆内衣上,放一束红玫瑰。

德生看着一大堆女人用品就摆在桌子上,外面人来人往的,立刻说:"拿走拿走,我给了!"

伙计对着二姐说:"您看,我们这样的干洗店多有情趣。杨小姐,你老公开始会害羞了。"

伙计拿着999元走了,找给德生1元钢镚儿。

德生说:"你满意了吧。"二姐说:"凑合吧,这下扯平了。"

德生说:"没扯平,你还泼了我一身酒。"

二姐说:"当老板的,肚量要大,员工才信服。我马上开工!"

德生看着桌子上的一堆内衣,说:"拿走!"

二姐说:"你看看,不该害羞的时候却装,没见过女人内衣呀,假正经是一种矫情。"

德生遇到这样真刀真枪的女汉子,只好认栽!德生把一元硬币丢给丽琪,二姐接住说:"还有小费?"德生说:"不但有小费,还送一个愿望。阿拉丁,工作去!"

二姐刚要拿走那束玫瑰花,德生说:"花留下。"二姐说:"算你送我的吧。好久没人送我花了!"二姐忽然对自己说:"好贱!"

李德生看着这个婀娜的女人从办公室走出去，他打开电脑，一封新邮件赫然在目：

德生：

当你收到这封信的时候，我们已经开始"试离婚"两周了。我正在进行"记忆大扫除"。在你走后一周，我将屋内所有有关你的物品打包，寄往中国。双方不再有共同记忆，删除包括：手机里有关两人的照片、社交媒体相关资料、照片、留言和@的信息。除了必要的工作汇报，每月不得多于三封的电子邮件，不得刻意搭讪或者电话，否则作为公司执行董事，我将扣除你部分薪水作为惩戒。

我下月去中国，希望业务顺利展开。祝好！

你的合伙人　黄雯

李德生把电脑合上，忽然想找个人喝点酒。他把办公室的灯关掉，在黑暗里自己待会儿。

16. 老板有秘密

马力早晨上班，看到一堆包裹堆在门口。邮局的人说，这是美国送来的包裹，仔细一看，发件人：黄雯。大老远送这么多东西？马力心里一阵酸。马力私下把箱子抱到办公室，路遇张姐，他抱着箱子闪进办公室，差点闪了腰。

马力忍住腰疼，环顾四下无人，拆开箱子，看到一副相框，两人结婚的合影，但男方的脸被创可贴牢牢封上。马力撕开创可贴，笑出声来！没错，是李德生。西装够土的。哎，当初的校花，明珠暗投，马力用手指轻轻抚摸着照片上的黄雯。不知何时，德生走到他的后面，咳了几声。

马力不情愿地把盒子递给他，说："我还以为是我的，结果是你的。"德生不说话，只是收拾东西。马力一手扶着腰。德生问："腰怎么了。"马力忙说："没事，拿你包裹，给扭着了，哈哈！"德生冷冷说："扭到笑穴了，这么开心。"德生拿着箱子，掉出一件东西。二姐捡起来一看，是份《试离婚协议书》。

二姐对德生说："你的东西丢了。"

德生说："谢谢。"接过来，看也不看。

二姐问："怎么了，失恋了？"

德生看着她，说："以后对老板，请不要用这样的语气。"

二姐说："那用怎样的语气？老板，你的《离婚协议书》掉了哈！"二姐故意高声说。

德生连忙带着颤音："小声，你小声点。"德生把二姐叫到办公室。

德生忽然问："你知道试离婚吗？"

丽琪说："原来不知道，刚看到你的合同，惨哪！"二姐那感觉像知心姐姐，自然熟。

德生说："你不知道不能随意翻别人隐私？尤其是老板的。"

二姐说："知道啊，道理是死的，人是活的。关心老板是新员工要学会的第一堂课。"

德生看着窗外，说："在美国，我和妻子商量，先分居实行试离婚，一年后再决定离婚与否。在这段时间，给彼此一点自由。"

二姐说："这个没啥不可告人的，有时把秘密说出来，多一个人分享，心里会好受些。"

德生想了下说："我能相信你会守口如瓶吗？"

二姐说："你不相信也没办法，你已经把瓶子里的女妖怪放出来了。"

德生说："其实，试离婚不仅是我个人的尝试，未来也会是公司的一项离婚服务。"

丽琪好奇问："照你这么说，试离婚就是一种离婚前的演习，先分居，再离婚？"

德生道："对的，分居只是手段。试离婚是一种比较保守的离婚策略，假如这段时间，彼此意识到对方的不可替代，就不离婚，不影响生活；假如没有任何改善，双方也逐步习惯单身生活，试离婚就比马上做出离婚决定更加稳妥慎重。"

丽琪道："哎，替人保守秘密是一种负担！要不，那谁，我能略微八卦下吗？"

德生说："不能！我觉得试离婚会成为未来中国人离婚的前奏。"

丽琪说："这么说话多没劲！"二姐也学着德生的口吻说："试离婚就是双方签署相关协议，建立分居制度，心理上逐步摆脱对方，包括依赖感、生活习惯等，但这一切最好是由第三方监督执行。"

德生说："总结得很好。"

二姐嘀咕："你这人真没劲，说话像永远站在主席台上带着发言稿。喂，那谁，你们夫妻生活怎样？"

德生好像没听见。他指着桌子上一堆东西说："这是十年前，我在学校送她的生日礼物。这个是我们结婚一周年的聚会照片……目前,我们在互相'删除'记忆,把可能引起联想的东西都搁置起来,眼不见,心不烦。"

二姐好奇地问:"懂了。被人家删除是什么感觉?"

他说:"内心有一种抗拒,要忘记一个人很难。你对一个人依赖越大,离婚对你的伤害也越大。大部分人离婚后,会感觉抑郁,否定自己。"

丽琪问:"这样说话才对。是她把你甩了吗?"

德生说:"这些属于隐私,你可以介入,但不要问隐私。"

丽琪说:"好嘛,老板的秘密知道越多,死得越早!问一句,你们夫妻生活和谐吗?"

德生说:"很和谐,这个问题以后不要问了。你全程监督我们的试离婚,不要告诉任何人,尤其是马力。"

丽琪说:"好嘛。离婚督导嘛!"

他看了一眼对面办公室的马力,一脸阳光。二姐心想:老板,这回你信错人了。

没有二姐泄漏不了的秘密,但是这回真要把嘴巴缝上了。

17. 白羊世家列传

张姐遇到李德生和一位姑娘,德生对张姐说:"张姐,这是公司新到的同事杨丽琪,以后大家会一起共事。"张锦华上下打量了一下丽琪,嘴巴啧啧的,说了句"年轻有为"就走开了。德生说:"原来是居委会的,老同志,有经验!"丽琪说了句:"真是藏龙卧虎呀,什么人都有。"

杨丽琪坐在婚姻观察室门口,调解室四面的玻璃都是特别定制的,从外面能清晰看到里面,而里面的人却无法看到外面的情形。"观察室"这样的称谓,适合在无人监督环境下,里头的谈话,都会被监听记录。

今天是丽琪上班以来的第一次心理咨询,只许成功,不许失败。

诸葛小强来电,劈头盖脸就把二姐骂了一顿。这诸葛小强是二姐大学时代初恋男友,人称"二哥",所谓一物降一物,二姐虽然二,山外有山,楼外有楼。诸葛小强知道二姐是"挂断狂",就是在你电话爽毙高潮一瞬间,挂断,让你憋死。二哥说:"别挂!谁挂死全家!"二姐还是挂了!又没说死谁的全家。(虽然诸葛小强极力说服作者要参与本书角色,但鉴于他抢镜的本事,不宜着墨太多。)

在玻璃房里,两位调解客户已经吵到疲倦,男士干脆靠在沙发上睡着了,眼角带着泪痕。女方依然亢奋,见到丽琪,如见救星。

"你给评评理,见过很蠢的男人,却没见过这样蠢的猪。嫁给一只猪,真是件着急的事儿。"

男人急了,嚷道:"你才是猪,你们全家都是猪!"

女人更着急了,大骂:"你试试看,我砍死你个猪头小队长!"

男的也叫道:"好呀,恋爱时你给我起的绰号,都给曝光了。你个扫把女巫,每次罚扫地都有你,骑着笤帚你就想飞。我同情你,收了你!"

丽琪示意双方都歇歇火,说:"该爽离就痛快分了,大家都是爽快人。"

女方说:"这得怨你们,把我们关这儿俩小时了。这十年能骂的都骂干净了,只剩下烂谷子的事。"

男人说:"咱们的婚姻,不就剩下些烂谷子破事嘛,你以为还有啥!"

女方咆哮:"那就离婚,就是晚上睡民政局门口,也得赶在明早第一缕阳光前,把你这孙子踢出我的户口本!"

"我还不乐意待在你户口本上呢,连户主都排不上。"

"好了好了,都消停!按我的要求,你俩的星座?"二姐开始进入星座咨询波段。

"白羊。"女人说。

男人犹豫下说:"我不知道,4月1号愚人节生的,人家说我生下来本身就是个谎言。"

丽琪笑道:"两只白羊是怎么过日子的?简单、直接、粗暴。"

女人拍了下膝盖,叫道:"大姐你说得忒对了!就是简单、粗暴,我们最大问题是……"

二姐接话道:"就是不过脑子,只走肝,不走心。一通暴脾气,问题没解决,发完后悔没几天,然后接着发——"

女人说:"忒对了,你是星座大师呀。"

男人马上把凳子拉近一小步,说:"大师,你给算算我们是不是八字相克,总是吵架,为了屁大点事。"

丽琪说:"你们要相信我,先压住火,把事说明白。"

女方慢慢描述:"事情是这样的,早上我们起个大早,刷我们婚房的墙,我要刷粉色,他非要刷白色,我坚持粉色,三两下,我们就打起来。中午,我们就决定去民政局办离婚。我们开着家里的破马6，他闯了个黄灯，扣6分，笨蛋！我一着急帮他踩了刹车，他哧溜右转，撞了一位老大爷。老头当场吓尿了，没辙，人拉到医院，缝了6针，一个劲儿给人道歉，赔8000，我才想起来我是去离婚的，噗噗噗开到民政局，竟然关门了！越想越气，憋的我，来这找人顺顺。"

丽琪呵呵笑起来："你说得够利索，一气呵成。"

女生叹了口气："白羊，我们的肠子，不带拐弯的！我老公也白羊，我妈我爸爸也白羊！我们全家一吵架，就和点炮仗一样地打！打完第二天还是自己人！白羊不记仇！"

丽琪打趣道："白羊做事都风风火火，但事后就后悔，先冷却情绪。"

女人高声说道："哎呀妈呀，忒对了。我们结婚两年，一半时间在打架，另一半时间都在互相道歉。"

丽琪看着两人，继续说道："两个白羊组合的家庭，婚姻决策会出现大量情绪冲动，你们要用理智判断，不要被情绪左右。你们现在后悔了吗？"

男人忽然顿悟："经过你这么一分析，就是我俩同时短路了，我现在已经开始后悔了。"

女人忽然哭道："我也是，我刚想，我怎么忽然到了这儿呢？"

男人说："老婆，现在你就是把墙刷成绿色，我也不管啦。"

女人说："哎呀，好像我们出来忘记锁门啦！"

男人说："你这个蠢婆娘，我真要气死！过脑子，不生气不生气！"

女人笑了："这样才对！"

丽琪呵呵一笑："记得，要过脑子！"

李德生把马力、张姐都请进会议室，对大家说："今天的调解，大家都见识了杨老师的星座调解术：用星座来对号入座，让对方接受一种性格描述，从而理解自己的性格特点，最后理解性格上的冲突，达成和解。"

张姐却说了句："这狮子老虎山羊，管用吗？看星星就知道今天吃饱没有？"

丽琪插了句："看星星不能知道你饱没饱，但可以知道你来自哪个居委会。"

张姐的脸色一下难看起来，德生立刻岔开话题。

18. 逃离爱的地心引力

试离婚 20 天
客户：李德生
执行人：杨丽琪

[**音频资料**] 心理试离婚在中国刚刚开始成为新兴服务，试离婚最重要的只有两个字：独立。切断夫妻连在一起的心理脐带。这其中包括常年累月形成的夫妻相互影响的个人细节。以下是我与客户李德生反复交流，也包括观察获悉的客户私人细节，这些细节都和其妻子影响相关联，"戒除习惯"并非是强制性的，只是希望当事人意识到自己这种不自觉影响，包括思维方式，情感依赖尤为不易觉察。离婚，就是逐步脱离一个人，同时在身体语言乃至情绪记忆上慢慢淡忘。

习惯1：客户喜欢女性走在自己左侧，可能因为客户是左撇子的缘故，一旦有女人走路的时候进入他右边的领地，客户会本能上异常紧张。也许这种男右女左的站位反映出其妻子在家庭中的掌控力和强势。

习惯2：客户有一次找不到路，无意识之中就给在美国的妻子打电话问路。客户谈到自己在美国开车，妻子一定坐在副驾驶"指挥"方向，也就是说，真正的"司机"并不操纵方向盘。男性对方向的缺失和依赖，也反映出某种深度的恋母情节。

习惯3：客户深夜失眠的时候，发现自己在双人床上始终处于右半边的位置，即使一夜无眠，也始终处于三八线位置，常年失眠导致客户仍有很强的界限感，潜意识里对离婚依然有深度焦虑和恐惧。

李德生看着这份"心理分析"报告，差点没笑出来，"你怎么知道我睡觉时候，睡哪边床？"

丽琪说："怎么了？有次在办公室看见的。"二姐有点害羞，眼神闪过去。

德生说："以后我睡觉，进来先敲门。"

二姐说："知道了。咨询师要和客户亲如一家。"

德生说："亲如一家，也不能直接住到人家家里去，你太自然熟了。"

二姐说："好，那我疏远些。"

德生说："报告分析煞有介事，一股精神分析的味道。"

丽琪带着学术腔说："离婚，是一个心理上逐步释放的过程。"

德生说:"这是对的。在美国,有一对夫妻,每天睡觉都和自己家的狗一块睡。后来离婚了,丈夫失去妻子倒还好,没有狗,睡不着!于是双方轮流借狗才可以睡着。没有狗的一方,就会失眠。"

丽琪说:"哈,这狗倒像是原配。"

德生说:"这就是习惯。习惯是顽固的,离婚首先要对付的就是这些一旦改变会让你产生不适的顽固习惯。"

丽琪说:"看来,摆脱一个人常年累月在你身上建立的习惯,远比永久忘记她还要难。"

张姐看着德生和新来的女同事常常出双入对,便说:"你说这星座速配还真行,没几天就把老板拿下啦。"

马力正巧在边上,心想:试离婚就开始出墙了,世风日下呢。

马力看了下潜水表,说了句:"美国时间12点整,一个罪恶的时刻。"

"你这表不是看中东时间,咋又换成美国的呢?"张姐不明所以。

马力把手指放嘴边嘘了下,说:"中东客户砸了。现在专心对付美国的!"

19. 革命不是请客吃饭

张姐早上7点准点起,闹铃的曲子是《好一朵茉莉花》。李瑶和吴天明还在睡梦模糊中,张姐已经直奔地铁。李瑶推醒老公:"小吴子,你说咱妈最近是不是变化好大,活脱脱一个老年版拼命三郎。"吴天明打个呵欠说:"咱妈的又一个春天哪。"李瑶说:"去你的,自从爸爸走了后,妈从没这么精神过。"吴天明打趣道:"手机还得每日一充,咱妈不要,每天活得像革命党!"

"啥叫革命党?"

"就是不占用劳力成本,不签署劳动协议,不用考虑吃喝拉撒,来之能战、战之不累,无社会保险,一切都是革命需要!"吴天明清了清嗓子,用京腔京韵念白:"菜米油盐酱醋茶,外加一个老妈妈!苦也——苦啊——啊呀!"李瑶笑得花枝乱颤。

张姐一到公司,就打开手机上的日常英语对话跟着读:"Book, book, bye, pen, cat……"不远处丽琪端着咖啡奇怪地看着这位老太太,这时老太太又开始对着手机大声朗读网络用语:"土豪,屌丝,元芳,我伙呆,何弃疗!"丽琪背过去,一下把嘴里的咖啡喷到电脑屏幕上,笑得不行。

张姐是铁了心要紧跟美好时代,不做被时代抛弃的老太太。她托修手机的下了一个app"一天一点新时髦",在地铁里,她戴着耳机唱《骊歌》,一会儿周围就没人了,空出半截车厢。一位老太太问:"大妹子,刚才是什么声音,哪只猫尾巴被踩了?"

张姐戴着老花镜,走到公司门口,打开百度地图,然后抓住路过的人问:"小同志,请问我这是在安定门安定大街上吗?"对方一愣:"知道还问。"张姐看着手机,高科技太神奇啦,老天爷在看着你哪!这GPS真是好,张姐像玩一个新玩具,过一会儿,手机电量就用得差不多了。张姐想,这导航功能可不能浪费,我得试一把走远些,然后再走回去。

李瑶等到晚上10点,张姐电话关机,单位说7点人就走了,没说去哪。李瑶快急哭了。她琢磨妈妈不会是被人拐走了吧,车祸?昏倒？……要不一个50岁人，这么晚能去哪呢？吴天明在屋里走来走去的，李瑶说别走了，咱报警吧。这时，老太太进了门，说："你们谁先把外面出租车钱给付下？"吴天明很不情愿地拿着钱包出去了。

"妈妈，我都急死了。这么晚才回来！"

"都怪我！玩着手机'鸡皮死'，跑到森林公园，手机就黑了。走了好久才看到出租车，我又把家的地址忘记了！"

"我不是写了一张纸条？地址都在上面。"

"我给放在公司啦，去公司取。这一来一回……"

吴天明拿着一张出租车发票，嘟着嘴说："286块，够我一年交通费啦。"

李瑶立刻喝道："行啦，人能安全回来就好，妈妈，你以后手机必须充满电。这城里那么大，你可不能丢了。"她忽然哭起来，像一个犯错误的孩子，站在边上。吴天明赶紧说："充满电，充满电。"他心想：弄不好，又要整个充电宝。家有一老，赛过充电宝。

张姐总觉得手机有点不对劲，屏幕有点闪，充电器一插就冒火花，一摸，烫手！就问吴天明，这充电器是不是出问题了，好烫！吴天明说："发热是正常的，手机不发热，就和人一样，凉了你就死了！"这理由，张姐信！

张姐在厨房，吴天明忽然闪到身后，阴阳怪气地说："妈，你说自从你到我们家，我都没机会进厨房啦，我可是下厨小王子哦。"张姐被女婿吓了一跳，未料到南方女婿语气词如此之多，多到你以为是一个男人在撒娇，都说南方小男人就是半个女人，头一遭领教！

张锦华安慰说，年轻人，事业为重。这些拖地做饭，就让老妈子做。吴天明说："那也得嘴巴接受，吃了大半月猪肉炖粉条，打嗝都

19. 革命不是请客吃饭 59

是粉条味。"张姐看到女婿有点不乐意,就说:"这猪肉炖粉条是我家瑶瑶最爱吃的,一周吃三回,还闹着吃。"

吴天明看着油腻腻的锅,说:"什么我家我家的,您把女儿交给我,她也是我吴家人,我得伺候好。这伺候人,先伺候嘴!"

"中,理是这个理!"

"娘亲,亲娘,以后让我来做,给你整几个江南小菜吃吃!"

张姐对娘亲这个称呼起鸡皮疙瘩,说:"你们南方小年轻,菜就菜,还小菜,就是分量不够呗;娘就娘,还亲呀亲的,让人寒毛都竖起来。这有文化的人,就爱添油加醋。"

吴天明忽然正色道:"南方有啥不好,南方人做菜,讲究少盐清淡,慢火慢炖,慢工出细活,治大国若烹小鲜。这烹饪的哲学……"

张姐直接把女婿推出门,说:"你说得头头是道,女儿是我喂大的,她放个屁是什么菜味,我都知道。"吴天明心想,这也太忒粗俗了些,先礼后兵,不能怪我没知会哦。抢南方小男人的厨房,和抢他的女人是一个意思,但张锦华都抢了!

吃饭的时候,吴天明把自己做的扬州狮子头放在中间,张姐在吴天明还没有动筷子时,就给李瑶的碗里夹了一堆菜。

"吃吃吃!多吃点!"

"吃个扬州狮子头,老婆,我亲自下厨做的。"

张姐看到吴天明的菜,问:"叫啥?不就是几个大丸子吗?"

吴天明压住怒火,说:"这是淮扬名菜,扬州大丸子!瞧,给你绕进去了。"

李瑶把妈妈的饭菜铲进嘴巴里,举起大拇指说:"好吃!好赞!"

吴天明不平衡了:"我的呢,赞一个?"

李瑶象征性地用筷子捅了下，说："不错。"吴天明有一种挫败感，感觉在这场厨艺大战里，他的南方菜系彻底站不住脚了，这就意味着，在今后几个月，他打嗝放屁，都会是乱炖发酵的味道。

饭后，母女俩就出去散步去了，留一堆碗给吴天明整，还有几个囫囵的狮子头，没动几筷子，吴天明的心都凉了半截。有人敲门，派出所来登记外来人口。

吴天明问："什么算外来人口。"

派出所的人说："就是外籍人士、各种闲杂人等，需要在派出所备案。"

吴天明想了下，在外来人口登记簿上写上：张锦华，女，55岁，保姆。

他忽然闻到空气里有烧焦电线的味道，迅速赶回屋子里，嘭的一声巨响！

20．马律师咨询中……

马力在咨询室，今天做离婚咨询的两位尤为沉默。咨询室里任何东西都是固定的，是为了防止客户因为情绪激动摔东西，而当你发现哪个东西抓不动，你会更加抓狂。不要紧，"祝你幸福"有专门的宣泄室，我们在宣泄室不但有可以给你所有能扔的东西，连决斗用的剑都给你准备好了！这样是为了确保客户有一个发泄出口，只有情绪消耗殆尽，才会回归理智。比如我们组织过"祝你幸福杯离异夫妻拳击赛"，一位身家亿万的老公被做家庭主妇的妻子10秒击倒，苦大仇深哪！

马律师问："二位有什么离婚财产问题需要咨询？"

男的淡定地说："鄙人也是律师，幸会！婚前财产我们都公证过了，小葱拌豆腐，一清二白。"

马律师问："那你们来这儿有何赐教？"

男的说："岂敢岂敢！来这儿只为交流心得，提高业务水平。"

马律师冷笑："好呀，你们是如何做到有缝切割财产？"

女人抢话道："这夫妻财产就和切糕一样，切多切少，谁都不乐意。所以我们为了让婚后财产利于切割，连家用电器都各自买各自的。"

马力好奇地问："这个怎么各自买各自的呢？"

男的开腔："这和 AA 制一样，冰箱我掏，她买电视，电视离婚后归她，冰箱就归我，AA 拼婚就不存在任何切割的问题。"

马力伸出大拇指："高呀，不愧是同行，想得真周到。"

男人说道："但是人算不如天算，有件事情，我们没有算计好，所以烦请马兄帮忙。"

女的说："他没有连续五年纳税证明，离婚后再买车就很难，而我有！所以我打算把这个资格折价 20 万卖给他。"

男的很愤怒地站起来："虽然摇号很难，但不至于这个价。"

马力好奇地问："请问这个资格如何能卖的呢？技术层面——"

女的说："很简单，现在买车没资格的都走法院，把车当抵押资产，让法院无偿判给对方。"

男的笑道："但问题是，你中间还要收我 20 万，你胃口也太大了！"

马力说了句："抱歉，你们的问题太过技术流，作为离婚律师，我帮不上。顺道问句，你们是不是没有想清楚前，就不准备离婚。"

客户异口同声:"学理上是这样的。"

马力笑而不言,在离婚律师的眼中:爱,只是一种债务关系。

他看了下潜水表,美国又是深夜了。在淡蓝色的球体上,背面已是万家灯火,球体那面,有他朝思暮想的美人,梳着马尾辫,穿着米黄色的连衣裙,肉色丝袜,那是情窦初开的他幻想的女子。如今他39岁了,依旧单身,听到黄雯这个名字,还如同深呼吸了一口山林里的空气,世界又变得新鲜,富有生气。

对了,忘了一件重要的事情,他迅速冲到公司楼下的彩票店。马力每周都有买张彩票的习惯,他用铅笔涂好:01 03 06 11 32 33 10,机器打出一张彩票,他看也不看放进钱包。

李德生召集开会,最近"祝你幸福"的"安全危机"已经迫在眉睫。除了大量的恐吓短信,走廊也已经贴满各类标语,有人夜间涂鸦,还有不知道哪个女人用口红在墙上写:劝人离婚死全家!ps:尤其劝我老公!边上用黑色钢笔写着:妹子,能留个电话吗?我刚离婚,空冷(空虚寂寞冷)。

这些还不是最头疼的,最头疼的是精神压力,总感觉有无形的暴力指向这个年轻的离婚公司。

李德生刚进停车场,一脚踩在某东西上,啪嗒,李德生"啊"的尖叫一声。

开会时候,李德生拿出夹住他的"暗器",是一个"老鼠夹子",木制,上面用朱红色的笔写着:祝你幸福!

张姐马上瞅了一眼,说:"这年代还有这个东西?当年我们在居委会'除四害'的时候发过,威力不小,能把耗子拦腰夹死。"张姐一看德总脸色不好,就把话咽下去了。

德生说："还好，只是夹到皮鞋头，没受伤。"

马力拿出一封匿名信，说是早上在门缝里夹着的。

李德生打开一看，全是报纸上的"集字"，原文如下：

　　这次只是小小惩戒，公司若十日不关门，下次，没人可以保住你的脚！

　　　　　　　　　　　　　　　　　署名：离异未亡人

德生长叹道："马力，中国的婚姻咨询机构都怎么保护自己的？需要公安介入吗？"

马力说："这个不顶事，我们需要一个黑道白道都吃得开的兄弟！我想想办法！"

德生说："要快，要快！"

21．有个丈母娘，活得像只羊V

爆炸的最后瞬间，吴天明抱头趴下，索性没多大伤害。充电器"弹片"在小吴子的南方小屁股上划了一道，大夫尤其交待，为避免伤口感染，尽量趴着。

吴天明本学期的《会计学入门》课程必须延期，他趴在那儿，用手指比划，至少损失十二节课时费，每节120，就是——他大骂自己，笨蛋！怎么不跑快点。李瑶在边上，大声谴责苹果公司，希望起诉无良手机制造商。吴天明忙说，连碎片都找不到了，怎么取证！

李瑶说:"你蠢啊!有发票!"吴天明说:"哦,我那天走得匆忙,没来得及开发票。"李瑶说:"不碍事,人家留记录的,每个机子都有编号。"吴天明翻身,疼得嗷嗷叫,他忍住痛说:"瑶瑶,依我看,大事化小,老乔故去,不到三年,果粉还在守孝期。"李瑶问:"谁是老乔。"吴天明瞪大眼睛说:"乔布斯呀。作为果粉,少给人家添乱。"李瑶点头,说还好妈妈没事。吴天明忍痛坐起:"你妈没事,合着炸死我就更没事啦。好歹我也是条性命呀。"李瑶把吴天明一推,笑道:"牲口命硬。"吴天明"哎呀哎呀"叫唤!

吴天明趴在床上发愣,张姐坐在边上,默默不语。吴天明道:"说句话,您这是守灵的架势。"张姐半天说道:"女婿呀,从你受伤,我一直觉得心里亏欠,也许是我乱设置,或者没按说明书操作,这才爆炸的。"

吴天明趴着,心想不如顺水推舟,便说:"可不嘛,再不注意要出人命的。算了,都过去了,我年轻火力壮,炸到我也比炸到老佛爷好。你知道我损失多少吗?5542块3毛2,足够再买台新手机送你。"

张姐连忙摇头:"这手机我不用啦,你们没收吧。每次用都害怕,感觉和手雷似的。"吴天明心想,不用难道再买台,这老太太可真不是省油的灯。

吴天明说:"妈,此事就暂告一个段落。你的亏欠,我心领啦。这样,假如可以把歉意折合成什么的话,我想你答应一件事。"张姐说:"你说,我都答应。"

吴天明说:"我们这两年要孩子,也就是你的外孙,瑶瑶和我都担心你上班太远,找了家靠近你公司的小房子。"张姐说:"用不着用不着，我不怕远。"

吴天明说："这个决定算你亏欠我的。其一，你要养精蓄锐，你的身体已经不单属于你，要为瑶瑶保重，为子子孙孙保重。其二，你可以随时回来，我们真心不舍。要是想念瑶瑶，我立马让她过去陪你。你上班那么远，假如累病了，可不是一件负担嘛。"

张姐说："理是这个理！"吴天明抢着说："道，也是这个道。"

吴天明说："说定了，不许反悔。我这段得赶紧养好身体。这个家，我是脊梁骨啊。"

张姐忙说："脊梁骨可不能歪了，得养！"

吃饭时，张姐和女儿说想搬出去。开始瑶瑶说啥不答应，张姐干脆说，上班太远，有时挤地铁公交，胸闷。女儿只好说，那赶紧找个房子吧。吴天明说："我知道有家环境特别好的，还是学区房，治安也好。"瑶瑶很高兴地说："贴心小女婿，你是丈母娘的贴身老棉袄。"吴天明说："还贴心貂皮大衣呢。"

李瑶说："小吴子，很周到，表扬下！"吴天明额头被吻了一口，一只唇印，活脱二郎神。

吴天明拍桌子，说："这事情就这么定了。妈周一就搬走！"

吴天明来到筒子楼，问："这房租还能便宜吗？"房东说："不能便宜，要不是出事，才不会这么给你。"吴天明说："我可听说，有对小情侣在这房，拿着菜刀对砍，十几刀下去。凶宅，就得更便宜些哦！"房东说："不是凶宅，两人都还躺着医院，据说是植物人，反正没死。""没死就不算凶宅？"吴天明说，"这样，再便宜点，就收了。"房东被说烦了，就问："你那啥亲戚住？大家都是敞亮人，不要临时变卦，要是嫌弃屋子晦气，不要临阵逃脱。"吴天明说："哦，家里的老保姆，一块住蛮烦的。"房东说："农村里老人可忌讳这。"吴天明很坚定地说："老太太命硬，没事！"

22．"安全"专家特招

德生带着一边黑眼圈，大声斥责："真是疯了。在美国，夫妻分手，绝不会打心理医生的。何况大楼有保安，他怎么进来的？"

丽琪解释："他是我们客户的丈夫，闹离婚，经常家暴，给客户造成严重心理障碍，我们对客户进行认知心理治疗，她老公知道后，就威胁我们放弃治疗。说是，治好了，就闹离婚，不如痴呆着好。"

李德生道："丈夫不高兴，为什么攻击我，什么逻辑！"

马力说："暴徒是不讲逻辑的，要不，请几个道上兄弟。"

张姐说："要不，派出所就在附近居委会边上，我们把公司搬过去。"

丽琪打趣道："要不，警民联合好了，给老板配把枪，再配一件防弹衣。"

德生说："喂喂喂！你们越说越邪乎，要不，再给我配一辆装甲车好了。"

马力说："不要把问题复杂化，离婚公司无非就是黑白配，你是忠臣，就得有奸臣。你是白脸，就的有黑脸，咱们最大的问题，都是白脸，缺张黑脸。"

张姐问："怎么个算黑脸？"

马力说："就是看上去，让人毛孔扩张，瞳孔变大，双腿发软，这算黑脸了。"

德生无奈地说:"中国给人办离婚,需要招聘一个纯壮胆的职位?有这需要吗?"

马力赶忙说:"太需要了!吓唬吓唬,就像稻田里的稻草人,保个太平天下。"

德生说:"那就招!"

为了更加适应中国离婚国情,我们把公司的这个职位美其名曰"离婚安全科长",几天时间里,走马灯似的来了316人,其中有码头工人、建筑工人、酒吧保安、杂技演员、搏击教练、老虎饲养员等若干,对了,还有一位城管希望可以兼职,被我们严词拒绝。李德生无奈摇摇头,估计他心目中从未出现这样的一个角色,但是中国特色的离婚公司,我们可以根据需要定制一个角色,必有一款适合!

正在这时,一位黝黑戴着墨镜的兄弟进门,他脖子很短,身材魁梧,脖子上挂着一条土豪粗金项链,闪得你睁不开眼;黑背心,绿迷彩裤,裤腿高低错落,脚上居然穿着一双木凉拖,走路时咯嗒咯嗒的动静。他坐下来,不摘墨镜,让人完全看不到表情。

马力凑过去,小声说:"先生,您视力健全吗?请摘除墨镜,我们这是面试,不是拜山头!"

"你这有牙签吗?"这厮终于说话了,不情愿地摘下墨镜说,"刚吃完麻辣火锅,塞牙难受。"

摘掉墨镜后,此人并不像想象的那么吓人。眼睛很小,却很坚毅。

马力问:"知道我们招什么的吗?"

汉子说:"不知道,我就住你们隔壁的院子,就隔一堵墙,听到这里闹哄哄的，还以为谁家死人了呢，来看看热闹。"

马力对他说："我们要一位安全科长，负责公司的安全问题。"

汉子问："你们都啥公司？"

"离婚公司。"

"离婚是得注意安全。"汉子拿着牙签，刹那来感觉了，说，"这个我适合。信不信，我用牙签杀过人。七根牙签，穿透手掌，血不会马上流出来，冬天会冻在牙签上，凉嗖嗖的。"汉子说话有很强的带入感，在场的人都觉得牙齿发冷。

马力说："兄弟，我们不招杀手。安全科长。"

男子介绍道："我叫于海，干钩于，海洋的海。我在特种部队呆过五年。干过水手，卖过海鲜，做过保安。离婚公司的活，和我目前干的差不离。"马力问："于海兄弟，目前哪里高就？"

于海说："讨债公司，和你们离婚公司差不离。一个是不伤人，把追钱回来；一个是闹掰了一个子儿也不给！咱们一个流水线作业。"

于海慢慢找到说话的感觉，滔滔不绝："我这人，最大的特长就是不战而屈人之兵，做事是讲求技巧，心理恫吓加威慑……"

德生最厌恶这种江湖气息，立刻宣布："对不起，下一个。"

于海说："等等，你不要爷，爷我还就和你干上了！"

于海对着外面吼了声："外头面试的都走吧，爷我没面试完，不想挂彩的早点走。特种兵哦，下手就能听到骨头咔嘣脆的声音。"外面的人哗哗全走光了。

马力说："有话好好说，大兄弟，从你说话，我们觉得你还是有两下子的，但要债和离婚安全，这是两个领域，你怎么证明自己的实力？"

于海说:"哥是讲义气的,即使你们不要我,只要是我于海的朋友,十天之内,我保证,你们的事情将会得到妥善解决,不留一滴血。"于海说话抑扬顿挫,带着容不得你任何反驳的坚定。

德生着急地说道:"你可不能犯事呀!"

马力补充:"你可以犯事,但不能说我们挑唆你呀!"

于海笑道:"放心,我不碰他一根汗毛,他也会乖乖认错!"

于海问了句"几点",知道后说,"没个表真不方便,我得去听交响乐,等我信。"

于海咯嗒咯嗒穿着木屐走了。

马力问德生:"他最后一句说什么?"

德生说:"他要去听交响乐。"

没过几天,有个人推门进来,进门就作揖鞠躬,说:"那天是我不对,是我不好。我同意离婚,老鼠夹子也是我放的,人也是我打的,求你们放过我吧。"

马力说:"这不是良心发现吧?"

那人边走边撒钞票:"你们别问我,那位先生说不准说,我走了。"

德生和马力坐在那边,半天没说出话。

马力问:"你想知道背后的事吗?"

德生道:"有点好奇。"

马力说:"直接录用于海吧,冲这效率,我有信心,他会摆平公司前方道路上的大片荆棘。"

德生说:"我担心他也会给我们带来更多麻烦。"

23. 想念是一片"海"

马力问于海:"你是怎么摆平这事的?"于海故作神秘不语。

马力正色道:"于海,你能进来,我可有汗马功劳。"

于海说:"好吧,告诉你。我从老鼠夹子为线,查到只有胡同里的两个小店还会卖这种淘汰的捕鼠器。定点查看,我觉得胡同内一家菜馆嫌疑最大,而这家老板的老婆,正巧在'祝你幸福'咨询过离婚事项。"于海就坐在他们餐馆门墩上,告诉老板,自己的妈吃了他们的菜,食物中毒,如不赔钱,他就每天来。

于海得意地说:"我告诉他们,在上一家要债公司做的时候,也是一家餐馆,一个月进来吃饭的人只有3个。不信的话可以试试。我刚出来,有期徒刑13年,坐牢坐得珠圆玉润的。"

马力说:"好家伙,中国人最怕你惦记他。"

于海说:"这样压力还不够。我告诉他,食品卫生在这里很难保证,我有人可以让他迅速整顿。"

于海说,中国人最耗不起,最拖不起,这样的人,心理防线很脆弱,一使劲,就全线崩溃。根本不要动他。每个人都是惊弓之鸟,只要你找到适合打他的弓,鸟就会乖乖掉下来,手到擒来。

马力举起大拇指,这样的兄弟干婚姻安全科,比招财猫管用多了。

于海马上摸摸后脑勺,忽然说:"马总,你知道吗,我选你们更大的原因就是想给自己找一个。我最近挺着急的,我妈说,我老把小姑娘吓到,得赶紧找媳妇了。要不然,四十多还落单,太可怜!"

马力绷紧牙关说:"你是在影射我吗?我们这可都是离异的。"

"离异的也比没有好。"于海说。

于海在办公室话不多,每天都会带着一本《老人与海》。张姐很快就和这位小兄弟混熟啦。他很少谈及自己做特种兵的那段经历,你问他,他只会告诉你,好汉不提当年勇。他最喜欢的书就是《老人与海》,他经常可以迅速进入白日梦的状态:"我这辈子最大的愿望就是和自己喜欢的人,找一艘船,去海的中央,捕马林鱼。"

于海读书,不能默读,用他的话,文化不高的人,读书不能默读,拉屎不能坐着。

他用一股东北味道的普通话,添油加醋地读《老人与海》,模拟如下:

> 他出远海终于捕到了一条比他的小船还长的马林鱼(哎哟妈呀),足有1500磅。大鱼不慌不忙地游着,鱼、船和人都跟着缓缓地漂流。(我觉着约莫)四个钟头以后,那条大鱼照旧拖着小船向无边浩渺的海面款款游去。

他说马林鱼时,眼睛里都闪烁光,蔚蓝的大海,火红的夕阳,高高的桅杆,海风轻拂,他那时用一个月的收入购买CD机,听肖邦、巴赫。用丽琪的话,这是一个有分裂倾向的双鱼男,看起来是钢铁之躯,里面全是浆糊。过的也和浆糊一样,别指望太多。

于海告诉我们,他上个女友是上海交响乐团的小提琴手。在希腊的海港相爱,三天后忍痛分手。在希腊港口,他们喝着一种希腊特有的烈酒 Ouzo，那酒真够劲道，酩酊大醉后，他们登上两列相反行驶的列车，各奔东西。这段爱情也成为最值得炫耀的闪亮记忆。咱也泡过极品妞！

那些故事被于海戏剧性的表演稀释到亦真亦假，张姐想，这是电影《追捕》中杜丘的事吧，说得和电视剧剧情一样。于海却说，人生就得像电视剧，连续的。不能活得像话剧，花完钱，散场了，人家还把灯给你关了。于海的幽默感只属于自己。

于海毛发稀疏的后脑勺上，脖子与脑袋的连接处，褶皱出一堆肉。于海，真是一个活宝。

24. 为了忘却的纪念

李德生打开邮箱就看到"依赖尺"，这是在心理学上常常用来衡量情绪程度的简易手段。

黄雯给自己的依赖感觉建立衡量单位，分为 10 个程度：

10——无法独活

9——朝思暮想

8——频频入梦

7——偶尔牵挂

6——记忆美好

5——往事随风

4——喜忧参半

3—笑而不谈

2—淡若止水

1—形同陌路

黄雯在读书时就是文学青年，喜欢写点诗歌什么的。她的依赖尺也是充满文学的词汇。她告诉德生，自己状态很好，对对方的依赖感在6—7之间，正尝试结交新的异性朋友，开始有了新的朋友圈。

二姐发现老板是一个有故事的人，他总是心口是非，即便去餐馆点个菜，他也会点大家喜欢吃的，他从不把内心袒露出来，这正是土系男人的冷峻，所有一切情绪都是闷骚和隐蔽的。二姐偷偷跑到学校去调查。在学校资料室，德生和黄雯都是明星学员，经常上海报栏。有一张德生和黄雯的"班级前三合影"，黄雯像一个女王一样鹤立鸡群，那时德生很稚嫩，黄雯像老母鸡高高藐视一切，有很强的优越感。二姐没有见过黄雯，仅仅从这张照片就可以看出人的性格。

二姐还发现一张《通知书》，上面写：

高二（3）班李德生与马力在学校小树林因男女风化问题发生殴斗，校方努力开导，耐心教育，加强思想品德教育。现决定如下：两人记过处分一次，特此告示。

下面是马力的《检讨书》：

因为一时情绪，在小树林与同学发生殴斗，导致脱落一颗门牙。兄弟是手足,那啥是衣服。我严重认识到为女人打架的愚蠢。以后凡遇到此类问题,一定向校领导及时反馈,通过正当途径解决,不私自聚众,不上访。

丽琪看到这儿差点笑出声,脑海里无法模拟出两位中年男子是如何掐架。至于"男女风化"是指的什么?二姐脑海里出现一堆可疑的线索,两位斗殴的好兄弟早就忘记了那件往事吧,两人现在正坐在办公室里,管鲍交心。至于这段当年的故事,只能找个机会去请教当事人。

丽琪还找到一篇名为"我的理想"的论文,开头是那年月大家都会引用的名著《钢铁是怎样炼成的》:

> 当一个人回首往事时,不因虚度年华而悔恨,也不因碌碌无为而羞愧;在他临死的时候,能够说,我把整个生命和全部精力都献给了人生最宝贵的事业——为人类的解放而奋斗。我的理想是当一名研究人类心理的专家,研究出人类缔造幸福的法宝,我坚信我能成为一个伟大的科学家,像爱因斯坦、爱迪生那样的人……

二姐暗暗笑道,真够迂腐的。这样的人怎么会被黄雯看上呢?男欢女爱的定律,有时真说不准。对一个男人好奇是件要命的事情,每个男人都是一本书。李德生显然不是故事书,他的故事很贫瘠,他像一本老式的菜谱,故作正派,顽固抵抗,其实里面的菜,已吃过好些年了,菜谱也就成了虚设。

25. 有个丈母娘，活得像只羊Ⅵ

张锦华终于搬出来住了，东西不多，女儿也随时能过来，张姐安慰女儿："我随时可以回去看你的。"女儿说："妈妈，你该享点清福的，这岁数还工作啥。"张姐说："我这人闲不住的，闲出一身毛病。" 李瑶眼睛红了，说："我陪你住几天。"张姐瞧瞧吴天明一脸不高兴，就说："回去吧。"吴天明看了两眼，对李瑶说："瑶瑶，我晚上有课得先走。"李瑶说："今天是周末，有啥课！"

张锦华送走女儿，一看这个小一居的房子，发现自己又回到李瑶爸爸刚去世时的日子。家里只有自己一个人，孤单的时候打开电视看，忽然觉得很寥落。

李瑶回到家里，想想还是不妥，把妈妈放在那个小黑屋里。吴天明说："那个不是小黑屋，那个是国企宿舍呢。安全、实惠、方便。"李瑶觉得还是不行，陪妈妈去了。吴天明忽然觉得自己在这两个女人的中间，是一个完全无关紧要的人。他蹑手蹑脚到达大门，把门上附加的一把门锁换了，这下好了，可以把讨厌的人锁在门外了。

张锦华听到有敲门声，就出来看看。女儿给妈妈一个紧紧的拥抱，张姐说，不行不行，你得回去，小吴一个人在家。李瑶说，他是大男人，没事的。张姐说，这里是单人床，夜里会着凉的。李瑶很坚决地说："我不怕，妈妈，你别离开我！你知道，你对我很重要！"她的眼泪顺着面颊滑落，张姐也老泪纵横。

母女俩挨着躺在一张单人床上，想起有一年家里屋顶破了一个大口子，全家三口人只好挤在一张床上，半夜被窝里全是腿。透过屋顶上那个洞，可以看到几颗星星。李瑶问爸爸，人死了，会变成天上的星星吗？爸爸说，只有好人，才会变成天上的星星。现在，爸爸也许已经是天上的一颗星。

李瑶说："妈妈，你是我在世界上最亲密的人，你要为我保重。你开心，我才会开心。"

张姐用手拍抚着女儿的背，女儿好像小时候那样进入了梦乡。

天上，稀疏几颗星。

早上回去，李瑶发现大门的锁换了，赶紧给吴天明电话。吴天明气喘嘘嘘跑回来，李瑶质问："这锁怎么忽然换了呀？"吴天明只说昨天忽然坏了。吴天明又从口袋里掏出一张银行卡，拍在李瑶手上："里面是给咱妈的零花钱，我存了两万，慢慢花。"李瑶笑道："不错，还是小吴子孝顺。"吴天明正色道："你妈也是我妈，我能让她过不好吗？"

吴天明一到单位就给张锦华打电话："妈，我用自己的户头给您开了个卡，房租不够，您就从卡里自个儿取点。里面有两万块，慢着花。"张姐连忙说："妈不缺钱，妈有工资，妈会养活自个儿，我这不用你操心。"吴天明想，不操心也装出操心的样子。他还是不放心，又打电话问了下银行客服，手机银行可以把卡里的钱随时转出来吧？没有手续费吧？吴天明是一块布，面子和里子总是那么不同。

26. 劝和，还是劝离

要说张姐来"祝你幸福"，最大的贡献就是发明了"婚姻劝和术"。"和"这个字在中国人的字典里，是引用次数最多的。和睦、和解、和好、和谐……哪一个不带"和"？张姐说，劝和好过劝离，人心都是肉长的。中国小两口过日子，哪有那么多不可调和的矛盾，就是过日子过拧巴了，来个人帮着顺顺。所谓的婚姻劝和术，不外乎四句话：

心存善念，

人存善意，

枯木逢春，

万事求和。

张姐喜欢在调解室摆上一块醒木、一个搪瓷缸，一点茶叶，反复泡，不停地喝。她调解基本形成一个居委会大妈特有的套路。面对婚姻争吵，金刚怒目，先声夺人！气势镇住对方，惊堂木一拍，但见：龙吟虎啸戛然止，分飞劳燕归旧林。

"来来来，大姐一席话，床头吵架床尾合，一世夫妻几世修，百年（才）修得同船渡，手心手背都是肉，打在你身痛我心。"张姐出口就合辙押韵，"张氏肉麻体"混搭乡村居委会数来宝，但却很管用！让你相信，吵架归吵架，吵架未必要离婚。

张姐总能抓住中国人对离婚的恐惧感，再晓之以理，动之以情。

对于年纪大的想离婚的女客户，张姐就会说："你看，你年岁也不小了，还挑这挑那。你那口子挺好了，过了这个村，可就没这个店，你不要，我就顺道给你外销了哈。"再看对方的表情撒网——接着做政治思想工作——

"万事忍忍，忍得住，海阔天空；千般不好，熬得过，风平浪静。"这话糙理不糙，很大一部分人达成暂时和解，张姐的业务量相当之好。唯有二姐不服，这一味劝和，问题症结一字不提，作为婚姻调解师，不够合格！

李德生打算在"祝你幸福"这样的麻雀公司设立职能部门，麻雀虽小，五脏俱全。张姐隶属"婚姻调解科"，主要针对年龄稍大，偏好社区调解的人群；丽琪呢，脑子灵活，主要把控互联网和新锐群体传播，进行业务拓展，隶属"婚姻评估科"；于海江湖经验丰富，隶属"婚姻安全科"，马力自然是"婚姻法务科"，每个部门设立一个科长，各司其职。就这破麻雀公司，还搞这么复杂。只有于海喜欢，从小到大，他没有沾过任何带"长"的职位，连小队长、小组长都没当过，能不高兴？

德生让张姐和丽琪多交流，取长补短，可以互相观摩，互提意见。张姐心想，这有啥交流的，她的年龄也就比我女儿大那么几岁，还单着，又对老同志不够尊重。最可气的是，当你在调解时候，老喜欢进来指指点点，戳你脊梁骨！张姐倍感羞辱，但不好发作。你那些占星之类，是迷信！一个搞迷信的，有啥好指导一个基层老党员的？张姐表示不能理解。

张姐对德生说："我们没啥业务好交流，她走她的星座速配，我还是大妈贴心话、大妈数来宝。"

德生说:"这样不好,取长补短,互相取经。现在有人私下说,你只为劝和而劝和,失去咨询师的客观中立性。"

张姐说:"天地良心啦,每个来调解的小伙子、大姑娘,我都当亲人那样,谁愿意闹分家呢?劝和好过劝离呀。"

德生说:"劝和还是劝离,这是一个专业问题。有机会开会大家讨论下。"

那一年,在"祝你幸福"的工作交流会议上,大家为张姐的"劝和术"问题干上了。公司分为两个派系,赞同派和反对派。马力对劝和的意见在于:都和了,下面就没他什么事了。用马力的话说:"公司的服务增值,需要多环节盈利,不愿意和,也别勉强,都到法务科来,离婚分家当,快乐离婚。"张姐斗胆说:"这个思路有问题,依老党员看,叫唯利是图。"马力说:"公司要生存呀。不能你当和事佬,下游喝西北风。你撮合一对,我少一份钱,都撮合了,没离婚律师的炉灶了。"

丽琪却不这么看,这劝和不宜作为一种硬性标准。重要的是解决实际存在的问题,假如夫妻俩实在过不下去,就该劝离。现在问题是,如何该劝和,如何该劝离,没有相应的行业标准,张三说该离,李四却说不该离。这点正是李德生让大家开会讨论的原因,但张姐却误会了,以为这是一种批判的前奏。

张姐激动地说:"这人活一世间,头朝天脚着地,都是爹生娘养的,宁拆十座庙,不毁一桩婚哪。我错哪了?"

于海当和事佬:"都没错都没错,死生自有命,离合不由人。这分分合合的,让客户做主吧。"

德生问丽琪:"你不是有个人意见?说说。"丽琪笑着说:"我没啥意见，研究不多。"

张姐说："有意见说吧，只要不在人后说长道短。"丽琪说："张姐，我不明白你话的意思。既然说开了，我就说几句，所谓以和为贵，为了和而和，婚姻问题还在那里，没有解决。上点麻药，疼痛缓解了，但肿瘤还在，能算治愈吗？"

张姐忽然拍桌子："哪天你离婚来我们公司调解，边上人告诉你，离吧离吧，你是啥滋味？你乐意吗？客户的感受重要，还是你那些不着调的狮子山羊螃蟹要紧？"

丽琪站起身小声说道："夏虫不可语冰啊。"

张姐也道："某些小同志的作风习惯，已经不能融入和谐社会啦。"说完转身离开。

27. 煽煽风，点点火

闹钟一响，于海起床。离家不远就是一条城中铁道，铁道边上是平房区，散布着很多小发廊，很多女人坐在里面，朝于海招手。他迅速戴上墨镜，不让别人看到自己的眼神，很酷地走过，从不流连。

他走进肯德基，买了一杯冰可乐，一个香辣鸡腿堡，三步并两步走进一家办公大楼，大厅中央有一架钢琴。这里每天八点都有演奏，几乎无人旁听，除了于海。

大楼里的人只是把钢琴和弹钢琴的那个女孩当成背景，匆匆来去。弹钢琴的女孩，个子很娇小，不施粉黛，弹出来的曲子感觉像月光洒在芭蕉叶上，软绵绵的，如同那座没有从清晨中苏醒过来的城市。

于海每天都来，戴着墨镜，幸好没带拐杖，不然就会被认为是眼疾人士。他带上吃一半的鸡腿堡，迅速吞咽下去，仿佛从嘴巴到胃部只经过一段相当短的颈部，食物便纷纷掉进肚子里。音乐开始，他立刻用袖子擦净嘴角，不留一点食物碎屑，随着音乐节奏微微点头，沉浸在钢琴旋律的波流中，自我徜徉。直到九点，他才迅速离去，每天坚持不辍。那座楼就离"祝你幸福"的胡同不远，步行十分钟的路程。

张姐自从会后一直闷闷不乐。德生怂恿着丽琪去给老同志道个歉，丽琪不干。第二天一早，张姐上班。看到桌子上摆着一个眼镜盒，打开看，是副老花镜。她环顾四周，这是谁送的？德生马上过来说："张姐，上次的事，她感觉对老同志态度有问题，我已经批评教育了。"张姐说："我桌子上眼镜是她送的？"德生说，是。张姐笑道："这个小妮子，和和气气多好，都是革命同志，哪有过不去的乱石冈。"

丽琪特意要"学习"下张姐的调解过程。张姐感到自己得到小辈的敬重，更加意气风发。丽琪说："对了，张姐，我也会带两位客户参观下你的调解过程，承蒙指教。"张姐说："哪里哪里，互相学习提高。"

丽琪偷偷告诉自己的客户，附近居委会主任随机带了两位吵架的居民，你们看看人家，就知道和自己的差距啦。张姐正襟危坐。二姐小声对客户说："看这架势了吧，居委会大妈，一会儿她一定会说我在居委会呆过多少年，走过的桥比你们走过的路多之类的。"

"小同志，不是我自夸，我在居委会二十年，走过的桥比你们走过路都多，见的分分合合多了。"

女客户对丽琪说:"厉害,什么说辞都知道。"丽琪说:"一会儿一定是'你要信大姐,就听我掏心掏肺给你讲讲,要不信,我和你们一起去民政局'!"又被二姐猜对了,男客户说,这居委会调解都是老套路,见多了都会背了!

只听见那边那个女的开始哭诉:"他妈就是皇太后,我妈就是老妈子,他妈要过年就双飞过去,我妈是坐骡车去的。"

男的忙辩道:"你家在山区,不坐骡车怎么走。"

"坐骡车不怎?那去你家干嘛不坐骡车,双重尺度!"

"我不是!"

"你是!"

"我真不是!"

"你就是!"

听得两位客户恼了,男客户对女客户说:"你瞧居委会调解太无聊了。"

女客户说:"坐不坐骡车都能离婚,我想那只骡子也不答应!"

男客户说:"咱们就从不为低端琐碎问题吵架,咱们吵的比他们高级多了。对了,咱们为啥吵架来着?"女客户说:"嘘,听。"

只听那女客户说:"不是我有个锁前男友资料的抽屉,你要抽屉钥匙,我没给你,你就雇了个开锁工,被我抓个现行。"

男客户说:"看他们这样琐碎争论,觉得人生太庸俗啦,你等会儿!"

男客户朝张姐走过去,对着那两对男女说:"两位,刚才你们的话,我都听到了。我看这位居委会老同志调解很吃力,我来说几句!"张姐的嘴巴张得老大,这是谁呀?

27. 煽煽风,点点火

男客户说:"做男人要有肚量,有容量,有雅量。我老婆十个前男友,她要是把前男友资料都锁在家的大柜子里,我打算就把柜子贴上条:前男友专柜!客人来,顺道参观下,也算咱家光荣历史教育的一部分。"

女人立刻对男人说:"你瞧瞧人家,你连我陪男同事吃饭,都吃醋。不行,我必须和你离婚!"

男客户说:"离吧离吧!我早就不想和你过了。"

张姐大叫:"你们哪来的,本来就够火烧眉毛,又过来放把火呀。"

男客户说:"这位大妈,居委会的吧,业务水准也就够居委会。"他指了下丽琪继续说:"我建议你俩找那位杨调解员看看,星座性格,我们两分钟就和好了。"

丽琪在那边微笑。张姐一脸黑。

张姐质问丽琪:"你这是业务交流吗?你是砸场子!"

丽琪说:"在心理学上有个概念叫锚。这么说,假如你看到有人比你更不幸,你会觉得自己还算幸福,就会更珍惜眼前。我只是让客户理解,别人的问题也许比你更低级琐碎,他们就会觉得其实自己的问题,没什么可吵的。"

张姐说:"懂了,你是把我当成那个不幸的倒霉蛋,那个锚!"

丽琪正要申辩,张姐不再搭理。

28. 淘宝 007 的秘密武器

德生问马力:"你觉得于海工作能力如何?"

马力说:"说不好,有时情商高得爆表,有时像幼稚得像小朋友。"

自从公司设立婚姻安全部,于海就告别要债公司的那条大金链子,换上一件薄薄的绿风衣,因为身材不够修长,且没有脖子,远望去像一只被粽叶包裹的肉粽。他有时会拎着一只黑色手提箱上下班。

马力说:"拎手提箱上班呢?够高大上的。我看人家银行押解员,为了怕箱子被抢,都用手铐铐在手腕上。"

于海淡淡地说:"只是吃饭的家伙,不值几个钱。"

丽琪好奇地问:"真有派,都有什么工具呀。"

于海说:"业内规矩,不便透露。"

马力说:"于海,你知道你最大的缺点是什么吗?"

于海说:"啥?"

马力说:"故作神秘。吊人胃口,老没劲。"大家一哄而散,于海一下不受关注了,忽然觉得很寂寞孤单。

"最近婚姻调查类业务迅猛增长,"丽琪在例会上汇报工作,"有位客户希望我们调查他的妻子有无外遇,以便在离婚判定上获得优势。"

马力说:"后面这个我在行,前面交给于海。不过,要牢记,不能违法。"

"得令,不就是抓抓奸?轻车熟路,哈哈。"于海猥琐地笑起来。

德生咳嗽几声,说:"注意正能量,原则上'祝你幸福'不接手这类业务,但公司发展初期,多个出口盈利吧。"

于海严肃地说:"对于非正常男女关系,给家庭和社会秩序造成的影响是恶劣的。抓奸,为一小撮不明真相的群众喜闻乐见,我们要从积极一面理解婚外情。"

马力说："换个雅俗共赏的词，别抓奸抓奸，这叫婚外情取证。"

于海说："好。我需要一位女助手。"

马力说："一个箱子外加女助手，配套的？丽琪，你协助他吧。"

丽琪说："啥？我可不是邦女郎，姐可是御姐呢。"

于海说："是御姐也不怕，你有淘宝账号吗？"

丽琪道："……你要淘宝账号干吗？"

于海说："业内规矩，不便透露。"

虽然没有邦德那样高大俊逸，但是我们的于海在制造神秘感上绝对和邦德有的一拼。他开始"跟踪任务"，为了让本次任务具备高度保密性质，于海为本次行动更名为：马林鱼行动。目标为：鱼饵。于海代号：鱼钩，丽琪代号：鱼肝油。二姐要求，能否起个好点的代号，这个代号特笑场。双方协商不下，最后于海妥协，杨丽琪代号：深海。

"深海，我是鱼钩，你迅速到小区西边银色桑塔纳这儿来一下。"

深海不知道鱼钩葫芦里卖什么药，便赶忙到那儿。鱼钩正在"垂钓"中。她对鱼钩说："兄弟，不是谍战连续剧，不搞形式主义，办完收工回家。"

鱼钩说："你站在边上放风，别问为什么？"

深海说："为什么。"

鱼钩说："业内规矩，不便透露。"

深海站在边上，小声问："你好了吗？快点快点，来人啦！"

鱼钩提着手提箱，从里面拿出一台微型电子仪器，深海好奇地走近一看，电子表盘上出现中华车系、丰田车系字样，仪器发出嘟嘟的声音，深海问，这是什么？鱼钩没有回答，依然像拨动保险箱密码锁一样寻找波段。他忽然抬头用眼神狠瞪了下深海，叫道："你，把风去！"深海看着小区不远处人来人往，看车大爷马上就走过来，心都快提到嗓子眼上了，说，看车大爷来了。忽然听到啪的一声，车门开了。鱼钩朝走过来的看车大爷微微一笑，大爷说："五块钱！1小时。"

鱼钩看了深海一眼，深海不情愿地从钱包拿出五块钱。两人坐进车里，鱼钩立刻对深海说，你把车内可疑的地方拍拍。深海问："什么是可疑的？"鱼钩说："你笨呢，抓奸，这女人的车子，只要有男人的东西都可疑。赶紧找找，一会人来了。"深海在车上搜起来，从车后座上抓出一双黑色丝袜，已经被撕破。鱼钩猥琐地一笑，说："很可疑。记下。"深海发现车子上有一个烟灰缸，有雪茄烟头。鱼钩说，记录下。

深海问："刚才你那个神奇的仪器是什么呀，这么快可以打开车门？"

鱼钩说："业内规矩，不便透露。"

深海说："于海同志，假如你不能满足我的好奇心，我明天就罢工，叫张姐来。"

鱼钩说："别别别，告诉你，那叫车锁解码器，可以打开90%左右的汽车，现在偷车贼都是这么整。"

深海说："第一回偷车呀，兴奋！"

鱼钩着急地说："姑奶奶，小声点！偷车不能大声说的，拜托了！"

二姐才住嘴。

鱼钩拿出一个纽扣大小的东西，在椅子上找个位置安上。

深海问："这是什么？"鱼钩说："我在车上安了纽扣窃听器。"

28. 淘宝007的秘密武器

深海说:"哇噻,你手提箱里还有什么?"

鱼钩说,一会儿鱼饵出现,立刻跟踪。鱼钩从黑色手提箱内找出一支金色的钢笔,小声说:"这是苏联特工的间谍摄像笔,笔中间有个细小的按钮,只要轻微一按,可以自动拍照,在笔头处有针孔摄相孔。"

深海兴奋地抓住那支笔,鱼钩说:"不好意思,拿错了。你刚才拿的是一只间谍使用的'钢笔枪'(安宾MKI),英国产,可以发射5.56毫米的微型子弹。还好没出人命!"深海连忙把"枪"还给他。现在拿在手中的就是他说的摄像笔。深海想,鱼钩的手提箱成了机器猫的口袋,不知道还隐藏了什么神秘武器。

深海抓住那支笔,不远处,那个女人正在护理头发,理发师的手搭在她的肩膀上,两人举止亲昵,深海用那只神秘的摄像笔,拍下两人的亲密照。这时,鱼钩到达鱼饵住地,按了一下门铃,未见人开门。鱼钩从箱子里拿出一个很小的透镜装置,这是美国情报人员使用的逆视窥镜,它有个不错的名字叫反猫眼,将反猫眼安在猫眼处,就能窥见屋里一切,甚至可以利用反猫眼从户外开锁。

于海从反猫眼看进去,大厅中央是一张结婚照,拍照的两人都愁眉不展,可以预见,这样的婚姻必定是以抓奸为句号。第二天到公司,丽琪生气地走过去问于海昨天去哪了。于海说,业内规矩,暂时保密。

丽琪说:"这笔还你,这活真累。"

于海说:"你拍了什么?"

丽琪说:"足足拍了3个小时,那个女人和发型师各种亲昵都拍下来了。"

于海说:"很抱歉,我忘记和你说了。我忘了充电了。"

丽琪说:"什么!你行不行?"

于海惭愧地说:"淘宝说这批货质量有问题都可以退!"

丽琪恍然大悟:"你要我淘宝账号,就是为了买这个!"

于海说:"是呀,和电影上的道具一模一样,就是时灵时不灵。摆个样子也很酷!"

丽琪说:"我深海宣布,将鱼钩开除淘宝户籍,永远不让你用我的号!"

于海说:"那不行,我还要买个东西。"

二姐好奇心又上来了:"啥告诉我告诉我,帮你买!"

于海说:"怪不好意思,那种验孕笔,测女人排卵周期的?"

二姐说:"啊?你几个意思?要这干嘛?"

于海刚要说那句话,怕二姐不买,就缓和下:"以后告诉你!"
过了一周左右,马力和大家说,为了保证抓奸成功,于海安了三个窃听器,终于找到女方外遇的证据。用于海的话说:"有时干一件事情,99%的时间,你可能都在作秀,只有1%的事情是有效的,但你依然要装下去,人生也是如此。"

至于为什么在女性排卵期抓奸成功率高,于海是这么解释的,人虽然不是动物,但动物发情规律对人类也是适合的。总有那么几天是很想的,控制不住,只是概率高而已。

我想,深海是绝对不会同意这个道理的。

29. 活在别人的故事里

德生、马力和丽琪在餐厅吃饭。马力问："德生，黄雯几时来？"

德生没抬头只是用刀叉拨弄意大利面："月底吧。"

马力说："你俩在班上一直是我羡慕的一对。说成绩，没得说。你们考上大学，我还在复读。你们出国，我还在上大学。我永远都比你们差一步。但爱情，来得早不如来得晚呀。"

丽琪马上说："爱情是没有早晚的。初恋是白葡萄酒，经过岁月沉淀，就像红葡萄酒。"

马力说："那为红葡萄酒干一杯。人生就像过山车一样，你下来，我就上去了。"他偷瞟了一眼德生。

德生说："你想过我们仨能像现在这样一起开公司吗？"

马力说："从没想过，你们是高才生，我是个充满铜臭味的律师。我这精神境界，离你们十万八千里。"

德生笑道："你就是实在，并不算物质。"

马力说："好，冲你这句，这顿饭我请。"

丽琪说："好呀。"

马力说："你的我不请，我只给知己买单。并且我唯一给女人买单的可能，就是她成为我女友。"

丽琪笑道："那算了，我还是自己给吧。"

马力说："我活这么大，没吃过女人的亏。当然，也不知道女人是什么味道。"

丽琪说:"不吃亏的男人,也很难收获真爱。"

马力说:"爱情在我看来很简单,当你遇到一个自己肯为她吃亏的人,就说明你爱上她了。"

于海一天都魂不守舍,灵魂出窍的前奏。早上,当他带着汉堡,照例去听那个不知姓名的女孩的钢琴演奏,大堂空旷寂寥,一群人正在搬钢琴,却没有见到她。

问了大楼物业人员,据说附近居民反映早上钢琴声"扰民",物业经过慎重考虑,把钢琴搬走了。空荡荡的大厅里,于海木讷地坐在原来的位置上,他努力让自己像往常那样,吃完整个汉堡。今天汉堡的味道真是要多难吃有多难吃。

于海鼓起勇气,找到物业问弹钢琴的女孩的状况。物业回答,姑娘和一个喜欢听她演奏的老外相爱了,两人昨天飞到大洋彼岸去见对方父母,估计好事将近。

于海瘫软在大厅里。他本来已经给这段音乐奇缘安排好第一步、第二步,结果人家抢先把自己剧本演了,像是自己的故事被别人演绎得有滋有味,这真是一股子窝囊没处说。他还记得那位姑娘娟秀的脸庞。人家终于告诉他姑娘的名字:冯薇。现在知道有啥用呢?好像人家给你一把钥匙,车已经开走了。

30. 凶宅夜未眠

张姐最近总是梦见李瑶爸爸,满身是血,舌头有一尺来长,吓得她夜里出一身虚汗。最近失眠多梦,这是怎么了。瑶瑶这些天一直在外地开会，晚上，张姐独自一人坐在小区广场上。旁边的老太太养着一条大胖狗，这狗居然可以坐在滑板上，让老太太拉着往前走。那情形让张姐忍不住笑出声来。

老太太朝张姐一笑，说："大姐，瞧你是刚搬进来的吧？面善得很。"

张姐说："您遛狗哪。"老太太忽然低声说："最近小区治安有问题，能早点回就早些回吧，记得把门反锁。"老太太又压低一个声部："我们那座楼15层1502出了个命案，听说血都流到楼下了。"

张姐说："这么严重呀。"老太太撇撇嘴："可不，一对情侣拿着刀互砍，都成植物人啦，听说，昨天都吹灯啦。"1502，张姐觉得听上去有点熟悉，居然和自己楼号一样，应该不会这么碰巧吧，她一笑，说："好嘞，我这就回。"

张姐走到电梯口，又碰见老太太带着狗，真巧，又碰见！两人在电梯里，老太太按下楼层按钮，张姐犹豫了下，按了15，忽然她想起，1502就是自己住的房号啊！老太太的脸上忽然有一丝诡异的笑，电梯门一开，她迅速撤离。现在电梯开往15层，数字15的按钮发出荧荧的光，像一只眼睛。

难道自己住的是凶宅？怪不得这个宅子阴森森的不见光！怪不得晚上噩梦连连。对于这个一辈子都没见过几次尸体的老太太，此刻忽然感觉到脊椎有股凉气。屋子里又恢复到阴森一片。张姐牙齿咯咯作响。她想起一些壮胆的办法，比如自己和自己说话。

"张大姐，不怕不怕。人走得正，牛鬼蛇神进不了身！"

"呸呸呸，这世上就根本没有鬼神。"

忽然客厅咣当一声，张姐差点吓出毛病。客厅挂钟不知怎么就掉在地下，耳朵边有很多细碎的私语，仔细一听，是楼上吵架呢。张姐快要被恐惧压垮了。她披着被子，坐起来大声说："瑶她爸，你走了三年，你泉下有灵，要保佑我和女儿平平安安，无灾无难，多陪女儿一天是一天，即使我张锦华这辈子都没有一天安生，我也认了，但请不要伤害我女儿。不干净的东西，你有胆子过来，咱们好好聊会儿天，不就是情侣吵架嘛，我是居委会的调解员，你找我呀，我让你们破镜重圆，阿弥陀佛！上帝九天佛祖阎王爷爷！"

张姐一着急，热泪满颊，说出来了，反倒不害怕了，下半夜睡得很死。

凶宅里睡觉，头一遭。

31. 革命友谊交流会

张姐一早就琢磨要不要把凶宅的事告诉女儿，她想了下，还是忍住了。她想到吴天明的那笔钱，可以临时借来用用。乡下人来看，凶宅是不能住的，老李家的媳妇住凶宅，最后生下个怪胎，长得和死去的业主很像，想想女儿就要备孕了，张姐打了个冷战。张姐来到银行 ATM 机前，将吴天明的卡插入取款机，账户余额 0.01 元，那一刻，张姐呆在取款机前。

丽琪敲开德生办公室的门，把一份报告放在德生桌上。丽琪说："我做了一份用微信来预约离婚的议案，目前移动互联网已经成为趋势所在，离婚业务不能简单依赖传统的心理咨询概念，我们要把心理咨询建立在更主流的网际传播上。"

　　德生说:"这个建议很好,等黄董回来,我们专门讨论下。"

　　丽琪说:"我觉得行动远比研讨重要,互联网时代,做错了不要紧,错过时机就什么都没有了。"

　　德生想了下说:"好,那就小规模作作。"

　　二姐说:"不能小规模,要做就大张旗鼓,抢他一个噱头。"

　　德生说:"我还是怕目前这个概念不够成熟呢。要不,先研讨下。"

　　二姐把材料拿走,说:"不做算了,最讨厌研讨了。小公司怎么犯上了大企业病。批个报销,还要黄董签字,黄董不在,就什么也做不了。"

　　德生看看二姐一脸怒容,知道她又犯"二"了,就安慰道:"冷静点,步步为营,稳扎稳打。"

　　二姐故意气这位摩羯老板,便说:"咋了,开导我?你这么稳的老板,咋也要离婚了?"说完就气鼓鼓地走了。二姐气的不是他,当然是埋怨美国那边掐得太死。

　　德生想:对呀,我这么求稳的人,咋也离婚了。你问我,我问谁呢?

　　丽琪知道这位老板一身学者的正气,他说话的时候,时不时蹦出很多心理学术语,他充满激情的语言可以让你热血沸腾,但一旦落实在操作层面,德总显然不如马总实干,也有一种很笨拙的书生气,他的书生气是包裹在一种学者外衣里面的幼稚。

　　二姐正在气头上,"二哥"诸葛小强来电话,第一句:"嗨,我在迪拜!"二姐本就够窝火的,这种叫找抽,足足骂了他30分钟,二姐骂完，问了句："电话费这么贵，你还听着我骂。"电话里头说："哎，谁叫你是初恋呢。"二姐说："还我四万。""挂了哈。"

在丽琪看来，在中国开家离婚公司，不要把自己当成启蒙者，其实，有时你是一个树洞，有时你只是一个垃圾桶，给人吐槽用的。在这点上，二姐差点和老板争吵起来。德总每次总是很沮丧，他一直以为借助国外最顶尖的心理科学，在未来，男人离婚就应该简单到和商店购物那样，无丝毫困扰。

要想当中国人的离婚导师，你至少少活20年。想要成为伟大的导师，你真要多活500年，才能把事干完。

张姐还在惦记凶宅，一筹莫展，一位老先生找到公司，要找"张锦华同志"。老头说："我是门头沟居委会的林木森，就是那天来你们这儿接受调解的林品品女士的父亲。"

张姐说："哦，请坐。来杯茶，老同志！"

老头上下打量张姐，目光来回扫描三次，直到看到张姐不好意思起来，才说："叫我木森就好，树林的林，木头的木，阴森阴森的森！"张姐想：是够阴森的，就问老同志光临视察所谓何事。

老头说："我想约你出去喝杯咖啡？没什么事。"

张姐说："啥？没事喝什么咖啡，我们这老忙。对不起！"

老林还是不死心："首先是感谢你，调解好我女儿女婿的关系。其次，作为居委会多年的战友，久闻你的'张氏劝和术'，希望做些业务交流。"

张姐说："那成，等我带上我的搪瓷缸。"

木森说："咖啡厅有杯子。"

张姐说："那种杯子喝不习惯。我有个怪癖，只要嘴巴一沾这个搪瓷缸子,嘴皮子就利索,说啥有啥。"

老林说:"这么神奇,你还有吗?给我也来一个。"

张姐说:"有倒是有,那记得喝完还我,别给带家里去。"

两位老业务人员坐在星巴克,带上两个搪瓷缸,把咖啡倒在缸子里,使劲摇晃。

老林点了杯蓝山,张姐来了杯卡布奇诺。

老林说:"这蓝山真差,一股子猫屎味,比我那茉莉花差太远了!"

张姐说:"这卡什么诺,就像洗衣服的泡,看着就恶心。很土豪,咱们。"

老林说:"这打土豪分田地早过去了。咖啡厅坐坐,享受老来片刻安宁。"

张姐说:"老林同志,你还很有情调。城里居委会比乡下居委会时髦。"

老林说:"我去过苏联、古巴、越南、南斯拉夫等好些国家,好歹见过点世面。"

张姐说:"为啥这些都是社会主义国家?"

老林说:"都是六几年去的,居委会交流,女儿出生后,基本没有去过任何地方,我老伴去得早。"

张姐说:"老林,不是说要交流业务?说吧,我还有事。"

老林说:"先干一杯。首先,我从你对我女儿的调解工作中,看到了出色的离婚调解员的业务素质和共产党员的党性、先进性,还有为人民服务的牺牲精神……"

张姐说:"老林,咖啡喝得差不多了,你抓要点,不是居委会开会。我给你十分钟。"

老林显然有点慌张："那我浓缩下。我从你业务素养里看出你是个不错的人，我呢目前单身，老伴死得早，家里有三个女儿，两个女儿已经结婚，基本清闲，在北京有单独一座四合院。"

张姐说："挑重点说。你家也在四合院？"

老林说："有的，基本是自有产权，东向房我住，西南北都是空的，老大。"

张姐说："我可以住吗？"

老林说："谁住？"张姐说："我住。"

老林说："张锦华同志，虽然我对你很欣赏，但现在就住，有点儿早，我缺乏点心理准备。等确定我俩组织关系……"

张姐说："你说啥呢，我是说出租给我！"

老林说："哦，你不和女儿女婿一起住？"

张姐说："我女婿给我找了个凶宅，别提啦，我夜夜失眠。"

老林缓了下说："张同志，你说的是《聊斋》吗？"

李瑶正打算吃饭，吴天明气喘吁吁地说："不好了，我刚去找房东，房东说，你妈退了房，和一个北京老头私奔了！"李瑶说："你说什么，再说一次。"吴天明说："一个北京老头把你妈拐走了。"

李瑶坐在老林的四合院里。老林给李瑶端上一杯茶，说："瑶瑶是吧，你妈妈天天念叨你，这事赖我，因为搬家没有提前和你们说，我这人急性子，说做就做了。"李瑶说："林叔叔，妈妈，这事儿怎么迷雾重重。"

张姐刚要说，老林抢话说："这事是这样，你妈妈给我女儿调解，我看家里有空余地方，就请你妈妈过来住，我这地方大，也不差这

31. 革命友谊交流会 | 97

点钱。"李瑶有点兴师问罪的语气："林叔叔，你好歹也是有儿有女的人，无功不受禄，哪有无端请人到家里住，一个鳏夫，这是要哪般？"张姐说："瑶瑶，你给我住嘴！这事不是你想的那样。"

李瑶说："妈妈，虽然爸爸去得早，但我并不反对你找个新伴，可是这种第一回见面就邀请人家上家里住的，有点没羞没臊的。"

张姐说："老林，这事我必须澄清了，否则把你拉下水了！瑶瑶，你家吴天明给我找的那间房子，两个月前有凶案发生，我实在有点忌讳，就租了老林的房子。"

吴天明跪在算盘上，双手抓住耳朵，说："夫人，你听我解释，这房子我真不知道是凶宅，我发誓。我要知道……"

李瑶说："你要知道怎样……"

吴天明想了下说："我要知道，我去住也不会让妈妈住。"

李瑶说："你说我妈这么大年纪，心脏还不好，你让她住凶宅。"吴天明流着鼻涕认错，心想：这事赖那个老头多管闲事！

李瑶说："我得给我妈一个交代。这样，你也去那地儿住一周吧，房租我出了。妈妈搬回家住！就这样。"

吴天明带着茅山道士的灵符，在胸口上贴上三道平安保命符，左肩膀和右肩膀是趋吉避凶符，在胸口上挂上护心镜，在脖子上挂上十字架，还是怕呀。半夜，房内窸窸窣窣的，吴天明从包里拿出桃木剑挂在门框上，龟壳放在玄关，对着上苍祈祷："九天仙佛、太上老君、耶稣、耶稣他娘圣母玛丽亚，我马上就要注册会计师考试了，冤有头债有主，别只找软柿子捏，我本良民，连活鸡都没杀过，你们挑战我太没成就感。他娘的，吓尿了——"

一个人睡凶宅，还是有点怕。据说茅山道士灵符还是起了点作用，吴天明的会计师考试很顺利。至于老林，他开始和张姐频繁交流工作，隔三差五就来一次，每次来的时候，都带些东西。张姐开始穿红色的羊毛衫，换上高筒靴，常常哼着歌。以前总是"天上飞来金丝鸟什么的"，现在改周杰伦的了，这个乡下老太太真能与时俱进。于海感慨说："这么老的机器都遇到改造的了，什么时候轮到我呢。"这时，二姐着急要他过去，说有个案子找他。

32. 孙璐璐的"路"

    一位姑娘坐在咨询室，于海只能看到她的侧影。她的手放在桌上，很不安分，把边上的纸条一点一点撕成碎片。她的手指又细又长，手掌肉嘟嘟的。她的头发柔顺透亮，没有一丝分叉。她的背影，于海不忍心一次看完。于海想看看月亮的"正面"，怕一次都全看完了，舍不得。于海这汉子，遇到漂亮女人，胆子就如同耗子那么小。

    这姑娘说话也和一般的不一样，声音忽大忽小，让你的耳朵有一股痒痒的感觉，话里出现大量"哎哈嘛呀啦哈咔"诸如此类语气词，让你耳朵更加好奇瘙痒。于海凑着耳朵上前一步。

    "是这样的，我们是在大理认识的，感觉很好，认识有一周吧，我说，妈的，完了，我爱上你啦！他把机票改签了，直接回来登记，认识七天七夜我们闪婚了！结婚后，一切都变了，这人怎么看怎么讨厌，我要和他离婚，他不肯！我说，离不离不是你说了算，而是我说了算，他不干！于是我们吵了七七四十九架，他居然敢打我。你看你看，浑身上下挂彩旗！我就雇了个保镖！结果，你猜猜怎着……"这妞喜欢说话留个扣,你以为是评书联播呀。

"怎么着?"于海在边上蚊子嗡嗡问道,他用牙齿咬住自己的手指,嘴角流出一点口水。他马上意识自己失态了,把手指从嘴巴里拿出来放到身后,在衣服上擦干净。

"结果不怎样,他请了个更厉害的保镖,把我的保镖给废了,人还躺在医院呢,估计下半辈子是要坐轮椅了。"小姑娘说这话的时候,如同武侠电影里比武招亲的小媳妇。

"璐璐女士,听你说了这一堆,你到我们公司,是打算再雇个保镖?"丽琪看到于海在边上眼神都直了,忙说,"给你介绍下,这是我们公司专门负责保安工作的于海。"

于海缓过神来,连忙纠正:"璐璐,我纠正下,不是保安工作,是安全工作!我是婚姻安全科科长于海,安全问题找我。"

孙璐璐很兴奋地说:"杨老师提过你,说你会各种歪门邪道,黑道白道,一肚坏水!"边上丽琪一脸尴尬。

于海这才看到这个姑娘的庐山真面目,她素面朝天,前额有个刘海,瓜子脸,白里透着红。于科长故作镇静地说:"大姐,这是正规公司,不是黑社会!"

"哇!谁是你大姐!"第一次被一个满脸鱼尾纹的男人叫大姐,孙璐璐干脆说:"主要你帮我想个办法,给我离了!"她忽然仔细看着于海说:"你长得很像一个人。"于海问像谁?孙璐璐说:"像我舅,前几年癌症故去了!"女孩有点伤感。于海很尴尬,不知道这种话怎么接,就换个话题说:"我问你件事,璐璐小姐,你当初结婚的决定,想明白了吗?"

"想得很明白呀!因为爱!"

"那现在要离婚,想清楚了吗?"

"因为我们的爱没了!"璐璐说话似乎没经过脑子,迅速出入,不留片刻。

于海叹了口长长的气:"那好,给我买一把轮椅。"

璐璐瞪大眼睛:"呀哈,这没交手就预订上啦?"

于海说:"不是我,给他预备的。"

璐璐这时从上到下看了这个矮胖男人,拍了下他的肩膀,说:"没走眼,是条汉子!"

于海拎着黑色手提箱,头戴鸭舌帽,身穿短夹克,脚跨黑军靴,不知道从哪搞到一辆摩托车,带着璐璐飞驰而去。于海说:"抱紧我,抛出去,轮椅我送!"璐璐笑道:"抛出去就不是送轮椅啦,你得给我买块面朝大海的墓地!"这妞,嘴巴没边。

于海来到孙璐璐家门前,对着猫眼朝里望,拿出"反猫眼",孙璐璐说:"这啥呀?"她用屁股一摆,把于海挤开。于海恼了,说:"先让专家干活,一边玩去。"说完用屁股回"攻"过去。于海看到屋内一张结婚照,和普通结婚照不同的是,新郎把新娘抱起,构成一个十字架。很酷的结婚照,背后是青砖墙壁。

孙璐璐拿出钥匙,直接把门打开,说:"进来仔细看,别在门口和贼一样看。"于海叫道:"你有钥匙早说呀!"孙璐璐说:"我本想你会有开锁绝学,我还没见过人拿头发丝开过锁呢。想学几招。"于海说:"你是不是电影看多了,小偷都是直接从窗户进去。谁他娘有钥匙还用头发丝开锁,那秃子咋办呀!"

孙璐璐说:"没劲,江湖人就是带钥匙也拿头发丝开,咱乐意。那东西叫啥?"于海说:"这叫反猫眼,专门对付猫眼的,对着反猫眼可以看屋内状况的。"孙璐璐好奇地拿过去,瞅了又瞅,摸了又摸。

于海进屋后,看到孙璐璐的家很大,电器一应俱全,就问:"他呢?"璐璐说:"别提他,他就像鬼魂贴着我,假如不见我超过三天,他就会到我妈那去闹。这房子是他送我的,房产证写着我的名字。"于海说:"哇呵,出手真大方。"孙璐璐把于海的身子掰正,四目相对,说:"我告诉你,只要我孙璐璐对谁没了感觉,你就给我金山银山,也甭想动我一根毫毛。"于海那一瞬间,眼神都直了,能感觉到璐璐呼出来的气喷在脸上,有点痒痒的,令人遐想。于海改口说:"感觉这东西太奇妙了。没反应就不来电,不来电就什么也没有了。爱情里,你必须是个导体,不能是绝缘体。"

孙璐璐说:"行呀,看你五大三粗,说话还挺内涵帖。"

于海说:"啥叫内涵帖?"孙璐璐说:"就是高级黑,不光是黑,我是绝缘体,我不介意。"

于海说:"不是不是,你绝对是导体,我感觉浑身通电的感觉。"这句话让孙璐璐不好意思了,她换个话题问:"对了,看身手,你以前是干什么的?"

于海说:"我当过五年特种兵,就是特种部队,类似国外007……"

孙璐璐说:"厉害!"于海接着说:"我当过海员,干过厨师。海员,知道吗?一艘船,在有风暴的大海里漂啊漂啊。厨师,就是法国甜点、布丁、沙拉、伯爵下午茶……"孙璐璐拍了下大腿:"妈的!和你比,我就是个土鳖。我从小到大都在补考复读,还考了个野鸡大学!"于海说:"90后大学生,不错!"璐璐马上问于海学历,于海想了下说:"五级厨师,相当于大学本科。"孙璐璐说:"我开始崇拜你了,在你面前,我自卑,我觉得我爸妈白生了我,我还离婚,我真是一无是处!"于海说:"你挺好的!"

"我真是虚度半生!"这小女孩有时说话口气像一个老太太,于海想,就你这几根嫩毛,还半生。

"你的路还长呢?"

"你觉得我离婚后,还有人要吗?"

"嗯。很多人抢着要!"

"哇哈哈,承你贵言!帮我想想,让他痛快离婚!"

于海望着这位长不大的客户,说:"容我琢磨琢磨。"

孙璐璐说:"那,我后半生的幸福就交给你啦!于大叔!"

于海说:"叫我海子就可以,别叫我大叔。"

孙璐璐眉头一皱:"海子?这名像马戏团里逗狗熊玩的小丑。"

这妞子怎么什么话都敢说!

33. 当"路"撞到"海"

孙璐璐到公司,脸上妆容都哭花了,像只花猫。她见到于海马上扑上去抱住他:"于海,这回你可要帮我!"于海说:"先别哭,慢慢说,有我呢。"孙璐璐哽咽道:"房子没了。他说假如我离开他,他就把我赶出去,那房是他的。"于海拿出一根烟,问:"要吗?"孙璐璐肩膀向内一靠,把烟凑到于海的烟面前"对火"。她深深地吸了口,吐出一个烟圈。

她情绪平复了些,说:"我不稀罕那个房子,但我原想把我妈接来一起住,那房是他送我的。送了还能要回去,这算爷们干的事吗?"

"真不是男人!"于海说,"我们这儿有个专门做财产咨询的马律师,这事我不擅长!"孙璐璐瞪着于海,说:"我看错了你!姐就是不想打官司,江湖的事,要用江湖的规矩体面解决。他不给我孙璐璐脸色看,我要他好看!我要他跪下来,求着我,把钥匙交到我手上。"

于海脸上没有任何表情,心想:这可不只是有一点难度,黑手党也搞不定啊!

孙璐璐看于海举棋不定,有点着急,就拍了他一下,问:"于海,你有那啥了吗?"

于海说:"啥?"

孙璐璐说:"笨蛋!我问你成家了吗?"

于海赧着脸,小声地说:"没呢。"

孙璐璐说:"你把这套房子拿下,我就嫁给你!"

于海脸色大变:"这……不太好吧……"

孙璐璐说:"你不信我孙璐璐的话,你是不是喜欢我?"

于海说:"也不是不喜欢,这喜欢得有点快。"

孙璐璐说:"少来。你看我的眼神一直都直勾勾的!你要不是对我有意思,老娘掉头就出家去!"

于海结巴道:"那,这,算是有一小点吧。"

孙璐璐拍着他肩膀说:"你喜欢我,你帮助我,让我没后顾之忧!我和他一离婚,我们就在一块!"

于海说:"你不是开玩笑吧?"

张姐说:"于海,要我说,这话只当听听。她真要马上嫁给你,你敢要吗?"

丽琪说:"这有啥不敢呢。于海这儿巴不得。现在90后小年轻,说做就做,眼都不带眨的。"

马力说:"行了,以海科长的江湖经验,什么大风大浪没见过,这只是一个诱饵,就看鱼儿愿不愿上钩了。"

于海说:"放心吧,能骗到我于海的女人,还没有出生呢。"

德生眉间紧锁,说:"我没明白,这房子是她老公婚前赠予,房子归谁这不是很明显吗?"

马力说:"这房子购买的是期房,判断房产归属是以网络登记备案为准。备案日期是在结婚登记之后,无论写谁的名字,都属于婚内财产!"

丽琪插话道:"我的看法,这个房子和戒指的功能是一样的,都是一个誓言的见证。难道一个男人不应该为他的承诺买单吗?送出去的戒指还能要回吗?"

于海一直不言语,他目光似穿越迷雾,看到很远很远的某个点。他微笑着说:"这事你们别管了,我保证不犯法,不劳民,不伤财。假如她一定要嫁给我,我就当一回雷锋。"

于海在房子对面架上望远镜,孙璐璐抢着看,她看到自己男人就在阳台上,穿着一件花裤衩,这时出现一位神秘的女人,璐璐忽然惊讶地叫出声,原来……于海从兜里掏出餐巾纸帮她擦眼泪。孙璐璐的哭品很糟糕,大部分的淑女只是啜泣一番,她哭着哭着,还在地上打滚。眼睫毛粘在脸上,口红晕开来。这妞,真搞不定呀!

33. 当"路"撞到"海" | 105

她说:"这是我闺蜜,狗男女!你瞧,我才搬走,人家搬来一起住。这世上,爱情是最脆弱的东西,像流沙,悄悄地就从你的人生流走了。"

于海表现得最绅士时,就是在女人哭的时候,他口袋里必定有一包餐巾纸,等你哭得稀里哗啦,就像糊墙一样给你擦鼻涕,擦得你鼻头红通通的,像小时候爸爸口袋里的手帕,变魔术一样拿出来。孙璐璐的鼻子给于海捏得像马戏团小丑一样红,她大叫:"别擦了,你用搓澡的劲对付我的鼻子啊。"

璐璐看着于海,说:"我忽然有种被骗子骗的感觉,很失落。于海,就靠你给我争脸啦。姐真想剁了这对狗男女。"

于海把璐璐抱在怀里,让她尽情哭一场,慢慢看着对面楼灯光熄灭。

一朵乌云把月亮遮住,那对狗男女终于就寝了。

34. 当"海"遇见"路"

于海坐在轮椅上,璐璐推着他。

于海说:"一会儿你就说我是那个被他保镖打残的保镖,装得真些,撕心裂肺。"

璐璐说:"我一见你的样子,就太想笑,真哭不出!"于海一条腿包着绷带,像一条埃及木乃伊的腿。于海说:"包的时候把秋裤也包进去了,贼热!"璐璐不停地给那条"残腿"扇风。

于海忽然说:"说说见我的第一感觉吧!"璐璐说:"就是觉得长得很喜庆,像婚礼上的吉祥物。"

于海说:"你想,吉祥物为你两肋插刀,然后,我挂了,还没娶到媳妇。现在想哭吗?"

璐璐蹲下来,说:"这么假设,我就想哭了。我这人心可软了,死条虫子,哭一下午的!"

于海心想,合着我还不如虫子,嘴上却说:"准备好眼泪,come on baby!"孙璐璐眼含泪水,推着轮椅说:"Go!Go!Go!"

孙璐璐指着老公骂道:"陈贤明,你这个狗东西,雇凶杀人,你看人家,下半生只好坐轮椅了!"

贤明看了下这位,说:"你是哪位?"

于海表演富有戏剧张力,撕心裂肺地说:"我就是被你保镖废掉的那位,你们小夫妻离婚,雇什么保镖。现在好了,我家有七十老母,还有三位妹妹,两个妹夫,一个弟弟,一个弟妹,下辈子必须坐在轮椅上养活全家,我很绝望呀,我想干脆来你家自残好了!"

贤明马上说:"老套路,接着忽悠,孙璐璐,你也接着演!"

于海故意让轮椅侧翻,在地上装模作样爬着,边爬边哭。

贤明有点烦了,说:"可以商量,起来慢慢说。我刚换的地板。"

于海马上收住啼哭,擦干泪,说:"这样才对。"

贤明说:"你要多少安家费,开个价?"

于海说:"我想要这套房子。"孙璐璐眼睛放起光来。

贤明笑道:"原来在这等我呢,孙璐璐!好样的,我告诉你,最近我请假在家,看房子!房子正式收回,有本事你打官司去!"

孙璐璐、于海,还有轮椅,一并被扫地出门。

孙璐璐有点质疑地看着于海,说:"影帝,下一步怎么办?招有点老,电视剧里都这么干。这下好了,他警觉了,每天在家。原想趁他不在家,把锁换了。"于海说:"想法不错!"

孙璐璐在傻大个脑袋上,狠狠敲了下,说:"不错你个头,我们能想到,人家早想到了,锁已经被他换了,我根本进不了房,这对狗男女!"

于海说:"这催泪弹不行,就换高科技!"

孙璐璐骂道:"你蠢呀,有什么绝杀技现在才拿出来,害得老娘一把鼻涕一把眼泪陪哭,和小寡妇上坟一样。"

于海从黑色手提箱里拿出一个黑色小盒子,状如玩具枪。孙璐璐问:"这是什么东西?"

于海说:"业内规矩,不便透露。"

贤明从洗手间回来,这是今天第五次啦。最近一段时间,耳朵出现幻听,上吐下泻,四肢无力。贤明坐在马桶上,忽然鼻血往下流,一摸,全是血。他吓得站起来,这是怎么啦?赶快去医院查查。

对面,于海对孙璐璐说:"不出意料,他在屋里待不住三天。"

孙璐璐说:"就靠你那个黑色小盒子?"

于海说:"你听说过声波秘密武器吗?"

孙璐璐说:"没有,不会死人吧。"

于海说:"就是一种能发出次声波的仪器,人的耳朵听不到的,但发出的声波会和人体器官谐振,影响人体生物钟,造成耳鸣、失眠、脾胃虚弱、腹泻等啦,会让这个人,在屋里待不住!"

孙璐璐说:"哇噻,说得这么玄乎。我也搞一个去。"

陈贤明总感觉耳朵嗡嗡的有动静,但仔细一听,又没有。难道是幻听了?

果然不出所料,没过几天,孙璐璐的老公就出现夜里失眠、耳鸣、盗汗的毛病，接着马上腹泻不止，匆忙赶到医院，做了50项身体检查。即便医生告诉他只是身体功能紊乱，脾胃失调，他也依然相信自己得了不治之症，只是医生还没发现。当然，于海也请人在医院内部体检报告上做了点手脚，让他觉得自己已经病入膏肓。

贤明从医院里出来，脸上如同死了爹一样绿。他立刻给孙璐璐打了电话，说："璐璐，你几时有空？我想见见你。"

"后来，他见到我，马上要和我离婚，他说也许是他坏事做尽，老天爷惩罚他，才让他患上绝症，人之将死，啥事好商量。房子他也不要了，给我！眼都没眨一下！离婚协议也签字了，即刻生效！房子钥匙也给我了！"孙璐璐高兴地说，"你的声波枪怎么这么厉害！我那个闺蜜知道那房子让人得绝症，屁话不说就开溜了，女人靠得住，母猪能上树。"

于海说："其实，我也是第一次用，淘宝上说是用来对付蚊子的，我一用就流鼻血。"孙璐璐张大嘴巴说："淘宝？你的那东西是从淘宝搞来的……"

于海发现自己说漏嘴了，就说："好了，我悄悄告诉你吧，这东西没啥神奇的，就好比你在家里，楼上连续装修一个月，那噪音足够让你机体紊乱，一个道理。留点鼻血就叫绝症啊，是那小子太怕死了！"

孙璐璐问："那他身体还碍事吗？"

于海说："放心。装修一走，啥事没有。"

孙璐璐用手撑着下巴，看着于海，忽然找到一种崇拜的感觉。

35. 林木森的"木"

老林请张姐下馆子。这回不用矜持，怕张姐误会，老林开门见山说："这回主要是回访，我是客户，经你调解后，我的女儿林品品她婚姻生活基本稳定，并且甜蜜幸福。"

张姐看了眼老林，说："老林，这可不是好借口。你也不是客户，你是客户他爹。这月已经第六次回访了。再说，回访也是我们上门，没有客户自动送上门的！"

老林端茶倒水，说："好了，被你识破了。我就是想和你交流下居委会工作。"

张姐说："交流工作可以到单位，我们不用偷偷摸摸，让人瞧见，不干不净。"

老林说："张锦华同志，我就喜欢听你说话，合辙押韵，炒豆子一样，一炒一盘菜，像我爱人年轻时候。"

张姐说："这话怎讲？"

老林说："有理想，有热情，有情操，有格调，没遇上好时代呀，我们。"

张姐说："我还有事，下回再慢慢听你说革命家史啊。"张姐起身要走。

老林没有拦，只是安静地说："我和老伴都是最早一批去苏联的留学生，莫斯科大学，那时她跳舞，我拉手风琴……"

张姐忽然像个小女孩，坐下来说："你还会拉手风琴？看着你像从四合院出土的，没想到还喝过洋墨水。"

老林说："我这是中国出土，外国装修，出口转内销。"

张姐说："经你这么说，我觉得还是有必要交流下业务工作。"

老林说："张锦华同志，革命友谊不分国籍、文化、地域、种族、贫富，革命友谊跨越一切障碍，咱们先按革命友谊标准交往，成吧？"

张姐说："你一定在居委会的宣传部待过？"

老林说："你怎么知道？"

张姐说："在这个地方待过，才能说出这么有水平但听不太明白的话呀。我就直说，我呢，女儿刚结婚，没准过段时间要个孩子，这个节骨眼，我没空谈革命友谊！"

老林说："革命情谊遇到了就要谈，错过了，找谁谈！"

张姐说："老林呀，我都这么直白了，你还要我多直白呢？"

老林说："既然大家都谈开了，锦华同志，我等你！有生之年，咱们谈谈革命爱情。"

张姐被老林的"锦华"二字吓住了，除了瑶瑶爸爸，很少有人这么叫她的。

老林接着说："我今年67了，家有三女，两个已婚，不用我怎么操心。老伴过去后，家里唯一的期待就是我能再婚！我希望你抽空考虑下我。门当户对，四合院和我，都等你。"

张姐说："别说了，干宣传的真是可以肉麻到不要脸。"

老林还是不罢休地说："要不，我给你考虑一段时间，我家东边那个屋子，已经空出来。你随时可以住，不要你房租。有什么需要帮助的，我会全力帮你，我林木森虽说67了，可有颗年轻的心，我希望第二个春天马上到来。"

35. 林木森的"木"

张姐说:"别说了,人有脸树有皮,这些话,没羞没臊。你再说,我不敢和你坐一起啦。"

老林说个没完:"我不怕任何人怎么看我,你知道我的心就成!对了,我问过房东,那房子你女婿知道是凶宅,他没安好心呢,你要小心!"

张姐说:"嗯。我走了。"

老林在后面说:"你考虑下,给我一个答复!"

张姐回家,瑶瑶马上说:"妈妈,你看这羽绒服咋样,是吴天明给你买的。"

张姐看着吴天明从里面笑嘻嘻走出来,把心里的疑问和怒气又压下去。

吴天明趁着瑶瑶走开会儿,对着张姐小声说:"妈,告诉您一个惊天喜讯,我和瑶瑶准备今年生一个,已经开始备孕。"

张姐说:"成。"

吴天明说:"还有,万一瑶瑶受孕,您那边工作也别做了,专心照顾咱家血脉。"

张姐说:"嗯。"

吴天明说:"还有,那个什么大爷,我觉得配不上您。不要再给他念想。等孩子一出来,您哪有工夫谈恋爱,照顾孙子都来不及。"

吴天明像一个三军总司令,张姐却只有点头哈腰的份儿,她觉得自己有一股子憋着的气,但大事为重,不便发作。

林木森收到一封信,他高兴地拿出剪刀,轻轻剪开信封口,生怕剪坏里面的信纸。他拉出一张折叠整齐的信纸,纸上有娟秀的钢笔字:

老林同志：

  经过几天反复考虑，我觉得人还是不能这么自私。女儿还有很多事需要我，我估计没空和你继续革命情谊。子女比天大。承蒙你信任，祝早日找到革命爱情。

张锦华

林木森看后，沿着信纸原来的折痕，一点一点还原回去，轻轻塞进信封，用胶水封上，放进红柜子的抽屉里。在那个角落，有不便公开的情书和照片，那些女孩估计现在都成了老太太。

他真希望没有拆开那封信，就当没看见。现在，说什么都晚了。

老林自言自语："我就不该那么多话，把人家吓跑了！林木森，你个怂包，计划三天说的话，一会儿全说了！"

36. 一场说走就走的旅行

"我的潜水表去哪了！哪个看到了？"马力痛苦地在办公室咆哮。

丽琪说："先别找了，有件更紧急的事，于海私奔了！"

张姐说："大清早的，私奔私奔啥呀，以为到了旧社会，小媳妇跑了呢。"

丽琪读起手机短信："丽琪姐，我对不住公司，爱上女客户无法自拔，现决定两人私奔。无颜再见德总和马总，请转告。另外，我借走马总的一块表，用后奉还！于海。"

马力说："这个王八蛋，私奔就私奔，顺走我两万的手表。抓住他，非废了他不可！"

丽琪说："短信是昨天凌晨三点收到的，我以为是个玩笑，今天打他手机，关机了。"

德生进来，丽琪刚要说，他说知道了。丽琪问："你怎么知道的？"德生一手拍在桌子上，说："有客户投诉我们，于海采用非法手段，强制他搬出住宅，同时和他尚未办理正式离婚手续的妻子潜逃。他已经向我们发律师信，同时向派出所报案，向工商部门举报！"

马力说："看错这小子了，留个烂摊子给我们！我的表，两万哪！"

德生说："就别关心你的表了，客户已经把我们在媒体上曝光了，对公司声誉会产生重大影响，公司生死存于一线。"

马力说："我去解决法律上的麻烦，保住我们的营业执照。"

丽琪说："我会不停给于海发短信，争取劝他回来。"

张姐说："我去问问全国各大居委会，有没有这小子的信儿！这年头，说私奔就私奔呀。"

据说孙璐璐的"老公"发现于海的那个声波干扰器后，大发雷霆，发现签了离婚协议的妻子也忽然消失，便觉得其中有诈，决定追查到底。他召集媒体记者，打着曝光"黑离婚中介"的旗号，兴师问罪。李德生倍感压力，很多对离婚公司操作程序不了解的网民，已经开始到公司门口蹲点抗议，有人甚至向他砸鸡蛋，还好没击中。黄雯还有几天就要来了，这个状态真是骑虎难下。

二姐看见李德生一声不吭，便道："着急也没用，该来的终归会来。"

德生问："你能看得那么开吗？因为不是你的公司，好像衣服着火了，没穿在你身上。"

二姐说："假如是我的公司，遇到这种事，我就会用手揪着自己头发往墙上撞！"

德生说："贵方法比较适合你。"

二姐说："不过有人教过我一种'精神沉淀法'，我可以教你。"

也不待李德生表示，二姐一下把腿搁好，说："所谓精神沉淀法，就是认为每个人都是装满液体的瓶子，情绪就是瓶子里的液体，我们需要让这些坏心情都沉到瓶子底部，于是上面就是透明干净的好心情。"

德生一脸木然，于是二姐怂恿他照做。德生闭上眼，二姐在耳边说："什么也别想，把自己想成一只瓶子，在海中漂浮。那些不开心的东西都沉淀了。"二姐的引导特别有画面感。

德生深深吸一口气，抬起头说："好多了，这是谁教你的？"

二姐说："我前男友。"

德生说："也是做心理咨询的？"

二姐说："不是，他是游泳教练。对，这是隐私，我不能告诉你。"

德生说："你已经知道我的隐私，换些你的隐私，也很公平。"

二姐说："好，我告诉你，他是游泳教练，很爱喝酒。有一天，他喝高了，去游泳，淹死了，就在刚向我求婚后的第二天死的。"

这么惨？德生不知道二姐居然有这样的伤心往事，只是惊愕地看着她。

二姐边哭边说："把你瓶子里的坏心情沉淀了，我的瓶子又被摇浑了。怎么办?"

二姐忽然独自啜泣,稀里哗啦。德生不会安慰女人,只是沉默,但眼神里充满柔和。

二姐说:"我一旦有倾诉欲,就收不住,从五年前开说,我认识他那会儿……"

德生看了下时间,不合时宜地说:"一会儿那些媒体还采访。"

二姐叫:"叫他们等着!你别说话!必须听我说完。You should have chivalry.(你应该有点骑士风度。)"二姐就把自己和前男友的伤心往事都抖落出来,大豆小豆落玉盘。说完了前男友,二姐开始说"前前男友":

"你知道吗?有一次,我的初恋男友面试,他在前公司领导联系人那栏填了我,对方人事来电后,我给他一通臭骂,说了他一堆坏话,害他失去那份工作。我这样的女人,男人见了都怕,沾了都倒霉!"二姐忽然有点伤感。她拉过德生的袖子,把眼泪鼻涕都擦掉,德生从了。

二姐说:"那谁,对不起,我又犯二了。"

德生说:"唔。"二姐说:"咱们扯平了。还有,不要把我在你面前哭的事泄露出去,否则,全世界都会知道你在闹离婚。"

这算威胁吗?德生想,那些经常犯二的女人的情绪,总是没来由的。这种女人的瓶子里一定装的是鸡尾酒,五色斑斓,要沉淀起来并不容易。他看了下袖子,皱起眉来。

至于于海私奔,并不是嫦娥奔月那么简单。说实话,于海其实挺后悔的。孙璐璐说私奔只是气话,因为答应在协议书上签字后,老公忽然变了卦。她对着于海说:"他又变卦了,你还有招吗?"

于海摸着脑门，孙璐璐立刻说："咱们私奔吧。"于海说："啊？"孙璐璐说："我想起自己余生要和一个不喜欢的人一起过，比当植物人还糟呀。明天九点车站见！"

就那么一句"明天九点车站见"，把于海彻底带沟里去了。你以为私奔不需要目的地吗？在电影里无数次的男女私奔从没告诉过观众目的地所在，仿佛逃离就可以了。然而，私奔，首先是一门技术活。奔向何方是一个费思量的问题，北方太冷，南方太热，西边风沙太多，东边海太宽，我们出发前需要想想，我们为何出发。

第二天，孙璐璐就在车站等于海，于海买了两张去广州的票，到底是北上好，还是南下好呢？孙璐璐的意见是：北边比较冷，私奔应该和候鸟一样，朝暖和的地方去！于海说："得嘞！"两人上了火车。孙璐璐问："你告诉单位了吗？"于海点点头。孙璐璐看了于海一眼说："是条汉子！"

火车开动，两人兴奋异常，远方的新生活开始向他们招手。和孙璐璐的生活，于海在脑子里想了无数次，每次都新鲜且不雷同，无数个新奇的办法像泉水冒泡。孙璐璐的兴奋度在火车开动的几个小时后就变为沉默，转为抽泣。于海看着周围的乘客目光，别人还以为自己把小姑娘弄哭了。

于海说："喂，你怎么哭了呢？高兴的？"

孙璐璐说："不是，我忽然很想我妈，想家了！"

于海说："可是你自己要私奔，我可没有逼你，怎么打退堂鼓了。"

孙璐璐忽然双手叉进头发里，大声说："我说私奔，就是一次说走就走的旅行，你想多了！我还说裸奔呢，你真脱呀。"

周围乘客听到私奔二字马上兴奋地看过来，于海瞬间尴尬极了，安慰哭泣的小妹妹，孙璐璐"人来疯"未见好转。于海赶忙从黑色的工具箱内，掏出一根棒棒糖，塞给孙璐璐，孙璐璐觉得这个太赞了，吃着棒棒糖，心情好很多！

于海说："我以为你说的私奔是另一个意思。"

孙璐璐吃着棒棒糖，说："你以为的只是你以为的，你以为的未必是我以为的。"

于海说："对呀，我领错意，表错情，是我傻。我以为你闪婚都闪过，私奔算什么！"

孙璐璐说："对呀，私奔是小菜。你带多少家当私奔呀。"

于海说："我带的只够去三亚的，到三亚就没多少剩的啦！"

孙璐璐说："拜托！大哥，我们是私奔，你不能把全部家当都带上吗？"

于海指着那个箱子说："这已经是我全部家当了，还顺了一块手表！"

孙璐璐说："看看，哇，这款手表几万呢，我们有钱啦！卖掉！"

于海说："不行，人在江湖，言而有信！我答应只是用用，借来的。"

孙璐璐说："Stop！没劲，不私奔啦！下一站，各走各的！"

于海着急地大声说："你咋能这样呢？说好私奔，我工作都不要了，人也得罪光了，你说不玩就不玩！"

孙璐璐说："你认识我就知道我神经大条，我闪婚，我妈说我神经病，认识几天就可以和人上床，和人结婚。"

于海哭起来："你真是神经病呀，呜呜呜——"

全车厢人都惊诧地望着这位七尺汉子被一位小女生折腾哭了，

那眼神像在动物园看动物。

这下是孙璐璐不好意思了，她把嘴里的棒棒糖塞给于海说："别哭了，都看过来了，继续私奔还不成？"

于海含着棒棒糖说："这还成！"

孙璐璐说："于海，你是个很好的人。但我闪婚，自己受到很大伤害，下一次感情，我希望慢着点，悠着点，好好谈一次马拉松恋爱。我们先从一般朋友开始，你觉得呢？"

于海说："你和他认识七天七夜，闪婚！就他那德性。遇到我，先从朋友做起，我咋就这么贱呢，人家一步到位，咱还要分期审核！"

孙璐璐说："于海，你能不能说话不那么难听。我对你印象挺好的，闪婚失败后，我现在恐婚！"

于海说："孙璐璐，你把我忽悠到火车上，就为了让我跟你做普通朋友，还是你缺少个拎箱子的苦力？"

孙璐璐说："你能小声点吗？让人看到，觉得我欺负你！"

于海像泼妇耍赖般说："我就是让人欺负啦！"

孙璐璐说："好了，答应，先从好朋友开始，成不？"

于海说："好朋友，成！好到啥程度？"

孙璐璐说："可以很知心，很贴心，但你不能碰我！"

于海想了下，说："成！"

于海说："那下一步私奔去哪？"

孙璐璐说："既然钱不够，就来一次说走就走的旅行吧。三亚，go！"

于海说："你早说旅行，我就请个假好了！"

孙璐璐说："笨蛋，什么事都想好再做，会少了很多乐趣，只是咱们走得比一般旅行来得突然！"

于海说："是够突然！我刚开手机，645条短信，132个电话！还有110打来的，咱们去自首吧。"

孙璐璐说："先去三亚玩几天再说。"

于海说："这个太丢脸了！先说私奔，后面又改旅行。在江湖上，我彻底没脸了。"

孙璐璐说："江湖重要，我重要？"

于海说："江湖重要！"

孙璐璐说："江湖重要还是我重要，最后一次？"

于海闭上眼说："你重要！"

在于海和孙璐璐"私奔"的目的地三亚，他们去了一次"天涯海角"，合了张影。于海说，这里的海太小，有机会可以带她出海捕鱼。孙璐璐说："要不，我们私奔？"

于海说："Stop！以后不准出现这个词。我烦着呢！"

孙璐璐说："我还有个愿望，想潜一次水，看看这块深海潜水表质量咋样。"

于海说："这个可以，我也是这么想的。既然叫深海潜水表，应该是可以下水游泳的。"

这边德生已经好几天没有睡好，马力说："假如对方控告我采取非法手段处理离婚业务，公司将被吊销营业执照。现在唯一需要澄清的是私奔问题，需要当事人出面解释，外界已经从单个员工行为不检点，怀疑到整个公司的手段合法性。"德生说："我先接个美国电话。"

丽琪跑进来说："好消息，联系上于海了。他搭明早飞机赶回来，那个叫孙璐璐的女客户也来。"

马力说："立刻召开发布会,向公众道歉。"

德生高兴地说："黄董知道了这个事,她过几天会亲自处理,现在首要是摆平舆论围剿。"

37. 好好谈恋爱

于海和孙璐璐玩了几天就回来了,带回了一块机芯进水的表,于海第一句话："这表是假的!什么潜水表,碰水就挂,估计是块'旱鸭子表'!"马力拉着于海去了新闻发布会,这两个浑不吝坐在新闻发言席位上。

于海说："首先声明下,我们没有私奔。只是客户心情不好,我陪她去旅行散心。"

孙璐璐抢话："他说的就是我说的。还有,我和老公已经签署离婚协议,我和谁去旅行,是我的自由。"德生对丽琪说："这不是外交部新闻发言人发言,我们是去道歉的!越描越黑。"

丽琪说："我来吧。"德生犹豫了下。二姐说："老虎没发飙,你拿它当 hello kitty!"

二姐临时扮演"新闻发言人",对媒体朋友简要说了下事情的来龙去脉。对于对方指控"祝你幸福"职员与客户有私情,丽琪希望对方出示证据,即任何身体接触照片或视频。如果没有,我公司将反诉对方诽谤。对于另一个采用违法仪器对身体造成伤害的爆料,丽琪找到了一份对方三年前的老病例。病例显示,对方一直犯有慢性病，未见治愈。和目前医院的病例比照，并无明显加重迹象。

至于仪器，丽琪还出示了一份淘宝商品使用说明书，仪器全称为：声波失眠治疗仪，属于自主研发产品，说明书上写着：使用此产品可以迅速治愈失眠、多梦等症状，同时可以驱蚊。因为本仪器能够模拟公蝙蝠的声波，母蚊子闻声遁走。根据这份说明，未见任何对身体伤害的说明。至于仪器效果及问题，可以起诉相应的制造商，与本公司无关。

记者在下面小声嘀咕："你看人家离婚公司不但负责离婚，还帮女客户赶蚊子！多贴心！"李德生许多天以来压在心底的石头，终于落了地。他内心也对二姐刮目相看，对于业务精干的女性，偶尔"二"个几回，都是可以忍受的。

孙璐璐对着于海耳朵说："你真牛！连伪劣产品都可以当武器用！"于海说："我就是夜里睡不着，用那个仪器，上吐下泻的。这破机器！"孙璐璐说："有空给我搜搜箱子，看看都啥宝贝。"于海说："业内规矩，概不开箱。"

至于孙璐璐的老公，因为起诉没有任何好处，也就同意私下协商解决。璐璐终于得到那套房子。

至于于海，麻烦还在后头呢！马力说："手表，给两万，分期吧。"于海说："能修好。"马力说："成！修不好，每月工资扣。"于海说："两万呢，我就是教，也得教会'旱鸭子表'游泳！"

于海和孙璐璐真的开始认真交往了，从好朋友开始。两个人都觉得怪怪的，从一种波段到另一种波段，用孙璐璐的话叫洗心革面，好好恋爱，俩人变得礼貌且客气。于海问："璐璐女士，请问您需要一杯水吗？"璐璐微笑着说："于先生，请来杯温水，给您添麻烦了!"

于海微笑着问:"您是要多温的,皮肤那样的温,阳光那样的温,还是喝起来略微热但不烫嘴的?"

璐璐忍住怒气,微笑着说:"要捧在手心热乎,喝起来不觉烫乎,喝到肚里暖洋洋的。"

于海说:"得嘞,我给您倒!"

璐璐说:"今天天气真好呀。啊——"

于海说:"是呀,万里无云,也许这一周都不下雨!"

璐璐说:"废话!咱们能不能不这么说话,没一句有信息量的,全是套话和礼貌!"

于海说:"你不是要认真谈谈恋爱?我的看法,认真就是一种装。"

璐璐说:"但我妈说的,凡事都要有个过程,循序渐进,尤其是男女关系。以前我没听她的,吃了大亏。"

于海说:"那按你妈说的走。"

璐璐说:"这个认识初期太没劲了,直接略过去吧,咱们从亲密期开始!"

于海说:"这就……亲……密……期,我还没有思想准备呢。我去洗手间准备下,有点激动!"

璐璐看着于海满脸通红,骂道:"就这点出息!"

38. 马"表哥"的春天

把自己的手表装进盒里,这是马力每天的习惯动作。他伸手去摘潜水表，却发现表不在手腕上。这快手表，曾几何时就是他的另一个"世界"。这个世界有两种时间，一种是大家的时间，一种是马力时间。所有人都在休闲度假各种闲，他却在一点一点攒钱，像滚雪球一样把钱滚到银行。他的时间不能停，一旦停止，生活洪流就会掩盖一切，不给他任何喘息的机会。无论如何努力地与生活赛跑，他始终是孤单一人。那块手表的美国时间停止了，因为美国那边的人，马上就要过来。

德生对马力说："黄雯明天来，我没空，你去接一下？"

德生忽然看见马力办公室有一张马力和黄雯学生时代的合影，德生问："这照片怎么这么熟悉？"

马力说："你忘了，学生时代拍的。"

德生说："我知道，我记得是三人合影，怎么成两人？"

马力说："哦，相框太小了，我就把你剪了。"马力拿出一截剪下的"李德生"，孤零零的。

"你怎么把我给剪了？"

"相框真的太小了！"

"你怎么不把自己剪了？"

"这是我办公室，照片总不能没我吧。放你，两个男人，跟基友似的。"

马力说得挺有道理的，德生一下也不知道如何反驳。

李德生看到马力和黄雯挤在相框里，边上居然放着厚厚一本弗兰岑小说《自由》。他把书名那面翻过来，说："要不，明天我有空，我自己去机场接人？"

马力说："咋了，瞧不起我，我那辆是奥迪A6，比你那辆马6

强多了。"

德生说："她坐不惯,还是我去接吧。"

两人来回争着去接人。马力急了："你说好不带反悔的。"他把手上一角照片塞给李德生,说："给!我去接!下雹子也我去接!"李德生趁马力不注意,把自己的半截子照片,塞进《自由》里。

马力定好表,早上六点就爬起来。马力的脑子里都是黄雯,像一个蜂巢塞满了许多房间。每个房间都容纳一个特别的场景。那些场景都是关于黄雯的点滴,它们被锁在房间里不断重演,谢幕,重演……

马力想起德生第一次偷偷闯进校园花圃里,采朵玫瑰花,插进衬衫西服口袋里,黄雯挽着他的胳膊,走在校园里。这个行为让马力羡慕嫉妒了好一阵,他不停地把自己剪辑到这个画面里。但每次他都很难想象自己会穿一件像样的校服,因为他总是一套大裤衩背心,长发,蓬头垢面,总是扮演一个偷窥者。他越偷窥,别人越幸福。马力很想鼓起勇气告诉黄雯,他很喜欢她,能否给个机会,直到德生告诉他,黄雯和他同时申请了美国的大学,他们要出国留学了。马力知道,黄雯即将生活的世界将离自己越来越远,最后在蔚蓝的星球背面,这对狗男女做什么没羞没臊的事儿,马力无从看见。每次想起黄雯,心跳总有加速的感觉。他情不自禁用力踩了下油门,差点撞上前面的车!

人群里没有熟悉的脸,他忽然很紧张,害怕她变了,害怕她老了,害怕她不再是年轻时的模样,害怕自己找不到心跳的感觉——忽然后面有人拍自己一下,马力回头,一个熟悉的脸庞映入眼帘,清秀略有点婴儿肥,两片嘴唇涂着红色唇膏,一分不多,一分不少。

黄雯说:"好久不见,你一点没变呀。"

马力说:"我变化挺大。"

黄雯说:"我知道,我是说性格。"

马力说:"性格变化也挺大,我比当年优秀了,人也帅了些。你难道没发现?"马力多么希望黄雯能马上找到自己的发光点。

黄雯说:"那就好,德生说你开始不太乐意加入公司,是我害你了!"

马力说:"没有的事,你的事就是我的事。"马力有点紧张。

说好德生马上就到的,马力和黄雯在餐馆里等了许久。马力其实一点不在乎德生来不来,重要的是,现在只有他和她,这感觉真好。

黄雯说:"我听德生说,你的业务能力很强。"

马力说:"你可以把'听德生说'这几个字去掉吗?你自己可以判断的。"马力有点吃醋。

黄雯说:"是呀。你这些年还好吗?"

马力说:"老样子,还一个人。听说你快离婚了?"

黄雯放下筷子,问:"你听谁说的?"

马力正要说,李德生从外面匆忙走进来。

黄雯说:"德生,我们正聊你呢?"

德生说:"聊我什么?"

马力说:"聊你什么时候恢复单身。"

德生看到黄雯一脸尴尬的样子,就说:"这要问人家。"

黄雯说:"换个话题,你觉得痘爷变化大吗?"

马力说:"你怎么把这个绰号记起来啦?"

马力在学校以盛产青春痘闻名,各种痤疮、脓包、痘子全都生长在这位汉子富饶的脸上，黄雯干脆给马力赐名"痘爷"，久之，绰号流行。但马力却一点不记仇，每次黄雯叫痘爷，似与兔爷齐名，马力还幸福地说"好歹是个爷呢"。人就是这么贱死的！

黄雯说："那时你总是一脸火山口，都叫你痘爷，你还是辛辣不忌。"

德生说："我记得这个绰号是黄雯给起的，后来传开了，全校都这么叫。"

马力把酒一饮而尽："来，痘爷自罚三杯，先干为敬！"

德生说："时间真快，我们都老了，你脸上的痘子也不知道被谁收割走了。"

马力说："我们俩都老了，只有你老婆依然年轻。"马力忽然温柔地看了黄雯一眼。

黄雯打岔："我那时很佩服你，你一点不在乎，最后连老师也这么叫你，'痘爷去哪啦？'"

马力说："谁说不在乎，你当众叫我痘爷那次，我回去偷偷哭了好久。"

黄雯和德生忽然望了眼，同时哈哈大笑。

马力举杯说："来，举起杯，为了告别的聚会。你们离婚那天，请告诉我，我去楼下放串鞭炮。"

德生说："马力，你喝多了。"

马力说："我没喝多，德生，你这前半辈子老压着我，我事事不如你，现在好了，你也栽啦！干一杯！"

马力似乎喝高了，嘴里竟是糊里糊涂的酒话，当马力把酒杯碰向对方的时候，黄雯和德生的杯子还是躲开了。德生背着马力，马力已经喝得不省人事，嘴巴依然嘟囔。黄雯看了看李德生满头是汗，轻轻擦掉他额头的汗，把其余的纸巾塞进他裤子口袋。马力鼾声如雷。

黄雯说："明天八点开会。"

德生说："有必要那么着急吗？"

黄雯说："我只有一周时间，美国那边还有事。"

德生说："那我安排。"

黄雯用命令的口吻说："美国投资方给我们期限不长，假如公司还没有清晰的规划，他们会终止后期的投资。你务必加快进度。"

德生说："这只是一个研究课题，商业空间还需讨论。"

黄雯说："时间不多，给我一个最快期限，美国资金是一笔商业投资，董事会还是希望可以适应中国离婚市场的商业模式。"

德生看着黄雯，忽然觉得面对她很有一种令人窒息的压迫感。

他想起一件事，从口袋掏出两把生锈的铜钥匙："我在你给我寄的包裹里发现了这个，可能是你的。"黄雯看到，眼睛一亮，抢了过来，说："我在美国找了半天。原来寄到你这儿。"德生问："这是哪的钥匙，我好像没见你用过。"黄雯笑道："家里的门，你几时开过，即使给你钥匙，你也不知道哪把钥匙开哪扇门。"德生便不再问。

39．解聘风波

黄雯端坐在李德生的位置，李德生坐在边上。黄雯严厉的目光让下面每个人摸不到底。

黄雯说:"我不想浪费很多时间告诉你们婚姻咨询的行业标准,我希望大家在今后两个月设立 KPI 标准,如无法完成,请自动离开,这里不是养老的地方。"

黄雯忽然问道:"哪位叫于海?"

于海马上陪笑道:"老板娘,是我。"

黄雯说:"这里只有老板,没有娘。"

于海说:"黄董,离婚公司这是个新玩意,大家都是走一步看一步。"

黄雯问于海:"你就是和客户私奔的那位?"

于海说:"没有私奔,只是出门旅了趟行。"

黄雯说:"新闻都上头条了。一会儿整理东西。"

于海说:"整理东西干嘛?"

黄雯说:"你被解雇了。"

于海说:"解雇爷爷我,我做错啥了?"

德生忙在黄雯耳朵边说:"这事你最好和我商量下。"

黄雯似乎没听见,继续说:"以后,公司进人必须我审批,不要什么闲杂人等都进!"

张姐小声嘀咕:"啧啧啧,河东狮吼,家有悍妻呀。"

马力也趁势说:"以后,黄董的意见大家重点考虑,再参考下德总的,最后也请领会下我的。黄董,于海还有债务未清,可否延迟几日?"

黄雯说:"我已经说了,不会收回。"

马力说:"他把我的手表搞坏了,现按月偿还,一旦他没收入,我损失就大了。"

黄雯说:"这是你俩人的私事,公司概不负责。"

马力说:"可是我的手表是因公牺牲的。"

丽琪偷偷写了张纸条,抟起来传给德生,德生一看,写着:现在懂你为啥离婚了!

纸条却一不小心掉落在黄雯脚边,德生用脚踩住,一身冷汗。

德生说:"这样,于海,先停你一个月的薪水,回家反省下。"

于海说:"老子不干了,你们这夫妻拆婚小店!"说完扬长而去!

张姐说:"领导,我最近身子骨不好……"

德生说:"你的不批,公司马上结束试营业,正式开张,大家要精诚团结!"

德生从脚底捡起纸团,黄雯正巧看过来,德生慌乱之中将纸团丢进嘴巴里,端起咖啡咕咚喝下去。二姐也一身汗,连忙竖起大拇指。

黄雯的这三把火,烧得公司人人自危,德生有点担心,每次争执的时候,两个同样顽固的人会争得不可开交。在美国,他们会为一个科研问题争执三天三夜,谁也说服不了谁。他必须让这位哈佛女博士明白:这是中国。

德生带着黄雯参观了离婚公司的布置,黄雯忽然对公司的实操层面很感兴趣。

德生看着黄雯说:"刚到中国时,我以为可以完全按照美国人的方式开家离婚公司。"

黄雯说:"Why not?"

德生说:"但在中国,离婚的理由可能有千百种,唯独和离婚本身无关。"

黄雯问:"不为离婚而离婚,那为什么呢?"

李德生拿出一叠资料:"这些都是我们接的案例。我念,你听——

"你想离婚的最大原因是什么?客户一:我家的狗被老公掐死了。客户二:算命说我老婆的面相克夫。客户三:我老公越来越像我的父亲。客户四:结的时候没想明白,结得太草率。这些算理由吗?……"

黄雯说:"你不要告诉我,这就是招这样一群人的原因。"

德生说:"离婚公司首先是一个服务公司,有的客户认为离婚就是命不好,有的想离婚又不敢离,我们只是中间的摆渡人。我们是服务性部门。"

黄雯说:"我知道你的意思,于海是例外,他会给我们带来巨大的风险。"

德生说:"可是在中国开离婚公司,没有于海这样的人,有些问题你解决不了。"

黄雯反驳道:"于海就是一匹害群之马。他会给公司带来麻烦。"

每次遇到这样的争执,黄雯总是占据上风,她总是掌控一切。在这个离婚公司里,每个人都是一种"安慰剂",李德生需要各种的离婚试验,以便更好地观察中国人的离婚思路,他知道这不是科学家擅长的。

40. 等不及了,好朋友

于海做梦也没想过自己会失业。他抱着纸箱子,忽然觉得这几个月的起承转合真像梦境。

他第一个想到的人,不用说,孙璐璐。但不能告诉她,没脸。

于海打电话约孙璐璐出来,两人坐在公园的石板凳上。

于海说:"璐璐,我们现在算什么关系?"

璐璐说:"这么直接呀。"

于海说:"周围没人,就直接点。"

璐璐说:"那我也直白,算好朋友。"

于海说:"谈了这么久,咋还'好朋友'?"

璐璐补上句:"好朋友,很好很好的朋友。"

于海小心地说:"从那个'很好很好的朋友'到'女朋友',大概要走多远?"

璐璐想了下:"有多远哪,我想想,得翻过一座山吧,得趟过一条河吧,得越过一片很大很大的沙漠,再穿过一片西伯利亚森林……"

于海马上站起来:"走了!你那个前夫,只用了七天就走到洞房门口。好家伙,我走死几匹马和几只骆驼,还只是好朋友!"

璐璐说:"你这人怎么这样,爱和爱能比吗?他是我的旅馆,你也许是我的家呢。"

于海说:"不是坟墓就成。"

璐璐说:"你去死!"

于海忽然说:"我失业了!"

璐璐说:"嗯?"

于海说:"还是被人炒的!"

璐璐说:"和我有关吗?"

于海说:"不知道。"

璐璐说:"那就是有关了。"

璐璐从包里翻出一张卡,塞到于海手里,说:"卡里有600多,是我全部积蓄啦。"

于海说:"这哪够呀,我家里有一个78岁的姥姥,一个85岁的姥爷……"

璐璐说:"又来这套。全家都归我收养?放心,依我孙璐璐的脾气,即便我饿着,也得有你口饭吃!"

于海说:"有你这句,饿死也值啦!"

璐璐说:"这600块钱是我原本准备给哈利买粮食的钱,你可省着点花哦。"

于海说:"哈利是哪位?"

璐璐说:"我们家的狗。"

于海说:"合着我和你家狗抢吃的,传到江湖上,不太好!"

璐璐拍着胸脯大声说:"江湖重要,我重要?说!"

于海马上说:"你重要!别拍那,给我拍平了。你等我翻山越岭去找你,万一我中途遇难……"

璐璐马上用手盖住于海的嘴巴说:"别说丧气话,我会在墓碑上写'忠犬八公之墓'。"

于海喜欢和璐璐聊天,两个话唠加在一起就是大海,汪洋恣肆,浪花朵朵。于海说话可以把唾沫星子喷到对方一脸,但他和璐璐说话,会有意地隔着一段距离,哪怕喷出唾沫星子,那些唾沫也会在空中划过一道优雅的弧线,最后落在地面之上。他可以透过一阵雾气,看到一张纯洁可爱的脸,没有眼线,没有口红,没有染发,一切纯

40. 等不及了,好朋友

天然。他把那张卡片塞进胸口的衬衣口袋，感觉到卡片的温暖接入心脏，那些慌乱的世界就像被镇静剂泡过似的。

他一直对这个"好朋友"到"女朋友"的转化，心存顾虑。当然，他可以找二姐，二姐一直是他的情感导师，他可以毫无顾忌问上一堆男女之事，不会被骂白痴。在男女问题上，他一直是一个情商低能儿。

于海问丽琪："当女孩告诉你我们是好朋友，很好很好的朋友的时候，这话几个意思？"

丽琪很肯定地说："那说明你们没戏啦。"

于海说："咋就没戏啦，从好朋友到女朋友，不是能转化吗？"

丽琪说："这些都是女人的小伎俩，依我多年的咨询经验，当一个女人开始拒绝男人又不好意思时，就说我希望和你做很好很好的朋友，我不希望我们的友情有一星半点杂质。"

于海说："这些她都说过，你说我在你面前的情商就是幼儿班水准，妈的，我真信了这些鬼话，和别人闪婚，就把我当雷锋使。"

于海越想越难过，想到自己把全部热情都交给一个小丫头，对方居然和自己玩阴招，欺骗感情的女人是最卑鄙的，他真想在她的屁股上狠狠拍几下，或者把她举起来，丢到大海里去喂鱼，或者把她绑在桅杆上，让海风吹成肉干……当然这只是生气时的联想，读者不必惊奇。刚开始于海想的都是加勒比海盗干的勾当，当快到她家，酒也醒了几分，内心原谅了她几分，他只是想问她："你到底当我是什么？""当你是好朋友呀，现在几点了？"璐璐半夜被于海叫出来，睡意蒙胧。

"我不要当好朋友，我要当你老公，我要当很久很久的老公，直到你变老，变成小老太太，我是老头，我们一起出海，在海里钓鱼、看日出，当一对渔翁和渔婆。"于海趁着醉意，忽然喃喃地说了一堆。

璐璐揉揉眼睛看着于海说："你疯了吧？现在几点啦，把我叫起来就是告诉我这个吗？"

于海说："我们马上私奔吧，去一个没人知道的地方。"

璐璐推开他说："语无伦次，即使我答应给你机会，你也要靠谱些。"

于海冷笑道："靠谱！你要求我靠谱，你认识人家七天就结婚，你要求我靠谱，我还没闪婚过呢，我们也闪闪。"

璐璐使劲推开他，有点生气地说："小心闪到你的腰，我们不要交往了！"

离婚人士须戒掉的 16 个 "动"

不要主动　不要被动
不要冲动　不要乱动
不要感动　不要激动
不要萌动　不要胎动
不要惊动　不要悸动
不要风吹草动　不要欢声雷动
不要蠢蠢欲动　不要四处活动
不要天摇地动　不要按兵不动

亲，还让人活不……

于海忽然跪下来："不打算结婚的爱情都是耍流氓呀，你每次说和我做好朋友，我都提心吊胆哪，你不能给驴脑袋前栓个胡萝卜呢，我不是雷锋！"

璐璐说："于海，最后告诉你一次，现在离开，就当我们不认识！"

于海从口袋里摸出带着体温的银行卡，拍在璐璐手里，一句话不说就摇晃着走了。

孙璐璐大声叫着："于海，别让我再看见你！"眼泪顺着她的脸庞流下来，夜晚的灯火在泪光里重叠起来，那个男人的背影也愈发朦胧。

41．三人同舟

李德生、黄雯、马力聚在一起，谁也没有想到二十年后，会在一起开公司，居然还是家离婚公司。

马力自从知道黄雯和德生"试离婚"后，就把所有筹码都压在黄雯身上，连母亲帮助张罗的相亲会也按照黄雯的标准来：要嘴唇厚点的呀！最好身高1米65左右，英文要好！马力的妈妈纳闷：找对象不是找英文老师，英语好干嘛！马力说了句"国际化"。

马力说，最好要有主见，御姐范儿，最好是美国博士毕业。马力妈妈想：我儿是不是抽风了！按这样的标准，即便找到了，人家能不能看上咱，还是问题呢。马力想起那句诗"冬天来了，春天还会远吗"，现在他就有在冬天等待春天的感觉。

黄雯来的这星期，马力很兴奋。他的意见总是和她高度一致。

黄雯说什么,马力就说:"说得太好了!精辟,一针见血!"马力说:"黄董的决策,实在太明智了!"德生说:"你打算当李莲英吗?就差接驾了。"

马力说:"接驾不敢,不过交接倒是可以有。当年不是那一枚该死的硬币,现在估计我孩子都很大了。"

德生说:"都什么烂谷子的陈年旧事。马总,想点务实的吧。"

马力说:"务实,我可务实着呢。"

德生说:"你也不能务实到惦记别人老婆。"

马力说:"我可没有,我就是观察员,观察观察,见兔子再撒鹰。"

德生马上说:"你这鹰撒得有点快,我还没答应放兔子跑呢。"

马力坏坏地笑着说:"我也就惦记惦记,没干啥出格事。"

德生说:"不怕贼偷,就怕贼惦记。"

马力说:"好吧,我就是一直惦记,李德生,惦记犯法吗?惦记有错吗?当年,那一枚硬币……"

德生用手捂着耳朵说:"求你了,痘爷!别再说那枚硬币的事了,耳朵都起茧子了。"

德生告诉黄雯,在外人面前可不可以少谈"试离婚"。黄雯问:"为啥?"德生说:"你不觉得,试离婚是个新事物,外面已经当我们离婚了。"黄雯说:"生活只是我们自己的,和外人无干系。"德生说:"咱们还是夫妻。就算你是前妻,那啥,在公司也注意影响。"黄雯忽然笑了:"今天酸味很大。"

德生感觉,所谓试离婚最大的痛苦在于延长"离婚"的时间长度,所有人都用"离婚的眼睛"看你,生活的秩序就在无形中被打乱了。那种痛苦是一点一滴的,春蚕吐丝;那种痛苦是有人每天问候你的时候都恨不得加一句"今天,你离了吗?"

德生和黄雯约法三章:1.试离婚属于隐私,双方守口如瓶。2.人前人后,依然是夫妻名义。3.离马力远一点。黄雯笑着说:"假如马力喜欢我,从老同学到伴侣,不是更好吗?"德生马上强调:"马力不行。""马力为什么不行?""马力就是不行!"德生也不知道马力为啥不行,但他很肯定,他找马力帮助自己开公司,某种程度上说是引狼入室了,下了步臭棋。

42. 高三(1)班

马力读高三,和李德生、黄雯一个班。高三(1)班,他喜欢这么说。仿佛只是一个远远的旁观者,那些故事都和他没关系,只有他羡慕的份儿。至于那一枚硬币,一直是李德生和马力喜欢的打赌方式。

马力对李德生说,新来的那个女孩看起来不错,可以上。李德生说:"换个文雅的词语,不要动不动就说上,一见到女孩又蔫了吧唧的。"马力说:"老规矩,正面是我的,反面是你的,立起来是黄大仙的。"黄大仙是班上一位以臭脚著称的球员,从没有进过球,唯一的一次乌龙踢进自己的门。马力每次都会象征性地怜悯下黄大仙,钢锄儿见到美女兴许能勃起呢。

马力问谁来丢,德生说我来吧。那枚五分的硬币被德生擦得闪闪发亮,德生手快,硬币在空中划过一道弧线,就栽到沟里。马力傻眼了。李德生看到黄雯走来,梳着羊角辫,他眼睛一动不动盯着。马力不知道哪来的勇气,他迅速跳下臭水沟,把硬币捞起,高声叫:

正面,我的,哈哈,不许反悔!黄雯看到一个泥猴子伸出沾满淤泥的手。德生已经朝黄雯迎上去,殷勤搭讪,马力失去一个绝好的机会。

可能是马力捞银币的那一幕,让黄雯对马力的卫生习惯有点反感,也可能是马力跳进水沟败了运气,还有可能是马力青春痘太多,反正,马力是败下阵来。李德生不久就背弃盟约,和黄雯约会,两人像磁铁一样好上了,分也分不开。马力只剩下一枚五分硬币与自己相依为命,它更加亮闪闪,像每天精心擦洗的处男。宝剑已开锋,却无人敢试。

根据德生马力两人之间的协议,马力宣称硬币是正面,那次猎物是属于自己的。但德生宣布,谁知道是不是水沟水太浑浊,马力翻了下,反正成了一宗无头公案。马力因此和德生大吵了一架。德生干脆说,决斗好了,谁赢了,谁追黄雯。两人决定大干一架的时候,被楼下的大爷举报,全校通报批评。

正巧那天是平安夜,两人站的地方有一棵硕大的平安树。夜里很多男生女生出来,约在平安树下。马力和德生肠子都悔青了。还好,黄雯为了不让两人显得尴尬,送了两套圣诞老人的服装,两人"潜伏"成圣诞老人站在树下。那颗树在记忆里灯火辉煌,两个圣诞老人陪着一位女生度过有生以来最难忘的平安夜。在马力生命里,那是最快乐的时刻,没有之一。

此后,马力时不时想"假如……",假如那次他没有跳下水沟,也许黄雯就是他的了。黄雯务实精干的性格,和他正好天生绝配。不知上天是不是脑子进水了,让一个实在的女人,嫁给一个书呆子。

中学时候,每次老师问你的理想是啥,马力的回答是:法院大法官。老师问黄雯,黄雯想了下说:豆腐店。全班哄笑。黄雯说:

"有啥好笑的，每天吃豆汁都要排队，我只想开个豆汁店，自做自喝，自产自销。"老师问李德生的理想，李德生扶了下黑框眼镜说："我要像爱因斯坦一样，发现宇宙里人们没有发现的真理，死了后自己的名字可以镌刻在人类的历史上，就像我们学校走廊的马克思、爱迪生、童第周、茅以升……"马力内心冷笑道，放心去做纪念碑，祝你永垂不朽。然而，就是这个书呆子把自己最想追的女孩拐到美国，后来的故事马力不忍回忆，他听见一阵心碎的声音。

随着两人结婚，生活没羞没臊地奔向前方，马力已经渐渐忘却这些事情，一切变得很模糊。这么说吧，他就像爱情道路上的路碑——你是别人幸福的一个注脚。幸福，和你一点瓜葛也没有。李德生和黄雯两人刚到美国的时候，李德生给马力寄了一张明信片，正面是自由女神，背面只有很短一行字：

痘爷：
　　硬币是我故意扔到水沟里去的，这是我唯一对不住你的小秘密。

马力叹了口气，这都是命哪！李德生，你个无耻浑蛋！

43. 见义勇为的流氓

于海现在无事忙。无事，却很忙。他每周去听三次音乐会，闲来夹本《老人与海》，到公园去钓鱼。他把所有鱼钓起来，再放生。

连边上工作人员都抱怨，天天钓鱼，吊起来又不买，折腾鱼还是折腾我呢。于海很无聊，无聊到穿着黑色风衣，行走在黑夜里。

"他是个独自在湾流中一条小船上钓鱼的老人，至今已过去了八十四天，一条鱼也没逮住。"于海很沉重地读着《老人与海》，他现在就是"独自在湾流中"。

于海钓鱼，他希望鱼儿不要那么快上钩，这样就可以在公园泡上一天。但鱼儿似乎都迫不及待地跃上来，你说烦不烦。这鱼就和女人一样，你要她，她不上钩，你不要她，她自己撞着钩子找你。

于海听到那边有人在争吵，仔细一看，一个背对着他的女人，和一个老外在争吵。于海总觉得这个背影有点熟悉，但又不确定在哪见过。当那个女人转过身，于海看到她的从额头到下巴的侧脸，差点叫出声，是她！就是自己每天去听她弹琴的女孩。她和钢琴化成灰，他都认得出。

于海抹去嘴角边的口水，跳出去。女孩和老外被这个莽汉吓到了。于海很礼貌地朝女孩一笑："有什么问题吗？我是这里的保安。"女孩说："我希望这位先生不要再纠缠我，否则请你替我报警。"老外本想用手推开这个汉子，于海顺手牵羊外加一招锁喉术，直接把老外放倒，恶狠狠对着老外说："听到了吗？叫你别缠人家，只要再让我看到，就把你丢到海里去喂鱼！"于海一想，表现得有点野蛮，会破坏自己在女孩心中的美好形象。他马上放下身段，温和地对老外说："大叔，感情是不能勉强的，你这么帅，很多女孩会排队追你的。"老外被这个软硬兼施的男人搞糊涂了，他嗷嗷叫着："放开我！我是他未婚夫。"于海不管三七二十一，把这个老外赶走。

他问了女孩句："还记得我吗？"女孩很疑惑地看着他。于海鼓足十二分的勇气说:"以前每天去听你弹琴的那个墨镜哥。我我我!"女孩僵硬的表情开始融化,她马上说:"原来是你!"

终于可以"破冰",聊会儿天。女孩叫冯薇,很安静,你不去挤她,她就很安静地听你说,然后报以微笑,不像孙璐璐说话,就和点着鞭炮一样,不说完不带停的。

女孩说:"其实,想找个机会谢谢你。"

于海说:"谢我?"

女孩说:"谢谢你每天来听我弹琴,让我觉得自己在那个大厅里有存在的价值。"

于海说:"我真这么重要?"

女孩忽然红着脸:"只有你在听,对我很重要。对别人,我只是一个背景。只有你,是我的听众。"女孩忽然声音变小:"别误会,我是个矜持的人,很少感谢别人。"

于海也露出羞涩的脸说:"我也是个矜持的人,谢谢看得起我!"

这两人很有点日本人的客气和礼貌,一来一往,冯薇的话就相对多了。她属于慢热型的,需要不断加温,才可以让这杯美酒沸腾,香气扑鼻。

于海和冯薇就这样聊了一下午,非常默契,于海可以按照心理想的把所有话都讲出来。冯薇忽然问于海:"我一直有个问题想问你,为什么你听音乐,老戴着墨镜,有一种距离感。"于海说:"我能不说吗?"冯薇说:"可以,你不告诉我,一定有你的原因。"遇到这样的女孩,你内心会有一种怜香惜玉之心,即使她不强迫你说,你也会欣然告之。假如是孙璐璐,立刻会用手抓住对方的领口大骂:"再钓老娘胃口,就剁了你。告诉我嘛,嗯啊嗯啊,偷听虫都从喉咙爬出来了。"

面对这个温婉的女孩，整个人像被笼盖在梅雨天气里，软绵绵的声调，直到你的意志被湿气消磨。

于海说："我告诉你，帮我保守秘密。"冯薇说："嗯。"

于海鼓足勇气说："其实真不是装酷。我是听音乐容易哭，听到一半就忍不住，怕被人瞧见，才戴墨镜。不要笑我娘炮。"于海怕冯薇看他眼睛，有点羞涩地戴上墨镜。冯薇朝他嫣然一笑，一分不多，一分不少。

这姑娘给人的最大感觉就是：舒服。像尿不湿，时时刻刻妥帖。

于海忽然接到张姐电话："快回家吧。你爹都上墙了！"这咋回事？

44．分居狙击战

于海的爷爷于天禄（86岁），奶奶邹雨珠（80岁），两人决定即日起开始"分居"。

分居？没听错吧？于海怀疑自己的耳朵，还有几年活头的人，还分居。这是要作死呀！

事情打头说起。于海的爷爷于天禄和奶奶邹雨珠金婚六十年，每月一小吵，半年一大吵，说过分家什么的，从未履行。不知道老爷子从哪学会"分居"这个词。老爷子说："老婆子，先不离婚，咱们学点时髦的，分居吧。"

于海的祖宅是一个不大不小的四合院，这老爷子一叫分家，立即把四合院一分为二，中间用一张羽毛球的网隔开。老爷子放狠话："跟我的儿孙，在东边住；不孝儿孙，随老太婆，从今往后，莫再认我，老死不往来。"于海的爹妈、叔叔、婶婶一干人都乱了分寸，大家必须马上站队。女眷们一般都加入老太太的阵营，男丁们则站在老爷子这边。每到夕阳西下，两边的人聚集在"三八线"前。于海爹抱怨："这加在一起都快二百的人啦，说分就分呢。我们也得跟着瞎站队，和分家似的。"

于海娘作为儿媳，必须紧跟婆婆的团队。她说："老太太不知在哪看的婚姻情感节目，老问我分居都怎么办，现在整的整个院子都和鸡刨过的乱。"

于海爹说："现在不是鸡刨不刨的问题。公鸡和母鸡还得站队，和公厕一样。"

老太爷和太婆都已经两岸割据大半月，家里的狗都分为两个派别，公狗、母狗。

正说于海的爷爷于天禄，于老爷子就把那只跑过来的站错队的小狗往对面赶，谁教你站在老太太那边的。老爷子从阁楼里翻出一台留声机，留声机的声音有一点嘶哑，像唱片上有一点沙子没剃干净的感觉，在屋子里放着，咿呀咿呀的靡靡之音，似乎是向老太太示威。

老太太气得茶饭不思，对着于海的娘嘟囔着："你看看，都一手抱着棺材板的人，还听这些乱七八糟的。年轻的时候，死老头认识一个百乐门舞女，跟着人家跳了一段舞，就几辈子没羞没臊地说，好像全上海的舞女都光着膀子陪他跳舞似的。"

于海的娘为了让老太太高兴，只好顺着说："听什么留声机，我夜里起来解手,被那声音吓得不轻。"老太太拍着儿媳的大腿:"这是作风问题呀,黄土埋脖子了,要跟我分居,你说我还能找到下家吗?"老太太忽然怒目圆睁,大声对着对面骂开了:

"我明天就开 party。找下家!改嫁,丢死你个祖宗十八代的脸面!到下面和你二舅姥爷解释去吧。"于老爷子的二舅姥爷就是休妻气死的。

多少战乱,家里的东西能扔的都扔了,唯一这台老留声机,老爷子一直抱着它,穿过多少战乱岁月,才留在阁楼上。

老太婆的话传到老爷子的耳朵里,老爷子坐不住了,这样的风头居然被老太太抢了。也就是自己听听曲,妨碍到谁了,急得你要马上改嫁!作孽!

现在老太太要邀请一堆亲戚,告诉大家,分居了!这不是把脸面丢到意大利去了。老头再也坐不住了。老爷子告诉于海的爹,在老太太没有发请帖之前,先通知所有人,咱也开个"party"!

于海的爹,听了这话,真要闹到意大利去了!于海娘想到一个法子,据说儿子于海就在一家离婚公司,就在隔壁,赶紧请几个救兵来调解调解。

"这还要去隔壁叫吗?"于海的爹搬来梯子,站在墙头喊:"我儿于海在吗?于海!于海!"把张姐吓了一跳。张姐说:"您是于海爹吗?于海外出了。"于海爹叫:"我家出事了,出大事了,叫我儿于海快回!"张姐不能把于海离职的事告诉于海爹,就立刻给于海打了一个电话。

于海这会儿正和冯薇聊天,立刻赶回家,站在"三八线"上。

于天禄见了嫡亲孙子,只说:"以后来我这,只准从我这边进,不准从那个臭婆娘那头走。走了，就不是我孙儿了！"

于海说："好嘞。"于老爷子就在墙上画满一个"正"字。于海说："爷，这是啥？"

老爷子告诉他："这是分居统计人数，加上你、你爸、你叔、你伯，咱们和那边相比，人数占优势。"

于海刚说了句"这是分居，不是分家"，老爷子就把亲孙子赶出来。

于海爹说："儿呀，他现在谁的话都不听，就听那个破匣子，你说咋办？"

于海于是想开导下奶奶，老太太根本不让见。

于海的娘告诉于海："你奶奶知道你先去见了你爷爷，生你气了。"

于海忽然觉得这事情远比想象的难解决，看来不搬救兵不行呀。于海现在像一只没有螯的螃蟹。于海说："这样吧，我给两人办个手续，明天去民政局！"于海的爹终于爆发了："劝离要你劝哪，我叫你兔崽子来是要劝和的，这两个加起来快两百岁的人啦，没几天活头啦，瞎折腾啥呢。"于海说："可是爷爷觉得自己活得很不幸，他有权利找他想要的生活啊！"于海的爹习惯性地脱下鞋子就要给于海几下，大声骂道："兔崽子，他不幸能有我嘛，没有我，能有你呀！"于海的爹追着于海满院子跑，发现自己已经跟不上这个年轻力壮的儿子的步伐。

于海说："爹，别打了，我又有招了！"

45. 分居狙击战 Ⅱ

于海请张姐和丽琪帮忙。张姐马上表态:"帮忙可以,不过有她没我。"这可难倒于海,作为"祝你幸福"镇宅哼哈二将,不能联手合作一回吗?丽琪说:"本人不与居委会打交道,现在如此,将来也如此。"于海见恳求无效,唯有用激将法。

他对张姐说道:"我知道您德高望重,处理老人纠纷也是颇有心得,不如让小辈也参加,正好可以丢丢脸,长点记性。"

张姐说:"这话很中听,但我也不是那种心胸狭小的人。"

于海正色道:"要不,您负责我奶奶,让丽琪作为观察员,这分居风波已经搞得我们全家快露宿街头了。"

张姐说:"分居?你爷爷和奶奶要分居?"

于海说:"是啊。年龄最大的两个主儿,越活越像孩子。"

张姐说:"有点意思,很新鲜。我接了,那位占星什么的,让她观摩观摩,我气量没她那么小,给年轻人一些宽容嘛。"

于海说:"你打算咋聊?"张姐说:"你给我凑桌麻将。"

于海、于海的妈、张姐,三缺一。最重要还是那个"一":邹老太太。

张姐开门就说,今天只打麻将,谁也不带说不开心的,谁说就先罚谁。

邹老太太就喜欢这样的人,她已经被这些儿女唠叨烦了,总算可以清爽打回牌。但不知道眼前这位不拿自己当外人的张姐是干嘛的。邹老太太还是有点狐疑,上下打量了会儿。

于海妈忙给老太太介绍:"这是张姐,居委会的,常给人说媒拉拉红线啥的。"

老太太又上下打量了下,目光停留在张姐白皙的皮肤上,心想:看样子不大。

张姐的牌品就是好,总是给下家和。老太太打了几圈,一律的和,心情也好了许多。大家伙一个劲儿地哄老太太高兴,张姐朝于海的妈妈使了个眼色,于海的妈赶紧打出一个二万,老太太大声说:"碰!和啦!"老太太满脸红光,开始感叹:"你说这过日子能和打麻将一样就好了,要啥有啥。"

张姐忙说:"老姐姐,这过日子呀,和打麻将道理是一样的。"

老太太问道:"咋个一样啦?过日子能说和就和吗?"

张姐说:"我问你,你现在儿女成群,孝子贤孙,就和这打麻将牌一样,你该有的牌都有了,手气也不错。"

老太太说:"该有的都有了,家也不错,除了那个死老头,可我总觉得缺点感觉。"

张姐说:"咱还拿牌说事,你牌是不错,就是不敢碰,太端着了。"

老太太想了下说:"就是你说的那感觉,我碰了,又怕被下家和走了。不碰,又憋得慌,缺那么点火候。"

张姐说:"老姐姐啊,用个新名词,这叫幸福感缺失。你现在要钱有钱,要关心有关心啦,但还是希望这幸福来得更彻底点,能再幸福点儿就好。"

老太太说:"就是这感觉,太对了!你说大妹子,我就爱和你交心!明白人!"

张姐说:"这和牌的诀窍,用于治家也是适合的。第一,与人方便,自己也方便。你今天给我和清一色,我明天回你大三元。你不给人家和,自己也就少了和的机会。第二,要敢碰,你不碰怎么能和。不碰就得自摸,这幸福感能单纯自摸吗?你现在缺的就是——碰!"

老太太说:"碰是碰了,那边老头不高兴了。"老太太忽然把声音放低,对着张姐耳边说:"要和我分居,我这半辈子都黏糊在这院子,死也要死在这。"

张姐觉得老太太上钩了,她面露喜色,说:"分得好。你想怎么碰,就怎么碰。这不,大家伙都站在你这边,是吧,海子!"于海说:"碰!我和啦。"

张姐说:"瞅瞅,你不碰,就被别人和走了。"

老太太又压低声音问:"咋个碰法?真和他分居,祖宗颜面,一朝丢光呀。"

张姐说:"操刀的未必真杀过猪,分居的只是要过把瘾。让他闹去,自己要心情愉快。你憋屈,他未必懂。"

邹老太太感慨地说:"大妹子!你懂我!"

于海的妈连忙说:"妈,这是居委会的,即使离了,只要居委会认,这离婚就不作数!"

老太太说:"不作数好!居委会张姐好!"

张姐用了一天时间就跟老太太搞熟了,成了"知心人"。老爷子屋子里留声机的声音再也烦不到老太太,老太太放秧歌来着,一直放到夜里11点,有点示威的意思。老爷子隐约觉得,这背后,定有高人帮助!接下去,老太太再也不生闷气了,天天组织牌友聚会。打麻将全是胡同里的大爷。三男一女,加起来快三百岁,放着秧歌曲,打麻将,这可把"分居期"的于老太爷气得不行。

老爷子很落寞,那一瞬间,忽然感觉没了对手,也没人搭理他了。

老爷子决定找个舞蹈老师,学跳舞,再找人开舞会。会扭秧歌的,一律不让进。

当于海告诉丽琪这个要求时,丽琪大叫:"什么,你让我教你86岁的爷爷跳狐步舞?"

于海说:"只有你最适合。张姐把我奶奶搞定了。但我爷爷,这个得你来搞!"

丽琪想了下,说:"成,硬着头皮也得上,咱们不能让居委会给打败!你确定他不要拐棍?"

于海说:"我爷爷身子骨可结实了,年轻时是方圆百里最好的铁匠。知道爷爷为啥那么留心那台留声机吗?后面的故事我得给你细细捋——

"爷爷年轻时,是远近闻名的小铁匠。我们家打出的菜刀和剪子都极好,好些主顾都来我家铁匠铺订制铁器。有一天,邻居忽然搬来一位穿旗袍的女人,她喜欢在屋子里放着留声机,一个人独自跳着狐步舞。我爷爷的那个村子还没有人会跳狐步舞,这让我爷爷很羡慕。她是我爷爷唯一很想认识的'城里'的朋友。但爷爷一直没能鼓起勇气和她说话,哪怕打一个招呼。

"那个年岁,日本人的飞机常来轰炸,人们四处逃生。有一天,女人忽然拎着个大箱子,很匆忙地来到我爷爷家门前敲门。爷爷开门,没想到是她。

"女人马上要离开,有个箱子请我爷爷暂为保管。爷爷想知道箱子里是什么,他一直想看。我们家那时四处流亡,爷爷始终抱着这个箱子。有一天,他终于忍不住打开了:是一台留声机。那个女人再也没出现。爷爷就说这是一位千金大小姐，奶奶却总是不客气，依据她的小道消息，这是上海百乐门的舞女，要不怎么会跳那么好的狐步舞呢。奶奶说，这种跳低级舞蹈的女人，都干净不了。他们每次都会为这个大吵一架。其实，爷爷最想干的一件事情，就是和这样风姿绰约的女人，跳一支舞。"

丽琪沉静了好一阵说："故事很美，也很伤感。"

于海说："美好的故事总是伤感的。我爷爷其实这辈子没什么可以当成故事说的，唯独这件事情，不停地和人说，那台留声机连我奶奶都不让碰，一直放在阁楼吃灰尘。"

46. 最后一次，狐步舞

于海高兴地对于天禄说："找着了。"

老爷子说："啥找着了？"

于海说："有人无意中看到您这台留声机，说她奶奶以前也有一台，一模一样的。"

于天禄将信将疑地"唔"一声。于海知道老爷子只有三分信，决定再把线放得长一些。

于海说："正巧，这女孩的奶奶就是上海人，这个女孩想来咱们家看看机器……"

老爷子忙说："没啥好看的，留声机都一样。"

于海马上支支吾吾地说："女孩很会跳舞，你不是要找老师学跳舞？"

老爷子用拐棍一杵地，叫道："你这是忽悠我呢。"

于海说："哪能，我把人都约来了。她奶奶真的丢了一台留声机，找了好些年呢，和您这台一模一样。"老爷子心想：难道这回……

丽琪穿着一袭华美的旗袍，款款走进家大院。于海在前面引路，张姐迎面过来，说了句："看你的了啦！"那一瞬间，二姐对张姐有一种无名的好感。

老爷子从头到脚打量这位从天而降的女子。

老爷子问："多大了？"

于海忙插句："爷，这女孩年龄是秘密，不能乱问的。"

老爷子说："我知道，不用你多嘴。"

老爷子说："我呢，86，今年才分的居，老婆子对门住。现在清闲多了，想找个老师学学跳舞，你有什么想法？"

二姐说："没想法，挺好的。"

老爷子说："你觉得作风有问题吗？我学的可不是秧歌，是男女胳膊搭脖子和腰上那种。"

二姐说："爷爷，跳舞的人不分年龄。舞蹈呢，也不分种类。喜欢什么您就跳什么。"

老爷子笑道："那就好，和你这么放得开的女娃学，我就放心啦！"

于海看着就挤兑老爷子："爷，您真是人老心不老。"老爷子骂道："滚犊子！"

二姐走到留神机边上，说："我奶奶年轻时候，也有一台这样的留声机。"老爷子说："你奶奶的照片带了吗？"于海被吓出一身冷汗。

丽琪说："奶奶年轻时的照片很少，生前留下的好看的也不多。"

生前？老爷子忽然觉得天空破了个窟窿，就问："你奶奶是干嘛的？"

二姐想了下，说："奶奶年轻时候是上海百乐门的舞女，生活所迫，到处漂泊，加上战乱，在青岛、辽宁、大连一带都生活过。我也是听我爸爸说的。"

老爷子问："你说她的留声机和我这台一样的？"

丽琪说："可以肯定是一台。奶奶的这台留声机是1928年德国产，外喇叭，底座是花梨木的，高17cm，宽36.5cm，外喇叭是铜质的。这是我奶奶的爸爸留下的唯一的遗物。有一年遇到要紧事，她只好托人保管。为什么我连尺寸都记得清楚，因为这些年，奶奶一直在找它，我们发过数不清的寻物启示。奶奶去世前，还想找到那个替她保管留声机的人。哦，在底部可有一个杨字？奶奶姓杨，名秋水。"老爷子用手抹平粉尘扑扑的底部，一个看不清的字刻在那里，似乎正是一个杨字。这回老爷子信了！一个姓，杨丽琪，杨秋水。

据说那一晚，丽琪和老爷子聊了一整夜，两人聊了什么，无从知晓。

屋子里播放着狐步舞曲。二姐真的教爷爷跳了一支舞。用张姐的话说，于老爷子那一身骨头，和他跳舞，你时刻得提心吊胆，万一哪根骨头折了。不过张姐对这个小丫头这次的表现，给了一个最高分。

两人虽然见面依然话不多，但各自都有羡慕对方之处，渐渐也就没有原来那么剑拔弩张。

于海问丽琪："爷爷怎么忽然变了。跳完舞，脾气也好了，念想也放下了。"

46. 最后一次，狐步舞

丽琪终于可以把心里憋了很久的那句话说出来："业内规定，不便透露！"

至于留声机底部的杨字，二姐纯是蒙的。正好瞎猫遇到死耗子。这回事后，于海决定把"影帝"名号让出来。

老爷子好像在另一个世界完成了一个夙愿。丽琪取走留声机后，他心里的那个念想就像石头落了地，一下踏实了。老爷子遇到老太太，第一句就是："对不住你，这些年，让你受委屈了！"

老太太说："这些年我也有不对的地方，不让你这不让你那，都快入土的人，我也该放手了。无论咱谁先走，留在世上的，小心保重。"老爷子忽然蹲在地上，嚎啕大哭。

老爷子说，他这辈子，做梦都在想生活能有个变化，别像喝白开水一样就过去了。后来发现，不是每个人的生活都配有故事。故事发生在别人那，是传奇；发生在他那，是一种负担。

老爷爷把院子中央的网拆了。两位老人又继续住在一起，把分出去的儿女再统一收编。原本老头子为了听留声机的曲子买的葡萄酒，老太太给收起来，说过十年再喝，味道好。老爷子说，赶紧喝吧，咱没有十年可等了。老太太说："你一个小铁匠喝啥葡萄酒，你就一喝泔水的命。"老爷子说："你，还想分居咋的？"老太太说："我去把葡萄酒打开。你真是喝泔水的命！"

老太太说："多出一瓶，给居委会张姐送去！"老爷子说："得送小杨！小杨教我跳舞！"

"送张姐！""送小杨！""咋？还想吵架是吧？""那就都送！不带偏心的！"

47. 反猫眼的寂寞

世界总是把自己关在里头，只有透过小小的"猫眼"，你才能看到那个秘密的光晕，它把世界切割成一个猫眼大小。孙璐璐拿着反猫眼，今天看哪家？

跟着于海，最坏的毛病就是成了偷窥狂，她顺走了他一件宝贝：反猫眼。可以站在门外看屋里，见着"猫眼"，就上"反猫眼"。这两种眼睛是一对天敌，一个在里头窥视外面，一个却是在窥视里面，里外一致的平等，驱除隐私空间。祖辈生活，哪有猫眼这种东西，都是打开门窗，随便参观。生娃都开着门呢，现在却把自己紧锁在"洞穴"里，对着小孔张望。

真该死！你说这东西怎么这么好玩呢？孙璐璐将反猫眼安在铁门上，看到：这是一间日式风格的房间，榻榻米上放着一壶清酒，一盘寿司。看布置就知道主人很有情调。可是日式风格，你装个猫眼干嘛，空锁一院春光。

孙璐璐很想见到房间的主人。忽然听到一个很柔和的声音——"Darling，快来吃吧"，反猫眼里冒出两个大胡子的男人，两身廉价睡袍，如同两只花公鸡，但声音却很柔和。看得孙璐璐浑身起鸡皮疙瘩，她不由自主笑出声来。门忽然开了，她"啊呀"一声，一溜烟，跑得飞快。

于海正要打电话给冯薇，忽然来了一个电话，名字显示的是：孙璐璐。他犹豫要不要接，电话便响个不停，他迟疑了下，还是接了。

电话那头喊道:"于海,我在派出所,快来救命!"就挂断。早知道不接了,准没好事。每次遇到孙璐璐这样的风火女孩,只有无奈!

于海到派出所,孙璐璐哭得像泪人。

民警很严肃地说:"你就是于海同志?你是孙璐璐的舅吧。"

啥?于海惊恐得下巴都要脱臼了。孙璐璐忙朝于海使眼色。

于海一脸哭丧样。

民警说:"你侄女真是得一个窥视狂,对着每栋楼的猫眼查房,连公猫洗澡都看,特低级趣味!"

于海说:"都是我和她妈没教育好!"于海说这句时,狠狠瞪了孙璐璐一眼。

民警说:"不!你教育得很好!"

于海说:"惭愧。"

民警说:"她说这些作案设备是你的,你平时也有偷窥爱好?"

于海说:"老天爷啊,我没看母猫洗澡的爱好!"

孙璐璐像一只跟屁虫跟着,俩人低着头,生怕被人家看见。连路人的眼光都是火辣的,路人嘴巴里似乎发出啧啧声。于海终于感觉到压力,变态通常是成对成对地出,一公一母。

孙璐璐拉着于海的衣角,嗲声嗲气地说:"老舅!"

于海甩开:"谁是你老舅!得了便宜还卖乖!"

孙璐璐说:"这反猫眼是你送我的,我不过是用你教我的技能,行走江湖。"

于海说:"我可没给你,你不但偷窥,还盗窃。两罪并罚,可以滚了!"

孙璐璐在后面大声喊:"你真是个傻瓜!谁偷你的破玩意!"

于海停住说:"我有心上人了,不是你……"

他赶紧催促自己的双腿迅速离开,以免耳朵会沾染女人伤心哭泣的噪声。

他知道自己逃离得很不光彩。但他不知道如何拒绝,更不知如何面对。

孙璐璐找了一个坑,将反猫眼丢进坑里,用黄土埋起来,再用脚踩踩,直到似乎听到沙子将里面透镜玻璃挤碎的声音。她忽然觉得自己悬着的失落也被埋葬。为什么老忘不了他呢?她想了下,又开始挖起来,直到找到那个被沙土覆盖的玩意,她用手将沙土捋干净,把碎裂的透镜,抓在手里,小声呜咽起来,渐渐大声,转为干嚎:"于海,臭混蛋,偷窥狂,大变态,我饶不了你!骗老娘的感情,没好下场!"

对孙璐璐最后说的那句话,于海很后悔,那句话很像一把暗器,嗖的一声,不知道对方伤势如何。

48."海""路"又交汇

于海确实和冯薇"好"上了。这样的姑娘,怎么说呢? 多一分则热,少一分则凉,热情却不甜腻,健谈又不唠叨。你无需刻意找话说,话匣子会自动打开。

不像孙璐璐,孙璐璐是年节里的红色炮仗,冷不防要给你一个惊吓的动静,高兴就是人间四月天,怄气就是一座移动的神经病医院,这两种感觉太不同了。

于海相信，对冯薇的感觉，和希腊遇到的那段小提琴之恋是一脉相承的——那是冬天的暖阳照在身上的感觉。

于海和冯薇有一个君子协定，每天一定去看她演奏。弹琴时，于海看着冯薇细长的手指在琴键上像流水一样让琴键高低起伏。冯薇习惯了这个彪形大汉陶醉在音乐里的神色，即使他依然带着硕大的墨镜，在那后面，有一双随时为音乐感动流泪的眼睛。

冯薇问于海："是从小喜欢听音乐会吗？"于海说："不，是从第一段后。"冯薇问："你说哪一段？"于海赶紧收住口。冯薇说："你不说我就不问啦，对不起。"

于海以为对方生气了，连忙合盘托出："我有过一段希腊奇遇的爱情，对方是一位小提琴手，在希腊游轮上认识的，才三天，我们就陷入爱河，然后……"

冯薇似乎不像个女人，她只是淡淡一笑，也没问下去，似乎全不嫉妒。于海想了下说："我觉得会音乐的女人是最迷人的，她们有一个无比高尚无比纯洁无比高端大气的世界，我特别希望能够进入那个世界，去看看。"冯薇一笑，说："你就是因为这个，每天来听我弹琴？我明天为你弹奏一曲自己作曲的《海》。"于海说："这个专门为我作曲的？哇哈，感动死了！"冯薇挤兑说："你，有点不要脸了哈。"她说话总是很轻，像一只猫在沙滩上行走。

于海说："嗯哪，我遇到音乐家就脑子发热，手脚冰冷，舌头变短，语无伦次。"冯薇笑起来，说："怎么说得我和瘟疫一样。"于海深情地望着她，半天憋出几个字："你就是我的天堂。"

冯薇说："也许你把我想得太美好了。"

于海说："有一个会弹钢琴的女朋友，对我这样五音不全的乐盲，真是一件可以得瑟几天的事呀！"

于海逢人就说："我有女友了，钢琴师。"嘚吧嘚吧！

这话不知道怎么传到孙璐璐耳朵里，她蛾眉一横，心生一计。

孙璐璐有天打电话给于海，于海故作正色道："没有别的事，请不要打电话，影响不好。"

孙璐璐柔声细语地说："于大舅，我也是这么认为的！"

于海说："少来这套，大舅大舅，啃着还不放哩！"

孙璐璐说："我和咱们冯大舅妈一起呢，聊得真开心！我们在×××，你来吧！不来也成！"

于海焦急地说："喂喂，我说你过分了不，喂喂……"

等于海赶过去的时候，她俩聊天正欢，于海一脸煞白。

孙璐璐说："大舅，大舅妈真水灵，国色天香呀。"

冯薇说："来得正好，你外甥女说你今天有事，她先来接我，一会儿去听音乐会。"

于海说："别去！没票！"

两个女人同时转过来，于海发现自己有点失态。

到了剧院门口，孙璐璐忽然装傻，说："哎呦，忘了，只买了两张票。"

孙璐璐顺势说："大舅，要不我不去了。哎呀，大老远到北京，就是为了听这次音乐会，你们双宿双栖的，还是让给你们。俺这类聋子级别，别进去了！"

于海真想给这个顽皮的"外甥女"一记耳光，他忍住了。

冯薇说："我来解决，外甥女你放心！"

于海一人孤零零地站在剧院门口的台阶上，两个女人快活地进去听演奏会了,做舅舅的只好趴在剧院门口听回声,于海这肚子窝火膨胀马上要炸开似的,但又不便对"外甥女"发作。"外甥女"和舅妈有说有笑地出来,于海刚要发作,舅妈马上说:"于海,我太喜欢你这个外甥女了,机灵聪明。"于海直狠狠瞪了下"外甥女"。

"外甥女"亲切地拉着舅妈的手说:"舅妈,我还是和你住一起吧。"

于海说:"你不是有住的地儿?"

"外甥女"说:"不嘛不嘛,我就要和舅妈住!"

孙璐璐干脆说:"哎呀,连我自己都被恶心到了,不玩了不玩了!"

孙璐璐对着冯薇说:"我舅其实不是我亲大舅,我舅妈也不是我亲舅妈。我只是和大舅,谈过一次恋爱,我们还私奔过!"

"大舅"大声咆哮:"孙璐璐,你给我闭嘴!"这叫喊也把冯薇吓得本能地退后一步!

"外甥女"忽然含着泪光说:"好了,开开玩笑,至于这么凶吗?"

于海这次真给这个"外甥女"气到了。

不管于海怎么解释,冯薇都只是微笑。于海说,我得解释下,否则我会憋出病。

冯薇说:"你没必要解释呀,我不介意。她是个不错的姑娘。"

于海说:"你真好,大方到不像个女人。"

冯薇说:"我没必要介意你的过去呀,过去的就过去了。"

于海想了想,这话好像在哪听过,于是小心地问了句:"你可以告诉我你的过去吗?"

冯薇说:"如果你想知道,我会告诉你!"

> 恋爱是追求
> 结婚是追打
> 离婚是追问
>
> 爱情是天堂，
> 婚姻是坟墓，
> 离婚是行尸走肉（第一季）

法国作家罗曼·罗兰关于婚姻的名言被网友篡改与延伸。

于海说："你真好。那啥，我想知道。你过去谈了几个？"于海把口水咽到肚子里小心地问。

冯薇明白了，这位虎头虎脑的汉子是在问自己谈过几次恋爱。

她想了下，伸出两只手，说："一定要说明确的次数吗？"

于海很坚定地说："是的。"

十三次！于海惊呆了！

49. 和女巫谈谈心

马力忽然要请二姐吃饭，这只一毛不拔的铁公鸡忽然堆起微笑，像棉花糖一样的让你找不到"重点"。

马力说："琪，我有点事咨询，咱谈谈心。"

二姐忙说:"把名说全了,起鸡皮疙瘩。"

马力说:"琪琪,我问你,如何对熟人下手?"

二姐说:"你脸皮这么厚,对谁不能下狠手?你是个杰出不要脸的离婚律师。"

马力忽然用手捂着脸:"不是啦,我说的是表白,对一个很熟悉的人,怎么说我爱你。"

二姐说:"熟人?我认识吗?"

马力说:"你不认识,少套我。我就请教策略。"

二姐说:"对熟人下手,就说吃眼皮底下的草。有个重要的哲学,叫熟悉的陌生人。你就把她当成是陌生人,找找陌生的新鲜感。"

马力沉思:"熟悉的陌生人。这个听起来,中!"

二姐接着说:"熟人会装傻,要知道,对付装傻的方式就是勇敢不停地暗示!不要怕道德风险!"

马力沉吟道:"让你再装傻!傻傻我更喜欢!"

二姐忽然恍然道:"花痴呀!啊呀,这熟人该不会是我吧!这个策略太迂回了,直接说,行不行都会给你个信的!说吧说吧。"

马力瞪了一眼二姐,转身说了句"自作多情"就走了。

这时,二姐电话又响了,于海说要过来谈谈心。二姐想,最近怎么这么多人和我谈心呢。

于海坐在对面,就是不说话,一个劲儿朝虚空发呆。

二姐说:"喂喂,有人刚拿板砖拍过你吗,说话!"

于海想了会儿说:"导师,像我这样恋爱次数很少的人,遇到一位经历丰富的女人,独幕剧遇上长篇连续剧,很自卑,咋整?"

丽琪说:"今天怎么了,男人都成土拨鼠了。谈恋爱次数多又怎么了，每一次都是真爱呀！"

于海说："最怕你这种话了。没谈过恋爱的男人是张白纸，谈多了的女人是幅画，人家花花世界，你这儿还很傻很天真，对付不过来呀。"

二姐说："你喜欢她吗？还是喜欢一种感觉。"

于海说："她看起来是一种感觉，接触了又是一种感觉。"

丽琪叹气说："于海呀于海，你只是一味活在自己的感觉里。爱情不是一种单纯想象，爱情是一种脚踏实地的交流。"

于海说："你说得忒对了。我总是一厢情愿地想象。一旦碰到不是想象的感觉，就会很害怕。"

丽琪说："双鱼男，真拿你们没办法。外面是钢铁，里面都是水。"

于海说："她什么都好，可是就和香烟一样，少点尼古丁，没有那个劲儿。"

丽琪说："还是活在感觉里，给自己一段真实的爱情吧。不要只和自己的感觉谈恋爱。女巫只能说这么多，其余靠你了。"

于海说："谢谢姐，你一定是有过惨痛情感经历的，理解得好深刻！"

二姐说："你再勾起老娘伤心事，阉了你！"

于海说："反应这么大！先留着完整的俺吧，恋爱需要！"

50. 业余保镖

孙璐璐、冯薇、孙璐璐、冯薇、孙璐璐、冯薇……于海内心不断默念这两个名字，就像开关换挡，一个完美到你驾驭不住，一个是爱恨交加，谁遇到都有选择障碍。

说曹操曹操就到。孙璐璐骑着一辆男士摩托，取下头盔，说："舅，上车，带你去见一群哥哥。"于海说："不去！"孙璐璐说："好，不去我就找我舅妈去！你等着！"

于海拿这个女流氓一点办法也没有。谁交这样的女友，得有一个比较大的肺。

摩托以高时速穿越城市，进入一座荒凉的建筑工地，立刻拥过来一群哥哥。

于海问："你不是说带我见哥哥？"

孙璐璐努努嘴："这些都是，欺负我都是我哥，我报上你的江湖名号，都说不知道，就拉你来，让他们认识下！"孙璐璐大叫一声："于海！特种兵！你们全完蛋！让我叫你哥，你问过我舅了吗？"

于海想：真是一只蠢猪，哪有打架还报真实姓名的！找抓呢。

于海看黑压压一批人，心里真有点慌，但马上冷静下来，朝人群说道："遇山开路，见水搭桥，遇到码头拜把子。江湖上都给我些面子，有不当之处，我这个舅舅，替外甥女请个罪！"

人群已经围过来，虎视眈眈。孙璐璐忽然躲在于海身后，于海能感觉她的身体瑟瑟发抖。忽然，他不知道哪来的保护她的勇气，操起板砖，往头上一砸，板砖断成两截。他大喝一声，想死就过来！

人群迟疑了一下，有人往后退，领头人说："这位兄弟别激动，你外甥女开车撞我们摊子了，不讲道理，兄弟几个按照江湖规矩办。"

于海说："谁敢拿板砖开个脑壳，爷爷我就亲自端茶赔礼！"

大家伙看着砖头，最后憋出句话："算你狠，我们走！"孙璐璐说：

"庸俗电视剧对白。"

人群走散后，一道鲜血顺着于海额头流下，紧跟着，一道血红鼻血从他的鼻孔流出。于海瞬间倒下。

孙璐璐看着于海头上的绷带，说道："真没用，你这样还特种兵！"

于海道："很久没练习，硬着头皮上的。"

孙璐璐在于海肩膀上一拍："明知山有虎，偏向笼里钻。是条汉子！"

于海哎呦哎呦叫起来，说："别乱碰，脑震荡呢。"

于海说："那啥，万一我有三长两短，我的银行卡密码：900601。"

孙璐璐大叫："这不是我生日吗，你……"

于海红着脸说："随便设置的，好记！你别多想，我们不能回头了。"

孙璐璐说："你要决定和那个钢琴架子一起，我不怪你。我回去也把自己银行卡密码全设置成你的，咱们就此扯平。"于海说："你别说了，我怕自己会忍不住哭。你走吧，医生说，脑震荡不能哭，表情不能太丰富。"

璐璐拿着头盔，最后问了一句："我们还能做很好很好很好的朋友吗？"

于海说："得翻过一座山吧，得趟过一条河吧，得穿过一片茂密的森林……想和我做朋友，门槛很高的！"孙璐璐说了句"臭屁死你"，就独自走了。

50. 业余保镖

51. 妈妈的旅行

张姐桌子上放着一瓶葡萄酒,这是于海奶奶为了感谢她,亲自送来的。张姐想不能独占,就把酒放在二姐桌上。回来一看,二姐正把酒搁在桌上,张姐不高兴了,心想:不领情就算了。二姐朝张姐一笑,张姐板着面孔就过去了。二姐回到座位,看见座位上放着同样一瓶酒,心想:让给你怎么又退回来了!各自窝着一肚子火。

张姐姐想请女儿女婿出门玩玩,看了一堆参考资料,虽然人家说了许多建议,可是一转眼就忘了。这上年纪的人,记不住事。早上一到公司,桌上放着一本旅行手册,要去的地方都用红线圈好,每个细节都考虑到了。谁这么细心,张姐看看周围,德生?马力?这两位马上就被否了,都是大忙人。难道是老板娘?不可能,老板娘几乎不在公司,张姐不愿意往那个人身上想。

在走廊里,张姐看到远远的二姐走过来。张姐转身就想走,走了几步,又忽然回头,微笑着迎上去说:"那本旅行手册,是你放在桌上的吗?"丽琪笑笑说:"什么旅行手册?"张姐说:"哦,那没事啦。"二姐心想:送瓶酒都给脸色看,放个手册更没完没了。

会是谁呢?张姐想,没准是马力,就直接敲门答谢。马力一看手册,就说:这不是杨丽琪的旅行手册嘛,看她常拿出来。张姐想:这小妮子,既然是她做的,为何要不承认呢?

其实二姐内心里还是怕和老派的人打交道,她无意听到张姐电话里提及旅行的事,就暗自推荐了一些,但又不好意思直接说,只好出此下策。她有点怕张姐。

第二天一早,二姐看到桌子上那本手册皱巴巴地被"退"回来了,就一下火了,直接找上张姐说:"张姐,你这人怎么这样,人家给我酒,我不居功,你给退了。要去旅行,给你推荐了,画上地方了,你给退了!有矛盾也不该拿书出气!"

张姐说:"真是你?"

二姐干脆摊牌了:"是我!是又如何呢?这点事需要留名嘛!"

张姐说:"是你干嘛不承认,我谢你还来不及呢!"

二姐说:"不客气,好心当驴肝肺!自己搜去,不伺候!"转身就走!

张姐说:"喂喂——你不能听人说完?"

二姐气呼呼地把手册往桌上一摔,掉出一张纸条:

丽琪同志:

手册需要用的都已复印,感谢你的热心。工作上对事不对人,请不要介意。你在调解上的专业素质和业务本领,作为一个老同志,我要多向你学习,今后多交流!问过于海,送给咱一人一瓶酒。

二姐哇呀一声,这次又错怪好人呢。这下糗大了!啊啊啊啊!

二姐屏住呼吸,跑到张姐边上,对着她耳朵说了句话。

张姐说:"什么呀?我听不到!"

丽琪高声说:"对不起!不该对老同志发脾气!我错了!"

这时德生、马力正巧在边上。丽琪羞愧极了,忙说:"看什么看,没见过道歉怎么？让开！"

德生呵呵一笑，对马力说："这哼哈二将终于和好如初。"

马力说："杨丽琪会尊重老同志了，难得！"

张姐叹口气说："丽琪啥都好，就是性子太着急。我们交流起来，有点时差。"

张姐回家对李瑶、吴天明一说旅游的事，吴天明马上表示反对。吴天明说："日本太多核辐射，泰国局势不稳定，沙特发现新病毒了，世界兵荒马乱的，干脆妈把钱给我，我给家里弄个旅游基金，每年打进一些钱，找个机会我们就去旅行。"

李瑶马上说："小吴子理财是不错，但旅行哪能花妈的钱。旅行基金得你自己出。"

吴天明马上说："这个基金的计划还不够周全，再认证认证。怀孕前，大家不要去一些乱七八糟的地方。"张姐看着一叠厚厚的旅行材料，第一次感觉到，儿女大了，就开始有自己的家庭生活，她只是一个外来的闯入者。

52. 马律师的攻心计

马力每天见到李德生，真想把"你早"换成"你离了吗？""快点呀，哥们等着呢。"学生时代，学校厕所只有一个蹲式马桶，马力和李德生总是抢那一个。等你习惯坐便，蹲着就屙不出了。所以每次如厕，马力在外面，德生在里面，马力就不停敲门："你快点呀，等着呢。"德生说："你着急啥，上厕所也分个先来后到。"马力说：

"我等不及啦，要出来啦。"德生悻悻地走出来，骂道："什么都抢，厕屎也争！"马力什么都喜欢和德生争，只有争得到，才有成就感。但黄雯，是马力人生记忆里唯一一次惨败，这次打击让马力颇感自卑。直到听闻黄雯、马力"试离婚"的好消息，男性的荷尔蒙才开始萌动。也许当年追女生的马力，只是冬眠一阵而已，现在又满血复活。

在德生看来，现在马力就如同当年在厕所门口敲门一样，"你离了吗？快点快点！"这是德生无法忍受的，他像一只绿头苍蝇，嗡嗡嗡的，把德生的烦恼激发得愈加强烈，但又不便发作。他是一块老字号的膏药，贴着你，甩都甩不开。

自从马力接受二姐建议之后，就开始实施"熟悉的陌生人"的攻心计。马力笑吟吟地说："德生，我带你去一家很好的夜总会，里面姑娘都很漂亮。出去开心开心嘛，没有去过夜总会的心理专家是不合格的，那里充满了各种不幸的女人，都是心理学研究的标本、案例，咱研究研究。"

德生说："不去！乏了。"

马力接着说："德生，即便离婚，也没啥大不了的。一切推倒还能重来，没关系的。我永远做你坚强的精神后盾。"

德生说："我们离婚？和你有关系吗，为什么你总是黄鼠狼给鸡拜年？"

马力又满脸堆笑地说："老同学，关心关心。财产问题可咨询我，给你们免费！"

德生说："兄弟，你就别添乱了。即使她是我前妻，你也不能追！"

马力说："为什么！但都你前妻了，还不让追，你以为老婆是你买断的停车位，你开走了，还不让我停。"

德生说："总之，就是不让追！"

马力说："去你的，李德生，当年你丢硬币输了，你就没资格追她。你拐走了，用过了，人家现在改嫁从良，爱嫁谁是她的自由！"

德生说："你浑蛋二百五！这么难听的话也能说出来。"

马力说："你他娘的才是背信弃义的混蛋！我们泡妞联合声明怎么说：见者皆有份，投币论输赢，愿赌要服输。三条，你遵守了吗？"

张姐气喘吁吁地跑到黄雯办公室说："不好了，德总和马总正在宣泄室决斗呢，都用上剑啦，要出人命啦。"黄雯淡淡地说："是吗？"

马力和德生正穿着击剑服，浴血奋战。当年，他们因为那一个硬币的纠纷，曾经约在小树林决斗，马力要替天行道，但是却被德生一顿臭打。当年德生比马力高过半个头，马力只有挨打的份。现在今非昔比，两人都成了中年男人，马力依然是童子之身，元气略显充沛。两人准备用剑决出胜负。毕竟英雄老矣，不用一会儿，两人已经气喘吁吁。

黄雯在外面瞅了一眼，一笑，转身要走，张姐说："得拦住他们，拿着剑和西瓜刀一样乱砍，会出人命的。"

黄雯说："没事，我就喜欢看决斗，各安天命吧。"

张姐问："我不明白，他们这是为啥决斗呀？"黄雯说："你问我我问谁。你就在门口看着，一会儿叫救护车。"黄雯倒杯水，慢悠悠转回来。马力和德生已经不打了，正捧着一把剑在"研究"。

马力笑着对黄雯说："哦，我和德生看剑。啊，这真是把好剑！"

德生瞪着马力说："好贱！好贱！"

> **高效能离婚人士的七个习惯:**
>
> 1. 控制情绪
> 2. 不抱怨
> 3. 面对改变
> 4. 把前妻(夫)变为朋友
> 5. 控制隐私扩散
> 6. 为他人留有余地
> 7. 过往不咎,好去好散

马力也狠狠瞪了德生一眼,对黄雯说:"好久不运动,你看我们一身汗,一块洗个澡去。"

马力勾着德生脖子,"哥俩"友好地一块出去了。

张姐说:"怎么出去一支烟功夫,这么如胶似漆。"

53. 微信试离婚

那一年,"祝你幸福"彻底火了把。我们在微信上实施"预约离婚"和"试离婚辅导",任何存在严重婚姻问题的夫妻,都可以实行微信试离婚,关注祝你幸福公众微信号,就可以进入"离婚评估题库",测试结果显示融洽度得分偏低的夫妻,可以实施一个月左右的"试离婚"。"离异夫妻"开始"独自"体验没有对方的生活。此段时间内,也给夫妻双方重新审视婚姻的契机。一部分人,经过"试离婚",发现对方新的优点,消除矛盾,重新开始新生活。当然也有部分夫妻"愉快"分手,降低离婚带来的各种负面情绪冲突,促进社会的和谐。"试离婚"只是离婚前夕的一次演习。德生把离婚情商分为几个部分:生活自主力、情绪控制力、财产协调力。试离婚,不是简单的离婚意愿,而是评估离婚会给未来身心以及生活带来多大影响。

尽管行事低调,还是招惹到不同的声音,甚至有婚姻心理学家指责我们是"一股社会转型的暗流""投机性的婚姻黑中介"。李德生那段时间过得很不开心,在中国,任何新生事物,都要面对舆论噪声。丽琪开始担任"祝你幸福"的"新闻发言人",她每天都会接到大量电话,许多电话都带着嘲讽和不理解。一位老奶奶甚至在电话里说:"离婚结婚都是自个儿的事,为什么你们要瞎搀和呢,宁拆十座庙,不毁一桩婚,你们不怕有报应吗?"丽琪知道,这样的人在中国很多。

在会上,李德生回顾公司在互联网上的成长与当前问题,特别表扬丽琪。黄雯冷冷地打断德生的话,看着窗户外面,说:"下雨了。"所有人都闹不清这句"下雨了"背后的含义。黄雯接着表示:"董事会已经对这项微信离婚表示担心,希望降低舆论上的风险。"德生马上解释:"黄雯,你错了,我和大家都把'祝你幸福'当成一项事业,这不是项目,是我们在中国的开始。"马力连忙当个和事佬,说:"既是事业,也是项目,不冲突不冲突。"黄雯依然抓住不放,最后李德生陷入沉默。马力看着这俩人争斗,内心暗爽一阵,跑到洗手间哈哈大笑一场。当然，最窝火的是二姐，老板娘似乎只要遇到她的意见，就全盘否定。德生说的商量商量，只是借口。

54．马律师的幸福彩票

马力每天经过彩票店，总会进去买一张彩票。老板已经对这位常客很熟悉了。因为他每次只买一张，两块钱，并且永远买一样的号码：

01 03 06 11 32 33 10。

老板很纳闷，这是跟谁死磕呢？

01 和 03

1月3日，那天是马力和李德生第一次遇见黄雯的日子。天上飘着毛毛细雨，嗓子有点黏。那天还是期中考试，考完了李德生和马力就在门口对答案，看到黄雯的那一瞬间，考试就被马力抛诸脑后。1月3日，他没有睡，整夜没合眼，在被窝里，偷偷打了次飞机，脑子里全是裸露的黄雯。醒来的时候，感觉裤裆黏稠湿润，这就是马力对01和03两个球的感觉，每次看到就仿佛找回了那些消失的感觉。

06

黄雯的钥匙很多，一共6把，钥匙串上还有一把很小的钥匙。马力总会开玩笑说，你家好大呢。居然有两室一厅。黄雯就问：你怎么知道的？马力说，大门一般有两把，防盗门外加里门。剩下三把，每个卧室一把。可不是两室一厅，至于小钥匙，是自己抽屉的小金库。黄雯骂道："笨蛋，哪有谁家卧室锁门的。"

后来，一次黄雯喝醉了，德生不在，黄雯告诉他，其中两把钥匙是爸爸家的，她爸和她妈离婚了，她还依然带着爸爸家的钥匙，可是又一次去爸爸家，钥匙已经打不开门了。所以，她一辈子，最恨的人就是父亲。

11

11号包厢，李德生和黄雯在美国订婚的包厢号。这是最悲惨的。那天正好是情人节，李德生远在大洋彼岸，寄过来一张火红火红的请帖。全是英文，只有一个数字11，马力记住了。11是一种数字烙印，此后，他去任何地方，一定避开11号。连车牌也不准出现11连在一起的。他唯一不愿参观的，就是那个包厢。那是庞统的落凤坡，拿破仑的科西嘉岛。但他，在彩票里却不避讳11，这叫以毒攻毒。

32和33

这两个数字是马力最引以为傲的"连号"，黄雯的学号是32，马力的是33。每次班级宣布成绩对马力来说都是一次毁灭性的打击。32号总是比33号成绩高出很多，这就如同前面是山峰，后面是断崖。老师前面报出高分，后面紧跟着会是一个大跌眼镜的分数，同学们都用很欢快的眼光看过来。更要命的是马力后面的34号是李德生，这样的"凹槽"结构，就像钉耙中间断了刺。马力恨不得死过去，更加下定决心，追一个成绩好点的女孩，采阴补阳。可惜，没补到。

10

10号球衣。

李德生和马力都是校篮球队的。李德生穿10号球衣，马力每次看见黄雯深情地望着李德生，就想：我要能遇到这样热辣的目光，立刻死了也值得。10号球衣就是胜利者，是一件战利品，可惜不属于马力。他偷偷借过来穿了一次,可惜那次,黄雯没来。

马力每写一次这些数字,似乎念想就少了点。把隐秘幽暗的"信息"加密到冰冷的数字代码里,世界被数字化了,那些往事被加入一串字符里。内心的"介怀"一点一点"刻录"到彩票上面,久之,内心也就平复很多,渐渐有了一种淡淡的幸福感,也许这就是幸福的彩票吧。最后,它安静地躺在双色球票面上,不增不减。

55. 还原"现场"

马力这三十九年,有大部分时间都用来算计利益所得,不能吃亏,对女人也是如此。他一直和妈妈住在一起,马力妈会告诉他:要小心女人,尤其是漂亮女人投怀送抱,天下没有免费的午餐。马力想,即便是收费的,也没遇到过,何来免费。压根儿就没有女人向他示好过。工作上遇到的尽是离婚改嫁的二手女人,你听到的全是抱怨男人诸多不好的哭诉。马力对女人的欲望被这份工作完全驱除了。想到的女人,尽是满脸泪痕的祥林嫂,说的尽是剥毛豆的故事。

马力和德生,又回到当初的校园。

马力说:"我记得当时的水沟就是这里。"

德生说:"你这人有意思吗?老活在过去。"

马力说:"不是,是你欠我的。换成我欠你的,我也会记性不好。在这儿,你故意把硬币丢进臭水沟,然后,我下去捞,你趁机就向黄雯扑过去。"

学校的水沟早就不见了,只能依稀凭借感觉还原当时的位置。

两个人说水沟的时候,人们用奇怪的眼神看着他们。德生说:"你在妖魔化我。甭死抠老黄历了,如果这样可以让你好受些,我愿意陪你还原现场。"

两人来到小树林,马力指着那棵大树说:"当时这棵树还小。我们就在这个位置打了一架,确切地说,是你狠狠把我修理一顿。"德生说:"没有的事。你的记忆总是觉得我迫害你,和法西斯一样。"

马力忽然很激动地说:"难道不是吗?现在你俩婚姻危机啦,要离婚啦,就不允许我重新燃起爱情的火种,霸道吗?这么多年,我都空着床,我容易吗?"

德生忽然被马力逗笑了,从小到大,马力的嘴巴总是那么"直接"。

德生说:"我不反对你追求黄雯,但我反感的是,我们还没有结束两人晚餐,你就开始在一边吧唧嘴,你虎视眈眈个啥?"

马力说:"我怕别人比我手更快!"

德生忽然生气地说:"开眼吧,即使我让你去追,你也未必追得到。"

马力说:"老同学,这可是你说的,别怪我让你戴绿帽子!"

德生说:"成!等我们真分开了,我不介意你去追求她。"

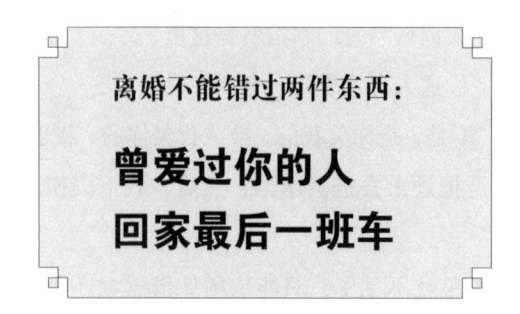

离婚不能错过两件东西:

曾爱过你的人
回家最后一班车

马力说:"你们分了,你有什么权利不让我追她!"

德生说:"揍死你!"

马力跑,德生追。德生很多年没有在校园里追着马力打,这下又找到当年的感觉了。德生虽然知道马力的浑,但他笃定,马力绝不是黄雯的菜。即便他是个哪吒,也闹不了海。

56. 恐机狂去美国

自从得到德生的默许后,马力也开始明目张胆与黄雯套近乎。马力经常跑进黄雯的办公室,把门一关。德生满肚子狐疑,就靠在门上听。门忽然开了,马力满脸笑:"德总也在呢。我在和黄董谈美国一个项目,占用一小会儿。"门"啪"的一声关上,差点把德生的鼻子夹住,还好不是匹诺曹。

德生忽然有了尊严被践踏的感觉,光天化日,关什么门!马力看到黄雯穿着一件半透明的衣服,里面文胸带若隐若现,他的浴火像在太上老君的炼丹炉里,熊熊地烧。在学校的时候,黄雯喜欢洗澡后不吹干头发就来上课,带一点淡淡的香皂味,马力喜欢闻那个味道,闭上眼好像是在花丛里的感觉。那时,马力买了一袋那种牌子的香皂,被母亲狠狠揍了顿。那些香皂足足用了几年才用完。

黄雯说:"马力!你走神了,你听到我刚才的话吗?"

马力说:"你再说一次。"马力不情愿地把目光从文胸带子上移开,转移到黄雯婴儿肥的脸上。原来黄雯瘦的时候,还能看到很尖的下巴,后来不知道下巴在哪块磨刀石上磨的,慢慢失去尖锐感,变成柔和的弧度,搭配上大眼睛,不是美人,胜似美人。尤其是生气时,黄雯双目圆睁,不怒自威。

黄雯说:"马力,今天你怎么老走神,夜里没休息好?"

马力说:"我听呢,你再说一次。"

黄雯终于说:"干脆你陪我去美国一趟,很多事,没你不方便!"

马力说:"不行!我恐机。"马力想起自己不能坐飞机。

黄雯说:"那不找你了,一会儿和德生商量。"

马力想,这才慢慢软磨硬泡,黄雯已经对自己颇为信任,甚于"前夫"。马力一咬牙,一跺脚,去了!马力告诉黄雯,订机票,去美国!

门开的时候,德生还在门边上晃悠,德生问:"哦,美国的事情,咋样?"

黄雯忽然用手把马力拉过来,说:"多亏马力,愿意陪我去美国,把那个客户搞定。"

马力眨巴眼睛,喜出望外,他感觉黄雯的手就像刚出蒸笼的馒头,白且软。太上老君的炉火,熊熊地烧。

德生看了眼马力的得意劲,"唔"一声就走了,像一位刚打了败仗的将军。

德生问马力:"真要去美国?"马力说:"是呀,或许到时,还要住你家!"

德生说:"不准住我家!"马力说:"旅馆也是一样方便。"马力笑了。

德生说:"你个混蛋。我怕你恐机,送一瓶药给你。"

马力问:"啥药?"答曰:"镇静剂。"

马力为什么恐机,并非遗传所致。马力有次坐着一架小飞机去尼泊尔。飞机在山峦中滑翔，马力不知道空姐说的"飞机受气流影响，可能会颠簸"之类的话的意思。他想：颠簸或许就是汽车过一个小土坑吧。紧接着，飞机忽然失重，马力感觉身体瞬间下沉，心都卡到嗓子眼，飞机落到最低点，又猛地挺住向上升，马力耳膜瞬间外鼓，像有人拿着金钹猛敲数下，两眼开花，脑袋炸开。边上一位女士瞬间尿了。

这个小事故自然只是小插曲，但是马力从此不敢坐飞机，想想飞机在天上的感觉，都觉得后怕。唯一要命的是，他见客户只能以船外搭火车替代，知道内情的人，颇感同情。不知底细的，还以为他是环游世界去了。

马力把机票咬在嘴里，牙齿还是嘚吧嘚吧发抖，全身僵硬。黄雯在边上，说："马力，没事吧，飞机还没飞呢。"马力说："雯，要是我有什么事情，一定帮我照顾我妈。"

黄雯说："要是飞机有事，大家都完蛋，我也照顾不了你妈！"

马力左顾右盼："早知道就坐轮船了，连个善后的人都没有。"

黄雯忽然看着马力说："坐个飞机都怕，将来女人怎么指望你。"

马力后悔呀，印象分被扣光了。他马上暗示自己，在黄雯面前，要有大将风度。他掏出德生给的药片，吃了两片。黄雯说："你吃啥？"马力说："镇静药片。你老公给的，他怕我不够冷静，做错事。"他用手使劲按住不停哆嗦的双腿，努力拿出一份杂志装作阅览状。

飞机在天上安稳飞行。马力渐渐胆子大起来。马力看到黄雯闭着眼睛，安静美好。他第一次看到心仪女子睡觉时候的样子，他不能浪费这美好的时刻，他靠着椅子，闭上眼。想象自己和黄雯躺在碧绿的草地上，两个人挨着，天上一朵云也没有。那一刻，世界只有两人。

忽然,大地在抖动,天上的云朵像陨石一样往下落。马力睁开眼,传来空姐的声音:"飞机遇到较强气流颠簸,请系好安全带。"马力看到黄雯本能地用手抓住他的手,他感觉飞机左右摇摆,急剧下落。他瞬间崩溃了,这是要坠机前的最后时刻。他转身对着黄雯,重重亲上一口,黄雯诧异地瞪着他。

马力像对着深崖大叫:"没时间了!黄雯我爱你!多少姑娘勾我,我还留着童子身,就为等你!不能一起生,一起死,值了!"

飞机上的乘客都看过来,飞机还在摇晃,大家在颠簸里集体鼓掌!飞机渐渐平稳,恢复如初。

马力涨红了脸,不敢转头看黄雯的表情。两人开始长时间沉默。

马力半天憋出一句话:"我以为活不了,嘴不干净,不该亲你。"

黄雯说:"别说了,下飞机说。"接下来的几十分钟,是马力最痛苦的时光。不时有旅客路过搭讪,这个说:"兄弟有种!虽说马航之后,坐飞机的人少了些,但坠机是不可能的。你这阴招,我回去也试试。"那个说:"这位女士,脸上怎么有印呀,八成是这位先生吃意大利面没擦干净嘴。不过,还是很浪漫的。"

……

马力,恨不得谁给送个降落伞包,可以迅速跳下飞机。

57. 告别梦幻

自从冯薇告诉于海恋爱过13次,于海就自卑了。这么文静温婉的姑娘，居然比他全家平头百姓恋爱次数都多，咋整？

在这之前，他们已经见过双方父母，接下来就是谈婚论嫁。于海忽然很害怕，脑子里那些浪漫氤氲烟消云散，充斥着怀孕的场景、各种尿片，伴着大量洗衣机的轰鸣声，背景都是金色的喜字，亮闪闪。一脚刹车，他飞出车窗外，从噩梦中醒来。

于海问："小冯，你觉得我哪点好，能让你看上？"

冯薇想了下："我觉得和你一起没有任何压力，很开心，可以很过得很简单。这是我很向往的。"

于海心想：是呀，你把复杂都过完了，就找个傻的过简单的。

于海嘴上却说："我这人其实不简单，我心眼小、没文化。我还有痔疮。"

冯薇说："于海，你能正经点吗？我是认真的。我觉得我们关系到了一个关键时刻。"

于海想：这么快就来逼婚了。

于海说："我也想和你谈谈，你太好了，每次我在脑海里挖空心思想你的缺点，没有，一条也没有。倒是我，越想越驾驭不住你。"

冯薇说："我没那么好，我很普通。"

于海说："冯薇，要不，我们分开吧。我不知道这样是不是不负责任，我想了很久，我喜欢和你一起的感觉，听琴、海滩、散步、微笑……但我想不到更多具体的生活，想不到我们的未来。"

冯薇沉默，并没有让于海作任何解释，她温顺得让他觉得惊悚。

于海马上说："不是你不好，是你太好了，我配不上你。我每个毛孔都自卑。"

冯薇说："你是什么时候有这个想法的？"

于海说:"不是一时一刻,在你的朋友圈,我就像个外星人,你们谈贝多芬、巴赫,我连谱都不认识。你们是上等人,我就是一个混江湖的。有些生活想起来很美好,但你永远不会想过它。"

冯薇还是不说话,眼泪簌簌地往下落。她哭起来没有任何声音,像一尊安静的雕塑,边哭边用手指按掉滚落的眼泪,像按死玻璃上的飞虫。她不愿意把脸上妆容哭坏,恢复常态后,她望着于海,像透过长长的走廊,一点一点的,目光远去。最后,她走了。

只有于海一个人,坐在那里,自言自语:

"冯薇,我知道是我的不好。希腊那一段三天的爱情,是我骗你的,我那时在轮船上遇到一个拉小提琴的女孩,我鼓起勇气去搭讪,她拒绝了我。回到船上,我怕船上的水手笑话,就瞎编了一个故事。一传十,十传百,就成了我的故事。我刚才很想告诉你这个秘密,但是我没有勇气。我很羡慕你们的世界,可是我永远到不了那里。祝你幸福!"

他说出来后,心里好受多了。

58. 难兄难弟一壶酒

马力去美国期间,李德生总觉寝食难安。但德生不会打电话。只是心里揣只兔子,不停地跳。兔子估计顶到眼皮了,眼皮一块跳。不过,马力回来后,面无人色,见到他,也绕道走。德生知道,马力一定是在美国碰壁了。

夜晚降临在这个城市,小酒馆里,马力一脸愁眉,对面是一脸泪痕的于海。这对难兄难弟，借着酒兴，浮一大白。女人对他们来说，比老虎难对付多了。

马力问于海："你觉得我，我这人好相处吗？"

于海说："好相处，特好相处！"

马力说："要听真话。"

于海说："我说的就是真话。虽说有时吝啬抠门死心眼，但为人仗义也和气，弄坏表也不让赔。"

马力说："表还得赔！去掉前面的，去掉后面的，中间才是真相。……我去和人表白了，被拒了，人家说可以是很好的朋友，唯独不能是男女朋友！"

于海哭道："咱们一样的命，全是当好朋友的命，干一杯。雷锋！"

马力说："你尝试过几十年都喜欢一个人吗？夜以继日不眠不休。"

于海说："你说的是情圣。"

马力说："是我。"

于海说："没看出来，你也是个情种。"

马力忽然哭起来："当我真情流露向她表白，她丝毫不珍惜！是条狗也抱抱安慰下。"

于海说："哪个婊子这么狠，哥去给她卸了。"

马力说："黄雯，你是我这辈子，唯一动心的女子。"

于海说："你咋口味这么重？明白了，老同学追老同学，亲上加亲。人家可是有夫之妇！"

马力说："马上就离了，我又有机会了！这话，我告诉你，你可别乱说。"

于海说:"我几时乱说,我嘴巴紧。"

马力说:"真失败,活了快四张了,还是处男。"

于海差点把酒喷出来,说:"不能吧。"

马力说:"于海,我羡慕你,桃花眼,会勾人。你是天上,我是人间。"

于海把酒连瓶喝干,然后说:"我算个屁的天上!"

马力说:"你有希腊的爱情,你有钢琴的爱情,你有私奔的爱情——我啥也没有,除了账单。"

于海有点醉意:"哥,我今天给你交个底儿,根本是骗人的,狗屁希腊爱情,我为了面子忽悠的,我是大骗子!"

马力说:"大骗子,来,干一杯!编的跟真的似的,影帝!"

喝了一夜的兄弟,清晨各自醒来。马力心想,我怎么和这个大嘴巴一起喝酒呢,多少机密都给暴露了。于海也发现昨晚都说漏嘴了,两人感到异常尴尬。这一夜的酒,妖魔鬼怪都露出尾巴了。

59. 最老的实习生

李德生提出"离婚导师"的观念,如果说结婚是一所学校,离婚更应当是一所学校。离婚导师涵盖心理辅导、离婚决策、婚内调节、财产策略、创伤疗愈等各方业务。

离婚导师这样的称呼,让张锦华感到无比的神圣,这是以往居委会不能享有的感觉,好比自己是一个教授,正在用知识和技能帮助很多人走出婚姻泥淖。每当有客户叫声"导师",她就觉得需要不断提高自己，才对得起"导师"这两个字。

德生告诉张姐，有位实习生准备派给你，也是居委会的同志主动请缨。门一开，是林木森。张姐说："我这人够了，派给丽琪吧。"德生说："这个就是主动要求到你部门的。"老林朝着张姐嘿嘿一笑，也不说话。张姐想，这人谈革命友谊，都谈到公司来了。

老林这个实习生，上班带着一堆书来公司，对张姐说，给你的。张姐一看，全是苏联时期的文艺著作，普希金的诗，马列导师论爱情之类。张姐说："老林，这些书你还是带走吧，和当下理论熏陶跟不上。"

老林撇着嘴说："张锦华同志，要保持党性，马列导师论爱情是不会过时的，像恩格斯写的《反杜林论》《自然辩证法》，都是最了不起的指导婚姻调解工作的论著。"

张姐说："老林，你现在是来实习的，但你这做派像一位离休干部。公司不是委派你来教育我的。"

老林说："我是实习生哦，才想起来。行，您有什么就吩咐。"

张姐把搪瓷缸子递给他说："去打一缸子热白开，等到成了温白开，就提醒我喝，我的胃不好，不能喝凉白开。"

老林说："成。"老林拿着茶缸去了饮水机那边，打了一缸子开水，就用嘴巴轻轻对着缸子里的水吹气，呼哧呼哧。然后倒出一些水在自己杯里，尝尝，太烫！继续，呼哧呼哧。直到水温适宜，才端过去给张姐喝。

张姐看在眼里，她本想有意刁难下老林，却被他感动到了。像老林这样细心脾气又好的爷们，确实可以谈谈革命友谊。

张姐让老林多学学电脑，跟上时代步伐。尤其钻研下"会走路的互联网"。

老林忽然对张姐肃然起敬,问道:"啥叫会走路的互联网。"

张姐说:"就是手机平板,可以不带线的,边走路边上网。"

老林说:"张锦华同志,士别三日,刮目相看。我们做个笔友如何?"

张姐很鄙视地看看老林,说:"笔友?都是啥年代的事了。现在都可以视频,电视直播那样,你看我我看你了。"

老林忽然很悲伤:"我知道我落伍了,我们那个年代,遇到自己欣赏的同志,就和对方约定成为笔友,畅谈宇宙人生,交流爱情理想,我就是想学学。"

张姐连忙安慰:"虽然你属于落伍分子,但组织不会抛弃你这样积极要求进步的同志。要迎头赶上,要与时俱进,要排除万难,争取最大胜利!"

老林佩服地说:"你也在宣传部干过吧?一套一套的。"

张姐说:"严肃点,以后我们就是一个战壕里的同志,你要听从组织安排。"

老林说:"是。"

张姐递上搪瓷缸子说:"去,再给我吹杯温白开去!"

60.布谷鸟有话说

张姐自从和老林开始谈革命友谊。老林就会抽空在张姐家楼下转悠,依据约定暗号,老林在楼下学三声布谷鸟,张姐就下楼接客。

吃饭时，吴天明问张姐辞职的事情怎样了，张姐以这段公司遇到困难，这个节骨眼离开不厚道为借口。吴天明说："我和瑶瑶已经做好准备，年底受孕，明年生个宝宝。"吴天明看到夫人一脸幸福，话锋一转，说："还是让妈妈享享清福，辞了工作，大家好有个照应，我们也不缺千儿八百的。"

瑶瑶看到妈妈有点为难，示意小吴子别说。吴天明用筷子轻轻敲击碗边说："最近这楼下，不知道哪来的布谷鸟，一个劲儿地叫唤。"瑶瑶忙说："确实挺奇怪，这布谷鸟都是春天耕种才出来，现在环境变化大，大秋天也叫个不停。"吴天明笑吟吟地说："妈，你说这是咋回事？"张姐说："我只知道乡下布谷鸟作息，城里布谷鸟不熟，也许肚子饿了就叫。"吴天明："有道理。吃饭吃饭。"

张姐对老林说："老林同志，你下回换个鸟叫，布谷鸟不是这个季节的。"

老林说："小张同志，我没你这么丰富的农村基层经验。这布谷鸟还是现学的。要不，还是学狗叫吧。"

张姐说："这小区遍地是狗，我怎么知道哪条狗是你！"

老林说那我给这狗加个痛苦的颤音，老林学了下。张姐说拉倒吧，你把狼都招来了。

老林叹了口气，说："我们光明正大的，为啥要偷偷摸摸，老年人也要有个夕阳红。"

张姐说："现在谈不得，我闺女快有了。再说，我女婿不让我在外边找老头。"

老林忽然很生气："你那南方女婿，就一白眼狼。老年人就不需要爱情了，把儿女拉扯大了，我们就不该有点浪漫的黄昏恋？"

张姐忙让他小声些,说自己要回去了。老林看着老太太的背影有点心疼,马上说:"小张同志,林家的狗连叫三声,四声五声都不是我,不见不散。坚持住,实在不行,我帮你闺女带孩子,我们一起来。"张姐说:"你就是忒不见外了。死老头!"

林木森看着张姐的背影,感觉她又老了些,有一点心疼。

吴天明已排好班,他理想中的"日程表",规定了他、张姐以及月嫂的日程。张姐辞职,家里可有一个固定使唤劳力,他自己可以腾出手胎教,音乐史全听一遍。吴天明主要负责胎儿智商发展,张姐文化程度不高,但比起月嫂保姆都好用,且不花钱,帮女儿就是帮自己。吴天明想,平时养,战时用,只是老太太外边找了个老头,这事就有点棘手。吴天明决定去亲自打探下传说中的"布谷鸟"。

老林在楼下"布谷——布谷——布谷",忽然想起得学狗叫了,林家的狗刚要叫,感觉后面有人拍他,转身看,一位很斯文的年轻人问:"老同志,您是来找张锦华的吧。我是他女婿,我叫吴天明。"

老林说:"你就是那个白……"老林差点把白眼狼说出来。

吴天明叫老林上楼坐坐,自家人,不必客气。

吴天明正和老林一通交心。林木森知道这个男方毛脚女婿的小算盘,他客气地介绍了下自己,四合院这个词语清晰地进入吴天明的耳朵。他忽然觉得被这个词扎了一下。他详细问了问二老地下革命友谊的情况,那架势活像领导干部在政审组织关系,连老林这样的老党员都受不了。吴天明问完,就满意地走了。啥话也没留下,既没有说反对,也不鼓励提倡,这是一场面试吗?老林真为自己捏把汗。

吴天明找张姐,忽然360度大转弯。吴天明眼含泪花,坦言这些年,张姐把女儿拉扯大相当之不容易，人到黄昏，遇到真爱，儿女更不应阻止夕阳最后绽放。张姐纳闷,这老林都和他怎么谈的,良心发现？

吴天明忙说，工作那边先不着急辞掉，老年人革命友谊，越恋越年轻。谈谈谈！张姐面对一只笑面虎，一时找不到头绪，前阵子还说，老年人精力有限，先顾大局，个人问题服从家庭需要，不知道这毛脚女婿葫芦里卖的什么药。

老林倒满一茶缸子水，咕咚咕咚喝下去，才说："你这女婿不简单，喜怒不形于色， 这心思和发条一样，一圈一圈卷着。我寻思他对我的成分是满意的，对我们纯洁革命友谊是支持的，唯独对我家住的平房，有点不够满意。"张姐说："你是怎么瞧出来的。"老林在张姐耳边道："他问四合院面积多大，环境如何，如何起居，如何供暖，如何做饭，家里几口人，哪些常驻人口。不常住的都几时来住。"张姐说："干脆他干居委会得了。"

61. 备孕别动队

吴天明算计好了，住到四合院里备孕是个不错的主意。空气比楼房好，环境又优雅，自个儿租住，少说万吧块，现在人家主动送上门啦，好大一块肉。吴天明开初还以为老林只是个要啥没啥的糟老头，现在人家送来一个"香饽饽"。目前的问题是，怎么说服张姐呢？吴天明在屋子里踱来踱去的。

张姐进门，吴天明就马上亲切地拉着她的手说："老林我见过了，相当好的人。妈眼光真不错，真不错！"张姐被突如其来的殷勤吓住了。吴天明恢复往日的离休干部腔说:"这事嘛,宜早不宜迟,先订个婚。"张姐说:"什么?"吴天明马上说:"我把这事和瑶瑶说了,她要见见林大伯。"

老林这二十年,头回戴上大红领带,穿上西服,白发也染黑了。别人问他去干啥,答曰,去相亲。怎么觉得有点见公婆的感觉。他想起张姐叮嘱,不要答应任何事,只串门。即便只是串门,老林也高兴得一宿没合眼,比把媳妇娶进门都开心,毕竟,这是第一次从地下转到地上,获得儿女承认了。他坐在桌边,吴天明介绍,这是老林,他住四合院,各方面条件都不错。瑶瑶看到妈妈脸上一朵掩饰不住的红晕。

吴天明往老林的碗里一个劲儿夹菜,说:"都不是外人,别和我们见外。这段我和瑶瑶一直备孕,要个孩子是我妈最大心愿,她像孙子都想疯了。"老林看着张姐一脸尴尬。吴天明接下去又开始吐苦水:"雾霾越来越厉害,我们想换换环境,这样对孩子发育有好处,减少新生儿畸形概率。"老林只是鸡吃米,点头。除此外,他不知道说嘛。

吴天明看到时机来了,就说:"有件事情还要劳烦老林,您未来可能就是我们的半个爸爸了,我们想找个环境清幽的地方小住小住。比如山顶的寺院了,再比如环境好些的四合院啦。"吴天明清晰说出最后几个字,用一种焦急的目光瞪着"爸爸"。

老林想,这下懂这葫芦里卖的什么"药"了。迫于张姐的情面,他说自己家面积大,可以让出来给小两口。张姐忙说不能。吴天明故作尴尬说:"这怎么好意思。我能理解你对妈妈的一片真心,但这怎么算你钱呢? 我们给多些!"老林想,这肉都在砧板上了,还敢算你们的钱，这回栽惨了。

老林看了下张姐朝她打手势，叫他不要答应。老林说道："以我和你妈的交情，随便住，住多久都成。"吴天明看已经顺利进宫，就将张姐的手放到老林的手里说："老林，我和瑶瑶最亲的人就交给你了，我妈妈也过去帮我们，你觉得方便吗？"老林说："方便方便，我马上挪房去。"

老林真恨不得给自己一个耳光，骑虎难下呀。这南方小女婿，狡猾得像一只眼镜蛇。吴天明第二天就把家里杂七杂八的东西往老林那边送，逼着老林挪地方。这可苦了老林嘴巴贱，早知道是借房子，他怎么也不去赴这个鸿门宴，现在说啥都晚了。这个南方小男人，要做一件事情，总会借张姐名义，这个是张姐的心愿，那个是张姐的梦想。老林就和锯了嘴的葫芦，啥话都说不了，只有任意被对方摆布。吴天明找了辆卡车，把能搬的东西都搬来了，那边的房子还可以临时出租给一家旅行社，这样还能省出一大笔开支。

张姐感觉像是被儿女绑架了，那边又无颜面见老林，老林只是安慰，吃亏是福。老林看着屋檐说："只要和你活在同一屋檐下，我这幸福指数就嗖嗖往上涨。"张姐用很感激的目光看着这位在北京萍水相逢的人，很久没有这么温暖过。

夕阳照在胡同斑驳的墙壁上，一句标语：计划生育，造福苍生，已经字迹模糊。

吴天明不但有张姐这位御用保姆，还收编老林这样的"编外"。吴天明要吃菜，就说："老林，我们一起吃，大家一家人。"老林根本找不到机会说不。当然是他做。因为吴天明说，老林的厨艺是胡同魁首！不就缺个厨子？现在一家人忽然闯进老林的世界，猝不及防。

他想和张姐过二人世界的梦想瞬间崩塌,老林叹了口气,现在备孕都流行备到别人家吗?

62. 莫斯科红场之旅

老林的爸爸是位守林人,给他起名:林木森。这个名字的感觉,就是看着一棵棵小树,慢慢长大成为成森林,由稀疏到稠密,从幼小到茁壮。老伴走了,儿女一个个拉扯大了,都飞走了,森又变成了"木"。单一木,有点形单影只。

喜欢张姐,原本是两情相悦的事,用老林的话,是一次伟大的革命友谊。现在,老林感觉自己被生活挟持了。吴天明一见面就问:"你和妈,怎么样?该办事了,请上几桌朋友。"老林觉得,革命友谊被反动派挟持,加以利用,他们盗取了革命的果实。革命的友谊,该如何谈呢?

张姐恨恨地说:"叫你别答应,啥事都别答应。这下好了,这个南方小猢狲!我们怎么老被他耍得团团转,一点办法也没有。"

老林说:"办法是有的,你愿意配合吗?"

吃饭的时候,老林对吴天明说:"有个决定想和你们商量。"

吴天明说:"说,我们早就猜到了。"

老林说:"我想和你妈妈去旅行。上次你妈妈筹划过一次,没成。"

吴天明马上说:"只是你们年纪这么大了,身子骨经不起折腾呀。

家里也担心你们的安全。"

老林料到他会这么说,便答:"我和你妈,身子都很结实,也许过几年,我们就去不了了。我去过十几个国家,经验比较丰富。趁着你们备孕去,等你们孩子有了,我们哪儿也不去。"

瑶瑶说:"去吧去吧,这么好的机会。"

吴天明不好再说什么,一脸不快的样子。

老林马上说:"对了,听你妈妈说,小吴准备把房租给我,我觉得不用给了!"

吴天明马上松了口气。老林话锋一转,说:"就当给你妈妈旅行的资助,瑶瑶,你说呢?"

瑶瑶说:"对,这钱我来出,吴天明,马上给!"

吴天明像一只马上要爆炸的气球。不但损耗两个劳动力,还外加旅行赞助。

老林这辈子最崇拜的领袖:马克思、恩格斯、列宁、毛主席、邓小平。他在政府机关做过文员、秘书,后来去居委会做宣传。写了大半辈子海报、大字报、墙报、剪报、介绍信,读得最多的就是马恩列选集、《毛泽东选集》、苏联文艺理论精选,还陆续读了很多苏联时期的小说。每个时代留苏人心里都有一个卡秋莎,他的老伴是苏联留学时候认识的卡秋莎。现在,张姐就是卡秋莎。卡秋莎不问高矮胖瘦,卡秋莎是一种心动的感觉。

老林能闭着眼睛,把居委会的通知一字不落写在黑板报上。他喜欢各种窗花,贴在窑洞的窗户上,像火苗在抖动。他内心的革命友谊,其实和政治一点关系也没有。那是一段激情燃烧的岁月,你有使不完的劲,有干不完的事,没有焦虑,没有烦恼,再艰苦,也有一种莫名的生活信仰。

老林真去了莫斯科红场,他和张姐站在这里,远远看上去,克里姆林宫像布景里的道具,那种激动和振奋人心再也找不到了。天灰蒙蒙的,一位"列宁"走过来,用夹带东北味的中文问:"要照相吗?"于是,老林和张姐站在"列宁"的两边,老式相机一咔。老林戴上老花镜,看着列宁插在两人之间,怎么看都碍手碍脚的。照相的以为他们依依不舍,就指着另一个特型演员,说:"还有斯大林,要吗?"

老林有点失落,他念叨着,现在世道完全变了。张姐说:"你还以为是你唱苏联歌曲,跳忠字舞的那个时候?"老林忽然沉默了,半天说了句:"也许我只是怀念那个年代,干净又有激情。"张姐说:"你还忘不了她吧。照片里看,贤惠温柔,我比不上。"

老林说:"有时睡不着,会偶尔想起。只记得在白桦林里,我拉着手风琴,她跳舞。跟着我,她总是受罪,没过几天好日子,等到家里好了,她又不在了。"

张姐轻轻拍拍老林的后背,她喜欢用这样的方式,来表示和一个男人的亲近感。老伴死后,好久没有对陌生的男人这样亲切过,她甚至怀疑自己已经忘了这个动作,只有下意识时候,才会有这种表示关心的动作。她看到老林吃饭时嘴边有食物残渣,她就用手指嘴角,老林很默契地就明白了,默契越高,他们间话就越少。老年人的爱情,就是给爱做减法,像冬天的树木,所有枝叶都落光了,只剩下明晰干练的枝条。这样的爱情,就算革命友谊了,像树木伫立在严寒里。

63. 和为贵，脸皮次之

张姐和老林还在国外，吴天明就发来一条短信，说是在家吵架了。吴天明故意把短信写得很严重，正好制造一个家里因张姐离开，才开始闹不和睦的现场。备了三个月的孕，瑶瑶还是没动静。吴天明想，问题出在哪？他连忙偷偷去医院，做了个深度检查，一切正常。他撺掇夫人也去检查下，瑶瑶死活不依，于是两个人争论起来，最后吴天明竟打了夫人一耳光，也不知道从哪里借了个胆子，按照往年，这是要坐老虎凳的。吴天明想，或许夫人是一只不会下蛋的母鸡，他忽然开始内心鄙夷起她来。他甚至想，在古代，这是可以休妻的。

吴天明这条短信迅速让张姐失去旅行的兴致，时刻记挂家里出点什么事情。老林和张姐本想去国外过过二人世界，现在气氛全变了。张姐天生就是喜欢一团和气，以和为贵。老林只得和张姐打道回府，他知道，得知他们吵架的消息后，吴天明再也没有回复短信，张姐心乱如麻，旅行的心情被完全破坏了。

张姐一回来，吴天明怨这个，怨那个，让人觉得这是她的疏忽。吴天明又说未见怀孕迹象，自己检查过，一点问题也没有。言下之意，这绝对是你宝贝女儿的问题。他想这样，逼着张姐去"压压"老婆的锐气。

张姐去找女儿交流，瑶瑶却一口回绝，她激动地说："我觉得自己就像一台生育机器，感觉他就是等着母鸡下蛋的感觉，这孕我再也不备了。"吴天明抛出一句狠话："不备孕，就离婚！"女儿说：

"那就离吧。"这让张姐方寸大乱，好好一个家，咋说离婚就离婚呢？

吴天明为了赖掉那些四合院的房租，就怪此地风水不好，"赌气"搬回家去。张姐见女婿这样的做派，也不好意思住，只好带着李瑶回家。她完全被这个女婿牵着鼻子走。吴天明深知心理恫吓之道，他知道，张姐是老派人，总不希望离婚。闹闹离婚，可以让张姐更"乖"一些，吴天明哪舍得离婚呢？他是要闹些动静，好震慑住丈母娘，对这个一切讲究和气的女人来说，这是她最大的软肋。

64．撤资风波

德生和黄雯站在走廊聊事。马力远远走过来，发现两人后，迅速转身躲避，像遇到瘟疫。

德生说："他怎么从美国回来就变了个人，见到你我，回身就躲。"

黄雯说："我怎么知道？"

德生说："你都和他说了啥？"

黄雯说："一股儿醋意，我怎样是我的自由。还差128天，试离婚结束，到时告诉我你的决定。还有，离那个丽琪远些。"德生说："和谁走得近不近，这也是我的自由。"

黄雯说："这小妮子不合适你，要是你真要，我给你介绍一个帮得上你的。"

德生说："你可真够大方。"

黄雯说："买卖不成仁义在。美国有一个妻子，死后还在墓碑刻上征婚启事，给老公征婚。"

德生说:"这个免了。我怕墓地有人爬出来应聘。"

黄雯笑了。德生说:"我也给你介绍一个,马力不太合适。"

黄雯说:"你管呢,你介绍的人,我还都瞧不上!"

那天,黄雯开会的时候宣布了公司可能陷入危机。事情是因为美国的董事会出了些问题,后续资金可能不会注入,黄雯正抓紧协调。德生显然对这个新生公司的财务危机没有做好充分的准备,美国方面一旦撤资,这个离婚公司也会迅速歇业。德生觉得有必要先知会所有人,但黄雯反对,这样之后,公司更会人心惶惶,大家都失去做事的耐心。消息一宣布,大家一下哗啦炸开锅了。黄雯看了下,问:"马力去哪了?"德生说:"他请假几天了,说是得了美国流感。"

黄雯说:"提前告知大家,是感谢大家的负责。感谢与大家共事的时光,你们教会我很多中国式离婚的潜规则,但在美国的主流离婚研究届专家看,中国人不是在离婚,而是在做买卖。这样的离婚公司,不符合他们预期,美国方已经通知我们撤资的决定。"丽琪道:"现在这样的公司对中国人来说是很有意义的。离婚无国界,难道只有美国人的离婚才叫离婚吗?"

黄雯赶忙打断:"意义值几个钱,美国人看重利益和利润。董事会希望的是获取更多中国社会的婚姻数据与样本用于研究,我们目前的发展与原初方向是背道的。"德生低声问:"这个还有可能说服他们暂缓撤资吗?"黄雯说:"我立刻回去,等我消息。"

丽琪要和德生聊一会儿。德生看了下黄雯办公室,说:"一会儿老地方见。"

两人约在最初见面的酒吧。德生不等二姐开口就说:"有好的去处,也先留意下。"

丽琪却生气地说:"你都把员工看得那么不可靠吗?"

德生说:"可靠不可靠是相对的。创业公司相对不稳定些。"

二姐那股二劲上来了:"这月起,我的工资不用打给我了,我愿意做三年的义务咨询,我会与公司一同进退!"

德生有一点感动,这真是他认识的二姐。二姐忽然抓住德生的手,说:"李德生,无论发生什么,我们都要顶住,为了那个梦想,无论它多遥远。"他马上把手从二姐手中撤走。二姐才发现自己失态。

二姐说:"李德生,你知道你最让我欣赏的是什么?"

德生说:"在你眼中,我还有值得欣赏的?"

二姐说:"当然,我很欣赏你的天真!"

德生说:"这句像骂人的话!"

二姐忽然背诵一段话:"当一个人回首往事时,不因虚度年华而悔恨,也不因碌碌无为而羞愧;在他临死的时候,能够说,我把整个生命和全部精力都献给了人生最宝贵的事业"。

二姐说:"你难道忘记中学就写下的理想吗?"

德生说:"你怎么知道的?你去过我学校?"

二姐说:"你别管我怎么知道,从中学开始到现在,每个人都在变化,只有你保持这种天真,一直不变,一直为这个天真而努力。单纯为梦想而兴奋。这点很像我!"

德生说:"原来是在夸自己!"

二姐说:"不是啦,我觉得我们这点上是一路人。不要丢掉让自己充实、快乐的那个梦想,即使它暂时遇到困难或者挫折,有些事,即便注定失败,也要去做,不在结果,而在过程。"

德生知道二姐理解自己,他不知道该说什么,只是说"谢谢你"。

张姐恍惚里，忽然觉得自己马上又要失业了。这份工作曾经让自己"年轻"过，她有点迷茫。老林哎呀地叹气，公司这么快就解体。张姐说："我这正式工都没有负面情绪，你个实习的这么低落。"老林忙说："这么好的公司，为老百姓排忧解难。"

张姐说："主要是资金有点情况。"老林说："实在不行，挪到我家去办公，按居委会布置。我那后院折腾几个居委会都没问题。"张姐冷冷瞅了这北京老头一眼说："你当组织是你们家开的，组织的领导去了美国！"老林说："咱们社会主义支部，还要资本主义点头，这脸面呀……"张姐说："就你话多。"

65. 感冒的百万富翁

马力真是感冒了，激动地感冒了。不知道是不是上天对他的痴心感动，或是黄雯那一串幸运数字显灵。彩票中了五百万！看到结果的时候，他狠狠掐自己脸一下，不是做梦。

明天起，就可以睡在钞票垒起来的炕上，醉生梦死。祖坟冒青烟啦，他真想给所有人群发短信。

他转念一想，财不外露，一旦你真的发财了，太多人会盯上你，不安全。是不是需要一些保护措施。

面具和丝袜，戴上什么去领奖比较合适？马力在脑海里冒出很多种领奖的场面，他戴着黑色头套，悄悄溜进领奖处，小声说："钱给我，我中了！"他将500万存款塞入随身携带LV大麻袋，足足装了两麻袋。出门就遇到枪林弹雨，一颗子弹迎面朝他飞来。他从梦中惊醒，这事看来需要一位保镖。有个人，挺合适。

于海从马力的遮遮掩掩里闻到什么气味，非但提出按3000元/份友情价格外，而且还要白送一块手表。马力虽然心疼，但为了不泄露事情，还是答应了。马力说："今天的事，别说出去！德总那更要封口。"于海说："好。封口费。"这钱还没有拿到，就遇到勒索的。于海看到马力为难，就说："其实我不缺钱，我现在就是闲得慌，你看看能不能帮我找份工作。"马力说："这活也找我，还不如直接给你钱呢。"

于海说："我这人啥都好，一闲下来，我就喜欢左邻右舍，七大姑八大姨唠嗑，指不定哪天把你中了奖的事就暴露了，哎呀嘿，追求老板娘。"

马力说："工作的事情我包了，真后悔，找了你一个追债公司的爪牙当押解。"

于海说："于押解是信得过的。但马总，为啥你不让直接打在卡里呢。"

马力说："我妈没见过这么多钱，我都取出来，让她开心开心。"

于海说："这个有孝心！"于海其实想说的是：这也太土鳖了！

马力说："少废话。带家伙了吧？"于海掏出一个土枪，似乎是乡下用来打鸟的火铳。

马力说："你这个怎么保护我？鸟都打不死。"

于海说："你知道的，打死人要偿命的。我们吓吓人家就可以了。假如你觉得设备有点老化，再加点钱，我去弄把真枪。"虽然马力不满意，但是两人还是开车带着一面包车的钱回家了，这是马力这辈子见过最多钱的时候。

马力把钱全部铺在床上，叫他妈妈看，500万的"床"舒服吗？马力妈妈惊讶地眼睛快要裂开，以为他是去哪家银行打劫回来，门口还站着一个提着鸟铳的黝黑汉子。马力说："是中彩票了，钱财不能外露，但实在太高兴了，又不能告诉别人，我就取出来，让你乐呵乐呵，也算一点孝心。"马力妈妈很高兴又很着急地说："这都是我们家的钱呀，赶紧存回去，弄丢几摞，损失就大了。不行，我得全数数！"

66．马董事入股

黄雯回来了，事情和预想的一样糟，美国投资方还是决定撤资。德生和黄雯在办公室聊了很久。黄雯告诉德生，美国那边房子可以卖掉。德生反对，那房子还是留给她，即便离婚，也好有个保障。黄雯坚持，卖掉房子，是唯一办法。每个人都在准备把用品打包，似乎这个新成立的离婚事务所马上就要人去楼空。马力看到黄雯在窗边，就勇敢地走过去。李德生看见两人在办公室，聊了很久。

后面的事情，江湖上流传很多版本。其中之一是，马力很阔绰地从包里拿出一张支票，轻描淡写地要"注资"这个公司，黄雯开初不相信这是一个从不吃亏的人干的事。更让你意料不到的是马力从办公室拿出一个老式的旅行包，掉落大量彩票，少说上千张。每一张都是一样号码。马力告诉黄雯，每一个数字都和她有关，所以，这一笔钱，他也希望用在和她有关的用途上，这才是这笔钱最好的去向。

假如这些钱,都长着腿,它们一定会朝黄雯奔过去,因为每一个数字都表示马力对黄雯念念不忘。说这些事情的人,或许添油加醋,或许带着一种廉价的感动。但据说,马力没有开任何附加条件,唯一条件只有:希望于海回来。据说那次,黄雯有点感动。

马力的职位升了,成了联席总裁,搬进李德生的办公室,马力与黄雯的关系也亲密了许多,马力总算扬眉吐气了一回。这是多少年他做梦无数次出现的场面,手刃情敌。这次,真有点飘起来的感觉。尽管他知道,要黄雯接受自己,还很远很远。

于海又回来了,办公室恢复以前的欢乐。只有马力最手忙脚乱,马力的妈妈把儿子中奖的消息告诉了所有亲戚,三天两头就有人登门祝贺,找借口"筹钱",马力无法告诉他们,钱已经没有了。马力也不能和妈妈解释,钱投资给了自己喜欢的女人,无偿支持。这个从不吃亏的男人,头一回感觉自己吃亏了,不过,这个亏,让马力觉得很幸福,很幸福。

67. 棒棒糖的梦

这段时间于海心里有点说不出的惆怅。孙璐璐有一段没有联系他了,这个乖张的小妮子似乎从于海的生命记忆里消失了。孙璐璐不会像冯薇那样讨巧,冯薇是甜甜的奶糖,而孙璐璐是一颗芥末糖,让你的舌头不舒服,却永远记下她的味道。

孙璐璐离开的时候,给他寄了一个包裹,很大很大的盒子。于海打开,是一个一般大的盒子,再打开,是一个装牙刷的盒子。于海骂道,臭妮子,发个东西还要包几层。最后打开,是一块亮黄布片包裹的棒棒糖签。里面附带一张字条，字迹歪歪扭扭，像是小学生写的：

胖头鱼：

　　棒棒糖吃了，签子还你。小时候，我很爱收集棒棒糖的签。我想把吃过的签都收起来，这样就记得一年吃过多少甜甜的糖。这根在火车上吃的棒棒糖，是我这半辈子吃过最甜最甜的一根。每次看到它，都不自觉想你。还是还给你好，留着一个伤心的1，甜蜜却孤单。

　　不知道那个黑色箱子里，是否还躺着其他的棒棒糖，随时伺候新出现的女人，想到这，这根签会嫉妒死的。世界太喧嚣，很少有人能陪我无理取闹，陪我一起兴奋、一起痛苦、一起焦虑、一起煎熬。谢谢你，祝你幸福！

　　于海拿着信纸，忽然哇啦哇啦站在街边哭起来。现在孙璐璐正在一艘夜航的轮船上，沿着希腊海航行。夜很黑，船上只有星星点点的光。于海告诉过她，晚上可以躺在甲板上听海浪的声音，夜里的海很美好。另外于海喝过那种烈酒，已经买不到了，据说只有一个很小的海岛上卖，去年遇到海洋地震，那个小岛已经完全沉入水下。

　　于海就是孙璐璐的世界地图，made in yuhai。那些欢乐的记忆总是围绕着她，她吃到于海说的马林鱼，没有想象的那么好吃，即使你只用手拿着吃，而不用刀叉。于海说，吃鱼一定不要用洋人的刀叉，最好的方式就是用手直接掰着吃。看来胖头鱼又是骗人的。

67. 棒棒糖的梦

不过却很兴奋，孙璐璐真的遇到一位在轮船上拉小提琴的女人，和于海吹嘘的那个女朋友倒有几分相像。孙璐璐鼓起勇气，走过去，朝她微微一笑，问她是否是中国人，可惜她听不懂她的话，她是一位日本人。孙璐璐还是忍不住用蹩脚的英文问她，你认识于海吗？那个问题当然不会有答案，孙璐璐拿出手机与她拍了一张合影，想发给于海，可是她忍住了。她不想去破坏那记忆，要不，就让它沉睡在大洋深处吧。或许，胖头鱼，又在骗人。于海给孙璐璐描述的路线图，真真假假。即使是假的，孙璐璐也忍不住好奇去看看。

在轮船上看日出，红红的太阳从海平面跳出来，然后世界又恢复原来的模样。一位绅士居然戴着和于海同款的潜水表，孙璐璐跟着那块手表，脑海里全是当初和于海去潜水的情景，她忍不住笑出声，一看，自己居然到了男洗手间的门口，她尴尬地走开。

于海并不知道那个自己挂念的女人此刻在哪里，在世界的哪个角落。他每次打车经过孙璐璐家的那座尖楼，都会叫司机开慢点，可以绕着那个点跑一圈，里面或许会出来一个女人，声称是自己的外甥女，也许自己会被她的小性子和小脾气搞得哭笑不得。那些情绪很快就会过去，剩下都是美好的回忆。

于海忽然收到语音留言，一听，孙璐璐开骂："于海，你个大骗子！去死！"没了。

接着那边发来一张希腊海港的夜景，孙璐璐用语音告诉于海，已经调查取证过，80%他曾经告诉她关于希腊的话，在一定程度上是忽悠的，可见，于海是一个大骗子。

于海只是回了一句：回来吧，想你。一会儿那边又发来两个字：米兔。

68. 老舅潜水表

　　甜蜜一过，就是梦魇，这是孙璐璐定律。都说孙璐璐是芥末糖，不能对舌头太好。

　　孙璐璐在希腊整了一份神秘的礼物给于海，凌晨三点取货。易碎品。

　　更要命的是这份礼物大得出奇，连普通面包车都装不下。于海不得不雇了一辆卡车，拖到哪里去呢？于海只好找朋友租借一个仓库。于海一路上纳闷，这到底是个什么东西，从希腊带着过来的，这小女孩做什么都跟玩儿一样。

　　来到仓库，大家三下五除二，把箱子的钉子去掉，一副巨大的骨头架子出现了。于海真的惊呆了，这是一副鲸鱼骨架。孙璐璐忽然出现在边上，于海说："怎么你把自己也打包送过来了。两个骨架，真是一份大礼。"孙璐璐给于海一记响亮的耳光，拉过他的手腕，狠狠咬了一口，说："骗子！"所有人都看着这个野蛮丫头。

　　于海忍痛抓住手腕说："算发完脾气了吧，这鲸鱼骨架咋弄的。"孙璐璐说："在路上遇到一只鲸鱼死在海滩上，大家就地吃肉。骨头可漂亮了，没人要，我就买了。"于海忙问："可是你买鲸鱼骨头干嘛呢，又不能吃，也没地儿放。"

　　璐璐对着于海说，想开家餐厅，设置一个鲸鱼包厢，客人都坐在鲸鱼的"肚子"里吃饭。璐璐说："你是厨子，我是老板娘。我们一起联手，你贡献手艺，我贡献脑子。"于海说："你有脑子吗？

没听说。"璐璐很深情地看着于海:"咬死你!"

璐璐抓过于海手腕又咬了一口,于海没叫。璐璐就拿出笔,在牙痕上面画一道弧线,下面画一道弧线,就是潜水表的表盘了。璐璐在表盘上写上1、2、3、4……12,画上时针和分针,指向午夜三点,璐璐边画边说,也不看于海:"在船上,我见到一个和你戴一样手表的人。我想送你一块我亲自制作的手表。看看,老舅手表,1小时有100分钟。让你永远记住我!"璐璐在表盘中心写上手表的品牌:lulu。

于海看两道牙痕居然被画出一块"卡通手表",他说:"哎,这是哪个畜生咬的?"

孙璐璐狠狠修理了这个老舅,把几个月的憋屈闷气都出了。让你不理我!

69. 巨鲸餐厅

至于巨鲸餐厅的钱怎么凑,孙璐璐说:"不用考虑了,我把自己房子卖了。"

于海伸出大拇指:"你真是把我不敢做的事全做了,甘败下风。"

璐璐说:"事还没完呢,你明天给这骨架上一层白色的油漆。"

于海说:"这不就是白的吗?"

璐璐说:"刷了油漆,更有光泽。舅,听我的。"于海说:"能不叫舅吗?说的我都没脸下手了。"孙璐璐撅着嘴说:"再不下手,黄花闺女等成老太太了。快上呀!"璐璐挺着胸,故意挤出一点事业线。于海忽然脸面通红。璐璐说："真没用，你行不行呀！"

于海和孙璐璐躲在巨大的鲸鱼骨架"肚里"，天地间似乎只有他们俩。这副骨架完好无损，于海真佩服这位小妹妹，因为这样的傻事，他想做，总怕人笑话。这个天不怕地不怕的她，似乎是另一个年轻时候的自己。世界上找个聪明的人容易，找一个能和自己一起犯傻、一起发呆、一起发疯的人，却很难。他找到了。

孙璐璐真是一个平时糊涂，遇事却不含糊的女人，她的手册里画着各种餐厅布局的草图。鲸鱼包厢是巨鲸餐厅里最吸引眼球的"雅座"，客人是从"屋顶"直接空降到鲸鱼的胃里用餐，这样感觉既神秘又特别。孙璐璐告诉于海，包厢墙壁四面都是镜子，可以播放"海洋"的影像，你坐在鲸鱼的胃里，可以看到一望无际的汪洋，这样像一个人飘零在海上。于海被这个新奇的点子感动了，现在问题是装修费没有100万拿不下来。孙璐璐的那笔钱，扣除租金和一些押金，还有很大的缺口。于海一咬牙，我也投个五十万。孙璐璐两眼圆睁，瞬间哭得像泪人。于海从口袋里掏出手帕，在孙璐璐的长睫毛上擦呀擦，把她擦得像一只花猫。孙璐璐说："我就是喜欢你给女人擦眼泪的风格，爷们！"于海喜欢用手捏住孙璐璐的鼻子，把鼻子整得通红。

于海说："但你不能对任何人说，那钱，本来是用来结婚的。"

璐璐说："别人问了，我咋说。做人要诚实。"

于海说："你就说是老舅借给你的！"

璐璐拍了下于海的胸口，是条汉子！

璐璐和于海就躺在这家餐厅的楼顶上，下面车水马龙，汽车轰鸣。

孙璐璐问于海："于海，想过未来吗？"

于海说:"想过,每次都不一样。年轻时,想买一条船,就在海上,永不靠岸。"

璐璐说:"去,你以为老人与海呢。"

于海说:"我去过一个很小的岛,每年季风一到,鱼群洄游到附近。我们就自己在那里做鱼罐头。"

璐璐眼睛又变得很大,充满小女孩的好奇,她马上说:"这个故事不是假的吧。你好些故事都是自己乱编的。骗子!我不会上当了!"

至于餐厅名字也想好了,孙璐璐想用"海路巨鲸馆",于海觉得怎么一个水族馆的感觉,看着两人的想法一点一点变为现实,内心充满欢喜。也许将来,他和璐璐可以依靠这家餐厅度过余生。他又开始流出眼泪,妈的,别让人看见。

70. 林木森的战斗

林木森有三个女儿,正巧凑成一个"森"字。大女儿林鑫鑫,二女儿林淼淼,三女儿林品品。只有三女儿林品品婚姻多舛,正巧是张姐给调解好的。如今船过险滩,林品品也对张姐心怀感激,对爸爸的黄昏恋尽力撮合。

在美国的大女儿林鑫鑫听妹妹说父亲新交了一个"老女朋友",她本来就对张姐这样的乡下老太太心存反感,总是以"老女人"呼之,为了表示仅有的礼貌,且用"老女朋友"称呼。林鑫鑫人在美国,儿女又都读书住校,终于有个事情可以张罗了。这位老女朋友,到底是何许人？女性独身主义者？留学时候，林鑫鑫研究的是女性主义，就是大众眼里，隔三差五出来脱脱衣服，在身上写写字的那种。林鑫鑫好奇心重，一张机票就回国了。

林淼淼一般不说话，一说就是简短刻薄的句子。林淼淼喜欢数落姐姐，通常是"幼稚""无知"，生气起来是"弱智""白痴"，骂了很多年。从不吝啬，即便大姐成了"女性主义者"，也一直以白痴称之。林鑫鑫问："那什么，老女朋友几时来过家？"林淼淼瞪了林鑫鑫一眼："幼稚！所谓老女朋友，就是一个城乡结合部的老太婆。"

林鑫鑫说："不能吧？太失望了！"林淼淼说："爸爸和她一起，就是标配。"林鑫鑫笑着问："啥叫标配？"林淼淼又瞪了姐姐一眼，说："就是一位空虚寂寞的老头和一上床保姆，她绝对能耗死几个爸这样的，把财产扒拉到自己账户上。"林品品正巧从外面回来，看见两个姐姐正在密谈，就问，你们议论啥呢。林淼淼说："没啥。"林品品慢悠悠地说："你们顾好自己，老年人有自己的生活，咱们就不能尊重下爸爸的选择？"林淼淼说："哪能不尊重，都尊重成亲妈啦！"

林品品和林淼淼素来就不合，从小打到大，每次都是林淼淼败下阵来，跑到老林那儿去告状。林品品为老林和张姐的事情同林淼淼吵过不止一回，她刚才其实已经听到两人说话，憋了一肚子火，就指着姐姐鼻子说："林淼淼，你说话别这么难听，爸爸又不是家里摆设的家具，他爱干嘛是自由。"林淼淼说："人家张姐是你的精神导师，再造父母，把姐当成妈领进门，算升级程序，我很理解。"林品品马上急了，林鑫鑫立刻打圆场，说："我见见。女人不是天生,而是后天造就培养,我可以帮老女朋友上上气质课。"林森森哈哈大笑:"你可以把居委会大妈改造成女教授,你就不是我大姐,你是我亲妈!"林鑫鑫说:"你满嘴跑火车,小心脱轨!"

林鑫鑫都快过四十了,还是一脸天真烂漫,啥都问,啥都好奇。林森森却实际得令人可怕。林品品和两个姐姐都没共同语言,家里三姐妹总是貌合神离。她们唯一的结合是在一张翻新的"全家福"上,林鑫鑫那时扎马尾辫,正报考大学。林森森和林品品却站在大姐的两侧,这样的站位让照相师傅很为难,说:"你们家仨丫头能依照次序站好吗?"结果二丫头和三丫头换了个位置。

老林带着三道抬头纹出现在照片里,那段时间他是最憔悴的,一个人又当爹又当妈,连家长会都要同时走两个场,因为林品品和林森森是同一年级的不同班,所以这个爸爸是公共的,两姐妹抢爸爸抢到坐在地上哭,老林恨不得分身。现在终于熬到头了,可以过过自己的日子。林鑫鑫跑到大洋彼岸,几年见不到一次;林森森除了缺钱的时候回来,一律电话联系;只有林品品和爸爸走得近,什么心里话都和爸爸说。

林鑫鑫提议,三姐妹请张姐吃顿饭。老林同意了,但想需要给张姐包装下,就约张姐去逛街。张姐纳闷,都两把老骨头,还去逛街呢,老林知道藏不住,就告诉她事情原委,并在张姐耳边嘱咐一堆。

林鑫鑫看到一位老太太,穿着旗袍进门了。林鑫鑫对着林森森说:"你的眼光有问题呀,怎么城乡结合了?"张姐坐了下来,老林悄悄竖起大拇指,太长脸了!林鑫鑫问:"阿姨是在哪里公干?还是退休了!"张姐清了下嗓子,按照老林交代的,说:"目前在一家离婚辅导中心,退休前也做做心理辅导、社区工作。"林鑫鑫说:

"这工作好,一看阿姨这做派,一定是名门。"张姐说:"外祖父在东南亚做橡胶生意,有一点华侨血统。"林品品疑惑地看了下张姐,张姐看了下老林,老林示意继续。林鑫鑫继续问:"那您受过高等教育了?"张姐说:"自学一些而已。祖父是一位大学教授,在莫斯科大学呆过。"张姐心想,老林呀,你真能摆划,这说瞎话都快要绊着舌头了。

林森森听不下去了:"我听到的可不是这样呀。张大娘,你不就是居委会主任吗? 黑山白水的,怎么又跑到东南亚卖橡胶,什么大学教授,你这虚伪演给谁看!"张姐用手遮挡脸问老林:"她们仨都知道我成分了?"老林一脸尴尬。张姐掩面逃走,老林追过去,瞪了下林森森说:"回头找你算账!"

老林回来时一副落汤鸡的样子。三姐妹站在门口远远迎着父亲。父亲走路已经不稳当了,林品品忙上去扶着。老林拍着桌子问:"你们怎么不尊重下阿姨,现在走了,我谈了很久革命友谊才谈上的。"林鑫鑫说:"爸爸,人的样子、相貌都算中上,人品可得审核下,虚假资料太多。"老林说:"放屁!那是我一句一句教她说的,我怕你们闲言碎语,就教她那么说,你们知道了也不早说。"

林森森最不怕人激,便道:"真跑了,能如何?"老林跑去厨房,拿出一把菜刀,明晃晃的,摸脖子,不合适。他又进去,翻箱倒柜。三姐妹头回见到爸爸像个孩子胡闹。老林不知道从哪里找到一条白色绸缎,就找房梁往上扔,还边哭着说:"乌鸦还能返哺,养女真无用。女儿大了,一个个被男人牵走了。留下你老爹,忘了你爹也是个男人哦! 谈点革命友谊我碍着谁啦!"

还有白绫,这是几个意思? 三姐妹知道爸爸是故意激她们,却搬来三把小板凳。排排坐,分果果。老林看到这群女兔崽子,居然看老爹出丑,也没人上来挡下,就骂开了:"你说我为了养大你们仨,多好的姑娘,我都没敢正眼看下,一眨眼就二十年。即使我又是爹又是妈,你们也不能纯当我是母的呀。"

女儿们笑嘻嘻,林鑫鑫终于忍不住了:"爸,我们也没说坚决反对嘛。你先别着急上吊。"老林说:"不行,我今儿个就得死。让你们成为千古不孝女!"林鑫鑫说:"这样,我们现场投票,民主集中制。假如我们全票通过,你却上吊了,就听不到了。"老林说:"那你们快点投,投完,我早死早投胎,下辈子离你们远点,少被你们拖累。"林品品忽然很难过,想想爸爸为她们操劳,晚年谈个恋爱又怎么了。她马上举手:"我投赞成票,假如谁反对,以后就不要说有我这个妹妹。"林森森知道这话是针对自己的,也立刻针锋相对说:"我反对。这样的乡下老女人,爸爸你要晚节不保!"

老林真想给这丫头一耳光,林鑫鑫拦住了。林鑫鑫看了下小妹,看了下爸爸,犹豫地举起手。林森森一个人走出门,把门狠狠一关。三个人都沉默好一会儿。林品品拉住爸爸粗糙的手说:"咱不管她,你的幸福,要自己争取!妈妈泉下有知,也会支持你的!"老林把品品紧紧抱在怀里。

71. 林木森的战斗 II

张姐听说老林因为自己和女儿闹僵,更加愧疚,有几天都没接老林电话。张姐在某一刻甚至想,要不算了,别继续革命友谊了。

老林就到公司，问："张同志，还需要实习助理吗？"张姐说："暂时不需要，你岁数有点大。"老林问："那，还需要一个生活助理吗？"张姐说："拉倒，你自己都快生活不能自理。"张姐说："要不，我们算了吧。女儿是身上的肉，我一个乡下老太，一抓一大把。"老林说："哎呀，闻到一股镇江老醋的味！"张姐说："醋你个头，说真的！咱们的成分不合适。"老林说："这改革都几十年了，你还那么封建。我就是喜欢镇江老醋！"张姐被这个老流氓整烦了，说："林木森，我是为你想。不想你家庭不和。"

老林和张姐找了一棵大树底下坐下来，阳光透过树叶在地上筛成点点光斑。老林看着那光斑说："我们家三个丫头。大丫头，最不聪明，没心没肺，过得最快活。二丫头最孤僻，气量最小，但最灵光。小丫头，和我最好，脾气像她妈，什么都不藏着。但从性情看，二丫头最像我，二丫头这次不理解我，也让我最寒心。"张姐拍拍老林后背说："就是在意你，才会生你的气，别让刘姥姥进了大观园啊。"老林说："但大观园的主人就喜欢刘姥姥，咋办？"张姐瞅瞅老林说："这城里小姐不要，喜欢乡下老太太，有点病，病得不轻呀。"老林赶紧说："是病得不轻，刘姥姥给治治！"

林鑫鑫在国内待几天就厌倦了，一个女性组织邀请她参加一个关于女性遭受家庭暴力的国际会议，她马上就要走。她塞给爸爸一个小礼物，说："现在不许看，等我飞走再看。爸爸，你要乖乖的，身体好好的。心放宽，即使你找个男的，我也支持你。"老林说："去你的，你爹没那么开放，你爹是老共产党员。"林鑫鑫叮嘱父亲要自己照顾自己之后，拥抱了一下爸爸。老林说："下回把孩子带来，家里有点活气。"

大丫头一走,老林打开那个小礼物,是一个首饰盒子,里面放着一对"情侣戒指",一张红色卡片:

爸爸:
小小礼物,表表寸心。好好享受下迟到的恋爱,黄昏是人生返照最美的时候,下回记得带"妈"一起来美国!

鑫鑫

老林滴下几滴老泪,把卡片小心放在信封里。他一直有个习惯,每封重要的信都会小心珍藏在抽屉里,时不时拿来重读。张姐写给他的信,他都会不时拿出来读读,再读到以前老伴给自己的信,最后读到苏联留学时候的恋爱通信。沿着时光洄游,他忽然觉得自己年轻了许多。

72. 夫妻暗战

吴天明和李瑶的婚姻就陷入一个低谷期。即便在屋里,吴天明和老婆也没几句话,屋里安静得可怕。张姐琢磨,该如何缓解他们之间的矛盾呢。现在两边都僵持不下,婚姻进入冷战期。张姐把吴天明叫过来,说:"吴天明,我问你,假如瑶瑶检查出有问题,不能生育,咋办?"

吴天明说:"这事谁也意料不到,但她得生,朝生育方向努力。我妈说,香火不能断,你明白?我们家就我一个独苗,我家还是单亲家庭。"张姐说："是的是的。"吴天明说："你也给她做做工作，母鸡不会下蛋虽说不能怪罪母鸡，但是不会下蛋是事实，没啥好撒气的。"这话很难听，但却是事实。张姐忍了。

张姐好说歹说，终于让自己女儿去医院做了一回检查。报告说，李瑶又可能是卵巢出了些问题。

张姐不想让吴天明看报告，但女儿却坚持要让他知道。张姐怕这个节骨眼，会让两人关系陷入更糟糕的状态。最后，女儿赢了。李瑶对母亲说："妈，我知道你喜欢和气，可是有些事，你越怕它，越想躲它，最后还是要面对的！"

看过报告，吴天明不说话了。之后，他像变了个人，经常早出晚归，异常冷淡。

瑶瑶对张姐说："他越这样，我越想离婚。"

吴天明每天都回得很迟，遇到瑶瑶，只是嗯唔几声。瑶瑶问："吴天明，假如我们这辈子丁克，你愿意和我过吗？"瑶瑶的眼神里有一点点希望。吴天明说："我自己是很愿意和你白头偕老的，但是我们家就我一个儿子，肩负传宗接代的责任，我不能那么自私。"

瑶瑶说："别但是，你离开，我能理解。"

吴天明马上安慰："我不会在你最难的时候离开的，我会陪你战斗。"

吴天明跑到房间里把门关上，给一位做律师的同学打电话，就说有个朋友，妻子不能生育，丈夫提出离婚，妻子是否属于过错方，在财产分割上，是否能占一点便宜。

吴天明看看门外，张姐就站在那里。吴天明说，同学电话。张姐说，吃饭了。吴天明说："你们先吃吧。"

吴天明是一个把生活算计到每个齿轮里的人。他脑子里已经演绎过，假如离婚，如何把自己利益最大化。对付这对蛮妻寡母，还是早作提防。

老林找了一个同学，妇科主治医师，说是可以帮瑶瑶看看。即便不能生育也可以通过人工受精怀上。张姐的心情总算有点平复。李瑶从小到大就没有遇到太多挫折，也许这是人生里遭遇的很大一个坎。

吴天明在房子里翻箱倒柜，找了半天。瑶瑶问："你是找这个吗？"她拿出一张白条。这是吴天明和李瑶结婚时，吴天明向自己父母借的10万块钱。那时，吴天明希望李瑶写一张欠条。吴天明盘算着，将来万一有个婚变啥的，也好账目分明。

李瑶说："小吴子，我不会要房子的。我知道首付是你父母给的。你不要现在就未雨绸缪，对女人来说，比房子更要紧的是安全感。"吴天明忙说："我不过是整理旧物，整理旧物，你想多了。"

李瑶一人在屋子里哭了一回，她不能让妈妈知道这些细节。她忽然感觉很绝望。

73．路遥知马力

马力好像忽然变了个人，从首席法律顾问到联席总裁，不是上升一点点。

公司注入的是自己的钱，这可不是闹着玩的，每周他都要审核公司的财务状态，亲自出门拉客户。马力现在开始嫌弃李德生了："你说你做个总裁,就是讲讲大话,对公司没有业务的贡献,开的工资又很高。这种吃软饭的,我们公司不能要。"

马力和李德生聊天,时不时会蹦出:"你也别总坐在办公室,多出去拉拉活。"

"这么快就进入角色,联席总裁。"德生酸酸地说。

马力说:"小德,咱们也认识几十年了,我一直都不如你,一直嫉妒你。你怎么什么都比我好,现在,我忽然觉得我比你好了。你看看,事业上我是投资方,你只是给老婆打工,连老婆也快跑了。可怜啊!"

德生说:"你就是有张缺德的嘴。"

马力说:"你们不能认真离一回吗!别人这盼星星盼月亮的。"

德生说:"我碰上你这个二百五,我真是不知道该说啥。"

马力说:"我这人没那么坏。我只是心里有啥,嘴上就说啥。你们真要好好过,我祝福!假如你们走到头,给她自由,做御姐也挺累的。我这好歹是联席总裁,接管你老婆,开启新人生。"

德生骂道:"你接管?你当香港回归哪。怎么轮不到你接着。"

马力沮丧地说:"兄弟,我知道我条件不如你,但我想照顾你前妻,我是认真的。"

德生说:"马力,你就是一个浑球!你当律师情商很高,和女人交往,还是一个空白。有些话,我不想说的。女人不是殖民地,不存在接管问题。她喜欢谁,爱和谁一起,给她点时间,你这种猛虎下山狼惦记,遇到谁都会被吓走的。"

马力说:"你这算善意提醒,还是情敌警告呢?"

德生说:"你真还不够资格算我情敌。"德生就默默地走了。

马力想,情敌都没资格,这是多大的侮辱呢。

不给你顶绿色帽子,我这个资深处男就白活了!

马力的这种痴情,是一种病。他病了很久,病入膏肓。但没有这个病,他只是一个唯利是图的离婚律师,只有这份痴,让他多少有一点存在感。黄雯是他的药,却装在李德生这号瓶子里。

74. 无痛离婚

"祝你幸福"在"婚姻导师"业务上开拓的市场一片大好,营业额大幅度增加,公司运转也有了起色。还有大量山寨版的婚姻事务所出现,丽琪、张姐、于海都收到过猎头电话,扬言要高薪挖角。

"给婚姻一个成长契机"这句醒目广告语出现在马路边的广告牌上,德生、黄雯、马力、丽琪、张锦华、于海六人簇拥在一起。马力居然插在德生和黄雯中间,一脸有归属感的笑容。

事情是这样的。"祝你幸福"要拍广告宣传照,大家一起站队。二姐和马力站在德生边上,黄雯朝二姐笑笑,就站在二姐和德生中间,这架势是说:"我的男人,你最好别动。"其实二姐根本没有意识到这个层面的意思,但马力看着二姐和德生,马上就说:"我们三个合伙人站在一起吧,按股份多少站。"结果德生靠边,马力和黄雯两大巨头站在一起。这站位最后成了,二姐和德生站在马力黄雯的左右两边,像一对伴郎伴娘。马力终于站在舞台中央,这种感觉真好,据说他站的位置连接照相机,正好垂直于队伍平行线。这个照相点我们叫"大咖点",不是董事长,怎么也是 CEO 站的。

德生偶尔走到街上，会被拉住问："你就是那啥离婚导师？帮我离个婚呗！"那口气就像离婚是去自动购物机上买一罐饮料的感觉。中国人开始慢慢建立健康的"离婚观"。李德生想，也许过不了几年，这样的离婚咨询会深入千万家庭，离婚再不是难以启齿的事情，就像合同解除，它只是中国人最日常的一种行为。离婚观也是世界观很重要的一种体现，快乐离婚也是幸福指数的一部分。

李德生在会上推行健康离婚口号：无痛离婚。于海在下面一个劲儿地笑。德生问："这个词语很好笑吗？"于海说："在中国，'无痛'两个字是同另外一个词经常出现在电线杆小广告里的。"丽琪小声在德生耳边说："无痛人流。"

李德生说："那就更要用'无痛'这个词语啦，更符合中国市场了，无痛离婚需要突出三点概念：一是效率，最快效率帮你离，快刀斩乱麻；二是成长，离婚是人生最好的学校，它不只带给你痛苦，还带给你历练和成长；三是保护，无痛离婚是一种不伤害婚姻组织的良性切除，迅速让你开启新生活。

当然，李德生这个口号也给公司博得大量眼球，同时，交织各种谩骂。公司门口又被泼上鸡血，好在有于海，过不久，墙上鸡血就不见了，地上开始有血了。

大家问于海："说说你怎么做到的吧。"于海说："夜里，我在公司死角放了一些三角钉。"马力说："你这招太阴损了。"于海哈哈大笑："以江湖手段处理江湖事情。"

德生看到黄雯正在办公室外面很亲热地同丽琪聊天，像一对姐妹。黄雯朝德生这边看过来，眼神里有一种奇怪的感觉。黄雯的霸道是骨子里的，比如她喜欢的东西，别人连动都不能动。她用过的东西,即使毁坏,也不会给别人。德生一算,距离约定试离婚结束不到2个月了。这一年的感觉很漫长,像熟悉的两个人忽然开始陌生,忽然开始反省对方在自己生活中的投射和位置。

75. 爱情"夹心"汉堡

黄雯希望李德生离杨丽琪远一些,而李德生希望黄雯能照顾自己的脸面,不要和"兄弟"闹出绯闻。在中国,即便离婚后,你找老公的"老同学"结婚,也会被认为是背后出轨的,中国人充满怀疑精神,在任何值得怀疑的地方都不惜恶意揣测。

当然,即便黄雯不让自己和丽琪在一起,他们还是偷着"交往"。为什么老板不能有个闺蜜呢?其实像二姐这样性格男性化的女人,只合适做女闺蜜。李德生问丽琪,以后的理想是什么,丽琪说,希望在人类的爱情家庭伦理史上,有一位情感作家曾经的努力。马力这时总会暗暗带着笑意,这是一位"女版李德生"。丽琪的野心明显和李德生一样,两个都是爱做梦有野心的人,并且,两人都很简单。

二姐教给德生一种精神沉淀法,每个人都像一只装满液体的瓶子,不同人装不同颜色的液体,在每次真正交流前,要让你的"液体"沉淀一会儿,李德生慢慢闭上眼睛,脑子里尘土飞扬,这时,二姐的声音响起:"慢慢的,慢慢的,看到自己变得纯净,可以透过阳光的照射……"

二姐把咨询报告给德生,说:"你的咨询案,我不能再跟了。"德生说:"我理解。"

二姐看了下周围，小声说："我不想做你们的夹心汉堡。"

德生说："什么叫夹心汉堡？"

二姐说："她现在以为你对我有意思，我就是夹在两片面包中间的生菜，很无辜。"

德生说："生菜，万一，我喜欢上你了，怎么办？"

二姐给自己一耳光，说："我就知道，早晚闹出事儿。你什么时候喜欢上我的？说，快说！"

德生说："我开玩笑的，我可不喜欢女人太缺心眼。"

二姐拉下脸说："我心跳超速140码，你不知道我好久没恋爱了，没心理准备。我妈妈说生我时，估计少生了个把零件，我才这么二。"

德生说："你妈说得很对，作为女人，你少的零件可不是个把，是一堆。"

二姐说："我就不该是女人。我从不化妆，不喜欢甜言蜜语，任何事情都喜欢自己扛。早生几年，我就是个套马的汉子！"

德生说："既然你都觉得自己对恋爱免疫，你还怕啥夹心汉堡？"

二姐说："那可不同，你们现在是三缺一。做个比喻，马力是前锋，想进球。你是后卫，不让他进球，守门的是老板娘，想让谁进球就进球，我是候补的，就是打酱油的，其实和我没啥关系。"

德生说："不能这么理解，我们足够光明正大，我只是觉得和你说话，很放松，没压力。"

二姐说："那是。她越不让我和你交往，我就越得打点擦边球。气死她！"

德生说："你们白羊座，都这德性吗？"

75. 爱情"夹心"汉堡

二姐说:"行啊,会拿星座说事啦。"

二姐忽然安慰说:"李德生,你就应该是这样。"

德生说:"应该怎样?"

二姐说:"不要老板着脸,不要外冷内热,像一个暖水瓶。偶尔和女人开开玩笑,幽默一下,你还是很有魅力的。"

德生说:"我不是一直都这样的嘛?"

二姐说:"你知道大家都在背后叫你什么吗?兵马俑。说话像公文一样,你最大的缺点就是不会笑,没有亲和力。"二姐看着德生说:"来,给姐笑一个。"

德生艰难运用笑肌制造出一个标准的微笑。二姐看后叹口气说:"像在葬礼上看到的微笑,难为你了。"

德生说:"套马的汉子,希望你从阴霾里走出来,不要再活在过去,人要向前看。假如你的水鬼未婚夫,知道你继承了他的精神沉淀法门,会很宽慰的。"

二姐说:"什么叫水鬼未婚夫,不过,作为游泳教练,淹死在水里,是人生最大的污点。"

德生说:"这就和爱情一样,有时你感觉自己越对什么免疫,越可能爱上一件没有结果的东西,最容易溺水的恰恰是游泳教练。"

二姐忽然躲避德生的眼神,赶紧说:"我得走了。"她忽然回头说了句:"李闺蜜,我会记得这个美好的夜晚,希望你也是!"

德生在接受黄雯试离婚要求时候,只是想,也许两人保持一点距离,会对婚姻存在的问题看得更透彻些,并未想过真要离婚。虽然,黄雯不时拿"马力"来"气"他,让他作为男人的自尊受到了伤害。德生知道,黄雯需要有一种感觉,让她觉得自己受到了重视。

当年，德生追黄雯时，德生邀请黄雯参加舞会，黄雯没说答应，但也没有拒绝，德生的内心忐忑极了。在舞会即将开始的一刻，黄雯才告诉德生会陪他去。德生那时问黄雯："你为什么现在才告诉我！"黄雯说："我要让你在可能会失去我的恐惧里等待，等待，等待。这样，当我赐予你一个机会，那份得到就会很珍贵，刻骨铭心。"这或许就是黄雯对爱情的态度，不到最后一刻，你永远不知她如何想。

在黄雯看来，德生是不能和任何人有自己的小秘密的，秘密只属于自己。这点上，二姐很反感她的霸道，天性大大咧咧的她不知不觉就得罪了"太后"。黄雯每次总会试探性问她："德生找过你谈这个项目了吗？"二姐说，找了。黄雯微笑着说："怎么没叫上我呀，下回叫我哦。"二姐说，好。

黄雯说："丽琪，这样，以后我是你的直属领导，以后大小问题，和我汇报就行，德总比较忙。"二姐嘟噜着嘴巴，说：好。黄雯要走。二姐说："黄董，其实，我和德总只是朋友，我们没啥的，无公害蔬菜。呵呵。"黄雯说："哪里，我从来都是信任你的，别多想，工作需要。"看着黄雯的背影，二姐想：这个女人不简单。

李德生喜欢说，"祝你幸福"是一个伟大的心理咨询机构，会成为中国，乃至世界离婚咨询的经典案例。在马力来看，你先养活自个再说吧，那边还欠物业费呢。理想主义者遇到实用主义者，差异太大，鸡同鸭讲。唯一的激励对马力来说，就是钱。要不就是"赚到钱了，和心爱的女人一起花"，够通俗直白。

而李德生呢，大气磅礴，想的总是那么庞大，把世界想得过于崇高。崇高这个词语被无数次嘲笑后，他依然用顽固迂腐的方式捍卫它。李德生，有时候是一个天真的孩子，但现实的人太多。

李德生来找二姐，丽琪唯恐躲之不及。德生说："怎么了，忽然躲着我。"

二姐说："太后屡次暗示，我先避避风头。"

德生说："甭管她，有时候，她就那么霸道。"

黄雯忽然不知从哪走出来，说："你们俩聊什么，这么欢乐。"二姐立刻以有事离开。

黄雯看了二姐的背影，说了句："敬酒不吃呀，咋办？"她像是问空气里某个假想的人，又像问自己。

76. 试离婚测试题

那年，李德生和杨丽琪的"微信试离婚"彻底火了把，你只要进入微信，向我们的公众账号发"试离婚"的请求，就会出现两套"心理测试问卷"，一套是"离婚率评估问卷"，一套是"试离婚调查问卷"。每个存在"离婚"欲念的人，都会测试一把，分数低的人，躲在被窝里哭上一夜。

1. 假如你发现婚姻无法挽回，急需私奔（不考虑和谁），你会带走家里的什么？

　　A 大量现金　B 老公最爱之物　C 什么都不带
　　D 钥匙　E 其他

　　（制题人：于海）

2. 你决定离婚，在财产问题上，你会如何处理？

A 立刻抛售共同房产,不计成本。

B 考虑房产抛售利益最大化,在 N 年内,逐步抛售,签署分配比例,寻求第三方监督。

C 做大债务,隐藏部分收入,减少损失。

D 让对方提要求,自己审时度势,见机行事。

(制题人:马力)

3.你在离婚的时候,会意识到性格冲突可能会带来隐患,你属于哪一种?

A 只是火系星座"冲动型离婚"

B 价值观差异"价值差离婚"

C 家庭大环境的"被离婚"

D 毫无乐趣,生活乏味的"生活型离婚"

(制题人:杨丽琪)

4.在试离婚中,你更关注的是什么?

A 摆脱婚姻关系的心理依赖,学会独立。

B 抹去记忆,尽量忘记一个人。

C 离开他(她)有关的朋友圈,尽量远离讨论。

D 不见人,去旅行,学会远离他的一切。

(制题人:李德生)

5.你希望婚姻调解机构如何帮助你"试离婚"(倾向于以下哪种风格)?

A 春风拂面,三月草长,润物无声。

B 利害关系,三令五申,苦口婆心。

C 晓之以理,动之以情,以和为贵。

D 当年无知,老人苦口,绝不吃亏。

(制题人:张锦华)

这样的题目立刻引来网民围观。李德生的杀手锏是"大数据离婚"。首先,在问卷中涉及很多双方的个人数据、家庭环境、性格匹配、财务管理、相处频率、夫妻生活和谐度,综合得出你的"婚姻融洽度",低于60分的,将获得一份试"离婚套餐服务",你可以将婚姻波段调整为"两个月试离婚阶段"。两个月内,夫妻在自愿知情的状态下,签署"心理试离婚"协议(心理试离婚并不具备法律效力,只是一种"模拟离婚演习"),模拟化解"离婚"出现的各种危机。

这些问卷虽然出题者背景不同,动机风格也难统一,但并不防碍微信试离婚成为社会最燥热话题。而"心理试离婚"可以像战备模拟演习一样,换句话,即使你不想离婚,也需要有备无患,就好像即便没有地震,你也可以学学逃生本领,李德生这一招确实很能抓住中国式离婚的心理诉求。在中国人这里,离婚就是"狼来了"。这年头,安全感才是奢侈品。

77. 试离婚倒计时

黄雯和李德生的试离婚期限只剩下36天。这期间,黄雯一直美国、中国两头跑,空中女飞人似的。每次来,只停留几天。黄雯把杨丽琪所有项目都转到麾下,自己不在的时候,则由马力负责。德生不解,就问:"这是为何?"黄雯笑道:"你手边活太多,怕你累着。"

德生想,她一贯是如此。只是在美国的时候,他大部分时间都在实验室,并没有感觉这种多疑性格的影响。

黄雯进德生办公室,见德生不在,就在桌上看看有无女人头发之类蛛丝马迹。即便两人处于"分居"状态,她依然要把男人牢牢抓在自己手里。她见德生不在,就去见丽琪。恰逢德生从二姐办公室出来。黄雯一笑,抛下德生进去,把门关上。

黄雯对丽琪的工作作了一通表扬,然后开始布置任务,她希望丽琪可以发挥自己强项,开拓业务,将派遣她去上海和广州主持"分公司"业务,黄雯又开始对以后的业务抱有期待。二姐知道,这是太后要架开她,她马上以身体不好为由拒绝。黄雯笑盈盈地说:"身体不好呀,要不,请一段时间假调理下,还是身体要紧。"二姐看了她一眼,说:"我考虑下。"

德生知道此事后,与黄雯在办公室吵了一架。德生希望她公私分明,不要做损人又不利己的事。

黄雯则觉得这事与任何私人感情无关,公司本来就需要杨丽琪这样的猛将开疆扩土,于公于私,都应如此,没有不妥。德生问,为何事先没有和他商量下。黄雯的回答更让德生沮丧:依据董事会各董事的持股比例,她持有30%股份,马力持有15%的股份,而李德生只持有7.8%的比例,所以自然是她和马力都通过后就可以立刻执行。

李德生只好给丽琪践行,近一年的相处,德生和这位简单通透的女子建立了一种很特别的闺蜜关系。

两人在一起,开始总会保持沉默一会儿,闭目养神,丽琪把这种方法叫作"沉淀理论",人是一杯浑浊的液体,需要给自己几分钟沉淀,清澈透亮后,交流起来才开心愉快。餐厅的人,看到一男一女闭眼静坐,心想:这是干嘛呢。

丽琪睁开眼,说:"感觉情绪好多了,刚刚还在肚子里把黄雯骂了几轮,畅快多了。""对不起,让你受牵连,"德生说,"我有时想,两个复杂的人一起过,越过越复杂。假如是两个简单的人,会不会让生活越过越简单?"

二姐说:"会呀。比如我,三十好几了,像我这样没结婚的女人都在想:找不到老公怎么办,等不到真爱怎么办。别人都有孩子我还单着,怎么办?生活被各种担忧和焦虑填满。你看我,我就只简单过自己的生活,跟着感觉走。"

德生忽然好奇地问她:"你家里没给你任何压力吗?"

二姐说:"有。我家连电话线都拔了。现在只有我找得到他们,我手机号码,家里都不知道。等我很想他们的时候,就给他们打电话。他们想骚扰我,却找不到电话号码。我有时甚至喜欢找个公共电话亭,给他们电话。"

德生叹了口气:"真羡慕你的自由。我大学谈恋爱,后来就出去了,黄雯很有控制力,我遇事总会和她商量。我没有想到过离开她,我是不是已经不会独自生活了?"

二姐说:"那是你依赖惯了。有的男人,老婆就是他的拐棍,没她,就会摔得很惨。"

德生说:"别说我了,说说你。你那一段之后,为什么不再找一个?"

二姐说:"我害怕,当你离幸福越近,只差1毫米,然后所有世界都毁灭了。我连他最后一面都没见,只看到一张死亡通知书,接着我觉得自己在梦里。我把那个订婚戒指偷偷放进骨灰盒,我想,在彼岸世界,他或许还用得着。"

德生说:"彼岸世界不重要,要紧的是你要开心快乐生活,忘记从前,重新开始。"

二姐说:"怎么,你像个导师了。"

德生说:"你后来作为情感专家是一种逃避吗?"

二姐说:"对,原来觉得自己很不幸,但看到不幸如我的人那么多,心里也就好受多了。我这么想是不是很卑劣,但你在深渊里,看不到光,只有自己安慰自己。上帝对每个人都是公平的。"

德生搅拌咖啡,说:"我们打算试离婚那天,她就说过同样的话。当你满腹牢骚,她只是扮演一堵冰冷的墙壁。只有自己才能拯救自己,新的爱情治疗不了旧的伤痛。"

二姐端起咖啡杯撞上德生的杯子,咖啡溅到德生衣服上。二姐说:"柏林墙会倒的,祝你幸福,李老板。"

德生说:"你又欠我一次干洗费。"

二姐说:"我从小到大都很毛糙。我去女朋友家做客,一连打破她两个碗,三把勺,一个玻璃杯。人家都觉得我是故意去她家摔东西的。哎,其实我也不知道。"

德生说:"你是一个状况女人,经常做错事,说错话,泼错酒,骂错人。"德生忽然语气柔和地问:"你会爱错一个人吗?"

二姐不好意思地低下头说:"有时很要命的是,你明知道是一个错误,却好奇那个错误的结果是什么?"

她看着德生衬衫上全是咖啡渍,就拿起餐巾纸,很温柔地在他胸口擦了擦,结果渍更大了。

二姐说:"对不住,我又犯了一个错误。"

德生说:"衬衫已经原谅你了。一路保重。"

二姐忽然问:"你会想我吗?"德生想了下,说:"会。"

二姐扭扭捏捏地走了,似乎很高兴。

他慢慢看着她走到消失不见,才把杯子里残余的咖啡,一饮而尽。

78.孙母来袭

孙璐璐的母亲大老远跑过来,房子还在,住的人不是自己女儿。怎么回事?

一问吓一跳。这个女儿,没有一天不叫人操心的。

人家给了她地址:海路巨鲸黑暗餐厅,又是鲸鱼,又是黑暗的,孙妈妈总觉得这名就像盆子里卖的鱼,黏糊滑腻,有一股腥味飘来。

巨鲸馆就在马路对面,孙妈妈看到一座长得像天文台、圆溜的东西。门到底朝哪头。孙妈妈最怕这些奇形怪状的玩意儿。好容易找到门,进门一个硕大的鱼缸,几只獠牙热带鱼差点没把老太太吓死。找服务员问,说是孙总不在,于总一会儿来。

于总是哪位?孙妈妈心想,孙总就先不见了,满嘴没实话的女崽子。孙妈妈就说:"我是孙总她妈!叫于总来!"服务员把老太太推出门,说:"我还孙总他爹呢。别闹,一边玩儿去。"

这时一个黑矮壮汉子进门,边上的人都叫他于总。孙妈妈立刻截住这大汉,她上下打量了下,嘴里啧啧发出动静说,真像!真像!

于海从公司跑来餐厅监督会儿,只当送鱼过来的大婶,就问:"大娘,你说真像啥？"孙妈妈说："你像我那得绝症死了的弟弟，眉目之间，真有八九分像。"

我呸！于海想，你一个送鱼的，套近乎也别玩这套。于海看着孙妈妈一身尘土，还背着一个破布包，就从钱包里拿出一张5元的新钞票，放在老太太手里，说："拿着，以后别这么套近乎，还绝症……"

老太太半天才明白过来，气得一脸通红。这时孙璐璐回来，看到妈妈正和于海争执，就上前叫声："妈！你怎么来了。"于海一把抓过孙璐璐到一边，问："她真是你妈？"璐璐点了下头。

于海只觉双腿发软，一下跪在老太太面前，就差磕一个头了。

孙妈妈对着于海笑呵呵的，于海也只好笑呵呵的。

孙妈妈说："缘分呢，真像！世界上怎么会有这么像的人。"

于海说："璐璐见我的时候，也说我有点像她大舅。"

孙妈妈说："礼貌地问一下，您今年贵庚？"

于海涨红脸说："42，看起来也许更老点。"

孙妈妈说："那就是二舅了，不要推辞。璐璐多亏你照顾！"

于海说："不敢，不敢。"

孙妈妈说："大舅小舅都是舅舅，板凳桌子都是木头。客气。"

孙璐璐刚要说，这是俺新交往的男友，这下被噎回去了，连于海也忽然乱了方寸。

孙妈妈说："这孩子，没大没小的，没有分寸，我操心透了，还好有你这个长辈。"

于海看到自己手腕上还有一块"老舅潜水表"，牙印还在，表盘已经模糊了，赶紧把手放在身后藏起来，说："我替您看着她，您放心,一根毫毛都不会少的。"

孙妈妈说:"来,赶紧谢谢二舅。她二舅,璐璐就托付给你啦,还好你是个稳重人,一看就老实可靠。双目有神,很会疼人。"

于海这下完全被卡住,作为"长辈",他忽然有一种纯洁感,想起90后的孙璐璐,他真想给自己来一耳光,太浑蛋了。这么嫩的草,你也吃!

79. 父女是冤家

老林虽然和张姐确立了革命友谊,但是二女儿林淼淼总不爱搭理,现在连老林的电话都不接了,这让老林很愤怒。林淼淼趁老林不在,把几箱子衣服都拿走了,连家也很少回了。

林淼淼在一家幼儿园当老师,貌似脾气温顺,执拗起来几头牛都拉不回来。现在父亲不顾及自己感受,私自找了一位居委会后妈,林淼淼充满一种蔑视感。林淼淼甚至想,这辈子都不想回那个所谓的家了。

班上的孩子里有一位叫林小小的,父母都是电视台编导,拍纪录片,经常一出差就是好几个月,留下孩子一个人,怪可怜的。林小小有胃病,一吃饭就吐,有时是干呕,没有老师愿意带这样的"小病号",林淼淼带了。自己住的地方小,林淼淼只得带着孩子,回到老林那去。

老林一见林小小,差点被震住了。同样姓林,三岁。掐指一算,刚好是林淼淼和前任男友分手后第四年。老林多了一个心眼,难道是……他一想,血压就高了。他觉得这事,还是找"居委会后妈"合计合计。

张姐一听就问:"你觉得孩子像你家森森吗?说是男孩小时像妈妈多些。"老林说:"刚开始觉得不像,后来越看越像,连呕吐的样子都像。"张姐说:"这么小就肠胃不好。"老林说:"森森小时候有严重胃病,看到这个孩子病恹恹的,我就觉得很像小时候的她。"

张姐说:"交给我吧,我探探路。没听说胃病会遗传的。"

老林说:"其实,我心里有一瞬间还真希望那个孩子就是森森的,和谁生的都无所谓,只要是森森的,我就养大他。森森小时候,很多老人都说这孩子养不大,还不是养这么大,最操心的就是她,什么都不和家里商量,恋爱不商量,分手不商量。我担心会不会偷偷生下来,正巧她那年说外派出国,去新加坡一年,那一年几乎不见人。"

张姐说:"你就是整天绷得紧紧的,见面就发脾气,其实,你心里比谁都紧张她。"

老林说:"我不见她,就想。一见她,就来气。"

张姐说:"多用身体语言。"

老林说:"这有学问人就不同,你咋个不给我用用身体语言。"

张姐说:"正经点!"

林小小呕吐得厉害,干呕。吃个饭,吐个没完。老林说:"带孩子去外面。"林森森马上说:"咋了,你嫌弃我们,我们去外头吃。"老林刚要解释,森森赌气带着小小去外院吃。

张姐看林森森平时懒洋洋的,万事都不挂心,唯独对小小无微不至，就问老林："森森似乎对小小格外上心。"老林对着张姐眨眼睛，张姐说："你眼睛咋了？"老林小声说："我这是使用身体语言，这孩子姓林，她又那么在乎，岁数又对。"张姐说："你这就太武断了，姓林的多了去，见猫就是虎。"

张姐高声说："老林你这人，嫌弃这嫌弃那的，我不伺候了！"张姐朝他眨眼睛，身体语言！老林懂了！张姐气呼呼拿着凳子出来，林森森看了眼，没说什么。张姐主动看了眼小小，说："是胃不舒服吗？"林森森把小小往自己这边一拉。小小说："肚子疼，奶奶。"林森森说："不能叫奶奶。"小小问："那叫什么？"林森森说："老妈妈！"小小走近看了眼张姐，说："不是很老，一条皱纹都没有。"

张姐笑了。张姐说："我来喂他。"林森森执意不让。但小小一吃就吐。张姐拿起碗，把小小拢到自己膝下，用一只手轻轻拍着孩子后背，一只手拿起勺子，先放到自己嘴巴里嚼烂了，然后喂给孩子。林森森马上说："你这样不卫生。"张姐看着孩子，说："我家瑶瑶小时候严重消化不良，我就每次吃饭自己嚼烂喂她，慢慢吃点消化药片。"张姐看着孩子瘦得露出颧骨，问他："还想吐吗？"小小摇摇头。林森森看着孩子没有吐，很开心。她看着张姐喂饭，忽然对她有了点儿好感。

80. 父女是冤家 Ⅱ

老林对张姐说："森森妈妈走得早。她大姐糊里糊涂，森森小时候就比林品品身体差很多，动不动就生病，她有一年左右都不和我们吃饭,一吃饭就咳嗽。她总觉得我偏心,对品品太好。"

张姐说:"手心手背都是肉。"

老林说:"都是我这个做爸爸的不好,我亏欠她们太多。你问出些什么了吗?"

张姐说:"她不让孩子叫我奶奶,不让叫你爷爷。越避讳,就越觉得有些问题。"

老林从藤椅上站起来说:"这就对了,孩子那天叫我,她马上说不是爷爷。"

张姐说:"你的意思,她怕你不能接受孩子,就先让你混熟了,建立感情,到时你就无法拒绝了。"

老林说:"这孩子心眼从小就多。"

第二天,林淼淼一回家,就看到老林拿了三杆玩具冲锋枪,腰里背着一网兜变形金刚。孩子高兴坏了。

老林说:"淼淼,我不知道怎么说,不管你做了什么,孩子是没有错的。过去的让它过去吧,向前看,把日子过好。"

林淼淼说:"爸,你说什么,今天话这么怪。"

林淼淼不等他说完,就说:"孩子今天得你帮着照顾下,明天他爸爸来接他走。"老林说:"啥?"

第二天,来了一位陌生男人,孩子一见就扑上去叫爸爸。老林心里咯噔一下。那位爸爸很热情上来要握老林的手。老林不让握。

那人说:"我叫林永贵,是林小小的父亲。淼淼有没有说我来接孩子?她在赶来的路上。"

老林瞅了眼,说:"孩子不能给你!"

林永贵说:"为什么!"

老林忽然给了这位爸爸一记响亮的耳光,"揍死你个孙子的,敢生不敢养,养好白送你呀!"

孩子哇啦一声大哭:"我爸被打了!我爸被爷爷修理了!"

后面的事情就是老林检讨,再检讨。森森和老林聊了一个下午,父女俩从来没有这么谈过话。老林只有一个要求,再让孩子陪他一天,忽然舍不得这个孩子,感觉他就像当初体弱多病的森森。老林找出一个小本子,说是张姐给小小的偏方,上面密密麻麻写满中药偏方。老林说:"你张阿姨抄了很久,全是给孩子的偏方。"森森看着那厚厚的"药方",忽然眼泪掉下来。

81. 牙齿谈恋爱

如果说于海是孙璐璐人生里的一座灯塔,那么,孙璐璐就是大海里的暗礁,随时可能有触礁的风险。自从孙妈妈给于海封了个"二舅"的称呼,于海反倒懵了。原本在脑海里演习的都是把女儿"拿下"的招数,现在被搁到"二舅"的名分上。于海和孙璐璐之间出现一种巨大的心理倒错。

这些天于海一直忙公司的事,很少去巨鲸餐厅。孙璐璐直接抄到于海家,璐璐见到于海,就扑上去,在肩膀来一口。于海啊呀一声,璐璐已经拿出笔,叫道:"把衣服脱了!"于海用手把衣领扣子捂得严实些,说:"你什么动物,咬上瘾了。"璐璐把于海上衣剥了,看到后肩上一道牙痕,就在牙痕上画了一张哭泣的脸。于海说:"现在小年轻都流行用牙齿谈恋爱吗?痛死了,手臂上还没有消去呢。"

璐璐说："谁让你不理我。"于海手腕上那块"潜水表"是孙璐璐咬的，他一直舍不得洗。也许年轻的爱情总是充满痛感的，这小妮子喜欢用牙齿谈恋爱，对于上了一定年纪的人，得扛得住，这挺"时髦的"。

于海看着自己在镜子里的抬头纹。黑、胖、土，这样的癞蛤蟆怎么追上白天鹅的。屁股、腰身、胸，要什么有什么，还是一个90后，柴火加了，点着了，干柴烈火了，忽然冒出一个老姐姐，给自己带上舅舅的帽子。这下好了，他稍有不轨，就是禽兽不如呀，传到江湖上，会没有脸面的。脸，还是要的。

于总找"外甥女"谈谈。于总问孙总："这个月，餐厅盈余是多少？多少入账？多少预付款？多少债务？"孙总睡眼惺忪，说："这些要问会计吧，我是老总，我能事事都操心吗？"于海靠近一步，说："外甥女，舅有几句话给你交交心，财主家余粮不多了。请孙总有个规划，选一件最紧迫的做。"

孙璐璐说："好，对我不满意，咱们轮流管，只要你的业绩比我好。"

于海说："比你好，又怎的？"

孙璐璐说："比我强，我就嫁给你当媳妇，二舅！"

于海说："拉倒吧你，已经骗过我一回，不再上当了。"

璐璐说："这回是真的。我敢嫁，你敢娶吗？"

于海说："你敢死，我就敢埋。有啥不敢，脑袋掉了，还有八块腹肌。"

璐璐对着里屋用家乡话喊道："娘嘞，俺舅说是要娶俺，你看中不中？"

于海以为孙妈妈在，吓出一身汗。于海就像一只带着蜗牛壳的孬种，赶紧爬走。这个汉子，有时胆子孬大，但一旦击中他的七寸，马上就蔫了，躲进壳里。他的爱情观很直接，分为好意思和不好意思，对孙璐璐属于不好意思。似乎有人在说，于海，这么嫩的，咋好意思下手呢？你真是禽兽呀。

于海想：禽兽！禽兽，也会等人家发育了再下手！

于海最难过的那道坎，不是别人，正是自己。

孙璐璐发现于海忽然变成另一副长辈样子，他真成了"老舅"，问些不疼不痒的屁话，什么饭要记得吃，注意别让妈妈担心。屁话！这些话被孙璐璐听过无数次，现在居然从陪自己疯过闹过的于海嘴里吐出来，世道变了。

孙璐璐一想起来就很是憋气，她故意拉高嗓子："老舅，您走好，不送！""老舅，最近脸上全是褶子，您用点美白防晒霜。""老舅，您又老了。别操心我呀。"于海被打击得蔫了气，更加怕看见她，尤其是她和妈妈在一起时，于海远远地撞见也会掉头就走。孙璐璐的麻烦不是大痛，不是撕心裂肺，而是一种痒，让你坐立不安，百爪挠心，但又不便发作。

于海从来没想过喜欢和疼爱的区别，照理说，像孙璐璐这样差自己十几岁的青春美少女，男人遇到，更多是一种怜惜、疼爱，就像长辈对晚辈的无微不至的照料，这算不算爱呢？于海忽然觉得自己没了底牌。到底他眼中这位敢爱敢恨的女子，是不是春天到来的一种幻觉了？

孙璐璐代表一种任性的生活，遇到不开心，就人间蒸发。可以任意辞退自己看不顺眼的伙计，没有任何理由，理由就是孙璐璐。

于海担心照这样的脾气经营，餐厅马上就要关闭。

82．二舅过招

于海和孙璐璐最大的分歧还在于对暗黑餐厅的看法上。孙璐璐喜欢招揽年轻人，她甚至提出可以把座位换成抽水马桶，这样可以一边吃一边拉。于海想：这不是瞎胡闹吗？孙璐璐给他看报纸上的报道，这样的恶搞餐厅得到众多90后的追捧。于海反驳，这只是吸引眼球的伎俩，谁愿意在公共厕所吃饭呢？这不是胡闹吗？这位舅，在孙璐璐的眼里，第一次落伍了。

于海有时真被这些瞎胡闹的点子逼急了，干脆你自个儿玩吧，不伺候了。于海甩脸就走。他真的有点累，这姑娘的脾气就像夏天的雷雨天气，时而烈日炎炎，时而凉风阵阵。没等你反应过来，那边已经打雷下雨，你还没收衣服呢。当然，这时孙璐璐会来一阵天下无敌的撒娇，最后，于海又开始死心塌地为她干活，人就是这么贱。

在公司，于海听不得"幼小""雏""嫩""老辣""劲道""老牛"诸如此类词语。哪个妙龄少女找了八旬老翁，后来离了，这样的案子，他一律躲得远远的。他在网络上搜索"如何与一个年龄比自己小的女友相处？"一下收到大量回答。"知乎"上一位专家告诉他：装嫩！

于海摸摸脑门："装嫩？这个能行吗？"

根据这位专家分析：有年龄落差的恋爱，虽然具备互补性，女方需要对方具有父亲般的权威和成熟，但双方巨大代际差异（代沟）会给恋爱沟通带来障碍，需要一方靠近另一方。装嫩显然是最适合的情趣治疗，陪小女孩游戏的放松心态，也会给自己带来更年轻的心理暗示，最后进入良性循环。这位专家给出一系列办法后，最后写道：拿三分，走人，请给好评哦！

于海换上年轻的T恤，整一个流行的锅盖头，双肩包，紧身裤。孙璐璐一见就笑到肚子疼。于海说："别笑，为了拉近我们的距离。这叫学生装。懂不？"孙璐璐看着于海的一脸褶子加胡渣子，心想：这一定是一个经常留级的呆瓜。

于海说："这样见你妈，成吗？"

"不成！我妈有高血压和心脏病，会被你吓到的。"

于海说："哎，我精心打扮了一下午。"

孙璐璐笑得满地打滚："太逗了！这样还打扮一下午，你参加万圣节演出呢。"

孙璐璐说："我给你盖个章吧，从今往后，你就是我家的牲口了！"

于海问："怎么盖？"

孙璐璐刚要扑上去狠命一咬，于海立刻躲开，说："乖乖，早料到你这招了。"

璐璐说："别怕，我不咬了，过来。"

于海说："不过去！除非，你带我见你妈，宣布我们男女朋友关系。"

璐璐说："真烦你，我们恋爱结婚，和他们一点关系没有，搞定我就搞定全世界了。"

于海说："不行，得你家人都认可我，才算进你家门。"

璐璐抓住于海，从口袋里拿出一个公章，在他额头上盖下：巨鲸饮食文化有限公司。

璐璐看后很满意地说："你现在怎么像个小媳妇，还需要认可呢，好吧好吧，烦死了。牲口，你是我的了。"

孙璐璐忽然撩开裙子，下面一条雪白明晃晃的腿，说："觉得这腿形如何？这弧线——"

于海咽下流出的口水，有生理反应了。孙璐璐哈哈地笑着走了。

于海曾对孙璐璐说"爆炒虾理论"，这活虾怎么炒好吃，不能一下弄死它，给它来点酒，让它兴奋，吊住他，让它们热血沸腾，就是不给他们解脱，最后猛火爆炒。孙璐璐说，这个理论对付男人也是很赞的，先活血，充血，肿胀，然后撤退。这"虾"一定很痛苦。

83. 丑舅见公婆

于海接受璐璐的建议，年轻不只是外表，还是一种心态。不要太拿自己的脸面当回事，嫩草谁不想吃，吃就吃吧，不要边吃边吧唧嘴，又怕别人笑话。于海心中默念：

追就追了，怎么啦！

爱就爱了，怎么了！

死就死了，怎么着！

孙妈妈觉得这回这个舅有点奇怪，上次那个腼腆的汉子不见了，在面前的这位，很热情，很话唠，很交心，从坐在屋里第一时间就说个没完，不让孙妈妈插进一句话。他开始介绍身世，做过哪些职业，谈过几次恋爱，有多少存款，分别存在哪几家银行，和孙璐璐都是怎么认识的。并且拿出自己的身份证，证明照片比自己看上去年轻，主要北京风沙大，给磨砺的，有点沧桑。

于海说："伯母，还是叫你伯母礼貌些，其实我照片上看起来比本人年轻。"

孙母说："照片年轻顶啥用，我们家璐璐又不是陪相片过日子。"

于海说："璐璐也给您说了我们之间的关系。我除了长得着急些外……"

孙妈妈对璐璐说："璐璐，去给妈妈买瓶老抽，要超市的，小卖铺很多假货。"璐璐只好去超市，排队少说一个小时。

孙妈妈待女儿走远后，马上说："大兄弟，你何止是着急，简直是太着急了。你再等几年，就和璐璐死去的舅，一个模子翻版出来。我看着你，就觉得你活不长的感觉。"

于海抓住自己的衣角使劲揉着："你不是说，女娃子不像爸，更像她姑。老公长得像她舅，更会疼人！"

孙妈妈终于摊派："大兄弟，不怕你不高兴。什么人骑什么马，什么鸟配什么笼。你和我家璐璐，差辈儿，各方面都不搭。真是为你好，你年纪也大了，万一日后被蹬了，再找可就难了！"

于海听这话，真是很想哭呀。再厚脸皮，真是热脸贴到冷屁股上了。

于海站起来，要走，说了句："伯母，我和璐璐是经得起考验的。你闺女和我过，亏不了她。"

于海出门见到孙璐璐买酱油回来，就扑过去。

于海像一只大的松狮，趴在孙璐璐膝盖上，呜呜地哭起来，把孙璐璐吓到了。

璐璐说:"你这人,情商有时高到爆表,有时却低能到不行。不就是数落你几句,皮糙肉厚,你哭啥呀!混江湖的,咋这么脆弱呢。"

于海呜呜:"可她说我配不上你,说好马配好鞍,王寡妇骑瘸驴。她还说你不是陪相片过日子,不够尊重我的身份证……"

璐璐哈哈大笑,说:"她真是够损,你好歹是头壮驴。"

于海拉着"孙寡妇",一瓶老抽,在街上走。

他觉得脸皮还是那么薄,还很年轻。

84. 恶评风波

黄雯把二姐支到上海后,就成天给她派活。即便在美国,黄雯也会天天电话问候,给二姐派一些完不成的任务,杨丽琪隐忍着。遇到黄雯这样的老板,你需要时刻警惕,小心差迟,稍有不慎,就会给她抓到小辫子。丽琪有时想起当初加入"祝你幸福"时的那个美好的愿望,便觉得自己现在离那个愿望越来越远。现在,她唯一的想法就是,和德生一起努力,把"祝你幸福"的"无痛离婚"概念打出去。

有一对年轻的客户对"无痛离婚"的概念很感兴趣,问这问那的:"你们怎么个无痛法?"

丽琪不得不回答:"无痛是一个心理学概念,祝你幸福的理念是:让离婚零损耗!降低负能量,在离婚中学会自我成长。"

男人马上插话:"离婚哪可能不痛呢,爱得越深,就痛得越彻底。"

丽琪看了下这个年轻男人，有一点怀疑他的身份，她说："举个例子。你打过水吗？桶在井里，水进入桶里越多，桶就越沉，这时你抓得越紧，勒得手越痛。这时，放手对双方都好。婚姻就像这个桶，我们就是提醒你放手的人。"

女人想了下："可是谁都想多装些水，万一不该放手，却放了，最后责任谁负责呢？"

丽琪说："无痛离婚，就是在评估你们婚姻出现问题的概率，建议客户尽早决策，问题出现端倪，补救已乏力，或家庭冲突本质不可调和，离婚会付出更惨痛的代价。"

男人不以为然："可是中国人，谁不是将就啊？杯子没明显裂痕，干嘛丢弃它？修修补补又一春。"

丽琪说："这就是中国人婚姻最大的误区。婚姻不是杯子，婚姻是一种生活方式，一种生活怎么可以将就呢？杯子破损了，会漏水。它会引起更大的麻烦。"

男人说："可咨询公司不是上帝，你们凭什么审判我们的婚姻，等于给我的婚姻判了死刑！什么大数据离婚，和算命一样，都是胡扯！"

丽琪总觉得今天来的这两个人有点奇怪，他们问得很深入，涉及很多细节。她慢慢让自己收住，但心想：已经说了太多不该说的另类意见，或许在中国人的传统观念里，这些观念还是离经叛道的。

报纸上出现了《违规离婚公司被依法罚金，有关部门拟定没收营业执照》的大标题，在另一版是《记者秘访离婚公司，拆婚小店有内幕》，甚至有一张丽琪坐在办公室接受咨询的照片，不过眼睛打上了黑条。一大早就来了许多相关主管部门，对公司业务进行盘点，分别找德生、马力谈了话。黄雯当天就从美国赶回来。

现在问题是，记者专门选摘一些不好的角度，添油加醋，让本来这个有一定道德风险的行业，更加处于风头浪口。李德生把自己关在办公室里，一天没出来。据说黄雯向有关部门承诺将严肃处理有关责任人，才得以保住营业资格，公司被处以10万元的罚款。

自从公司被罚款后，生意非但没有减少，还多出很多拆婚单子。一位富豪离婚数十次，均未果。他夸下海口，只要能让原配净身出户，他将拿出100万酬劳离婚公司。马力两眼瞪得圆滚滚，好像是狼族闻到血腥，不过，马上他两眼光芒就暗淡下来，说："这个节骨眼，我们要多点公益离婚，不收钱，让社会明白我们是一个积极正面的公司，我们真做了这票，就成真正的'拆婚黑店'了。"

85. 娜拉出走

黄雯对德生说，丽琪的这次被动爆料，让公司很被动，一些对我们不满的客户决定起诉我们。这是离婚咨询公司最大的忌讳。官方压力、诉讼压力还有各方压力，黄雯告诉德生，她别无选择，只有叫丽琪走人。德生坚决反对，他认为这次事件，杨丽琪没错，错在记者，不能让她背这口黑锅。

黄雯忽然软下来说："我知道，确实只是记者跟风报道。但公司需要有人牺牲，才能保全。"她忽然望了一眼"前夫"，说："怎么，舍不得她？还剩下10天，我就放你了。以后你们可以双宿双栖。"德生没说话，黄雯想了下说："这事，还是你去和她说好。"

德生飞到上海，见到丽琪第一句话就是："对不起。"

两人还是按照"沉淀大法"，呆坐了一会儿。二姐觉得自己像一杯充满沉滓的浑水，很难沉淀。

丽琪问："是她的意思吗？"

德生点了下头。二姐忽然眼泪落下来，说："其实，我一点不害怕失业。我只是有点舍不得这个公司，刚有起色。不是我的错，对吧？"

德生又点了下头，说："是我的错。我们有国外资金背景，加上一些违规操作，更要小心。我没想过，在中国开一家离婚公司，这么难。"

二姐忽然说："好，都决定的事，不要回头。你还是摆脱不了她，你恋母！"

德生很惊讶地长大嘴巴。二姐说："她说啥你都听。你一个摩羯，被天蝎拿死了。我有点恨！"德生只是让她语无伦次地乱说。

二姐忽然说："你能答应我一件事吗？"

她从口袋摸出一块亮闪闪的硬币，说："当初，你可是许诺我一个愿望的。"

两人来到游乐场，空荡荡的，旋转木马都是空载。二姐坐在上面，转了几圈下来，说："人就像一个装满液体的瓶子，该安静时候需要用沉淀，让浑浊的生活沉淀。但有时也像香槟，喝的时候，想泡多一些，你就使劲摇晃下。然后，砰！打开它！"

德生看了下四周："我有很长很长时间没来过游乐场，从我是成年人开始。"

二姐问："她从不去游乐场吗？你们恋爱的时候，也不会去？"

德生说:"她不喜欢这些,包括卡通片、毛绒玩具,也不喜欢男人送花。我们从恋爱开始,就一起在实验室研究实验。最大一次冒险就是我开车自驾带着她沿着北美绕了一周,结婚蜜月的时候。"

二姐说:"她对方圆两公里内靠近你的雌性动物,都格杀勿论。我算倒霉了,找了你这样的闺蜜。"

德生说:"和男人做闺蜜是有代价的。"

二姐说:"亏你笑得出来,真想给你一个耳光。"德生说:"如果能解气的话……"

二姐啪的一声就给德生一个耳光,清脆透亮。

德生说:"哇,你还真打!"

二姐说:"我们这些女汉子,说打就打,肠子哪像你们九拐十八弯,口是心非,卖萌装可怜。开心多了。"

德生说:"可这事和我无关。"

二姐说:"再说无关,我就发飙了。"

德生说:"都是我的错,我的错!"

二姐说:"给你讲个故事:有一个圆,缺了一角。它开始旅行,想找回它那失落的一角,它找呀找呀,找到的那些角,要么太大,要么太小,都不适合它。这个缺失的圆想,也许这辈子没有适合我的角了吧,空着也挺好的。但有一天,它发现自己找到那一角,生活才变得完整。它以前没有觉察:其实它的生活一直是残缺的。也许,失去的那一角名字叫:幸福。"

德生沉默了好一阵。二姐说:"来,最后请我吃个冰淇淋。其实,单身这些年,我很想来游乐场,但每次都害怕,很少有独身女人来这里又笑又跳,像个女妖精。今天终于来了,感谢你!"

德生排在一群孩子队伍里，前方就是冰淇淋机器，每位孩子都舔着舌头，德生忽然觉得前方很遥远又很值得期待。很多年，他习惯高节奏生活，把生活压在压缩饼干盒子里，很少能随心所欲"杀"时间。

漫无目的，什么都不想。二姐坐在那里，穿着一双球鞋，更像是自己的玩伴。

德生把冰淇淋买回来，二姐吃了几口，递给他。他犹豫了下，接过去。他们有一股默契，她吃一面，他就沿着分界线吃另一面，吃冰淇淋像爬一座雪山。两人之间有一种礼貌，略有一点拘束，却心照不宣地吃着"分成两半的冰淇淋"。二姐忽然把冰淇淋转过来，现在，她正处于李德生"爬"的那座雪山，她开始毫无顾忌吃起来，两人终于合吃起来，眼睛相对。二姐只顾着吃，目光交接，她忽然有点不好意思，拿出纸巾把嘴角擦干净。最后的部分，李德生狼吞虎咽，他从没有这么幼稚地吃过冰淇淋。摩天轮就在不远处空转，人很少。

二姐说："明天，我会去公司办手续。谢谢你陪我这半天，以后，我们就两清了，对面不相识。"

德生说："这是为啥？"

二姐说："没为啥。女人的心思你别猜。今天记忆多美好，定格在这最好。不是吗？"

她走前说了句："哪一天，你自由了，找个简单些的人。你是一个需要简单生活的圆。"

德生不语。一会儿黄雯便发来条短信："怎么样了，不要久留。处理不了，我可处理。"

> 笨男人 + 笨女人 = 结婚
> 聪明男人 + 笨女人 = 婚外情
> 聪明男人 + 聪明女人 = 浪漫爱情
> 笨男人 + 聪明女人 = 离婚
>
> 网络上流传着的于丹女士语录中的离婚组合论

86. 偷户口本的"二舅"

于海完了。孙妈妈的嘴巴一直没松,老人家身体康健,估摸自己都熬不过她。迎娶孙璐璐,又成梦幻汤影。于海和璐璐一交涉,璐璐被嘀咕烦了,一拍桌子:"一不做二不休,偷户口本!"于海嘴巴张得快裂到脖后头了。

孙璐璐说:"于胖,偷到了,我就和你登记去!这么说,显得我很掉价。"

于海说:"不掉价,就怕你忽悠我。"

孙璐璐说,自从她第一次闪婚,偷户口本,母亲气出高血压,家里安保措施更严了,她也不知道户口本在哪。但可以肯定的是,一定在老家,这么重要的东西不会随身携带。"

于海小声说:"咱们回一趟!走你!"

璐璐的家在青岛,全是上坡下坡,骑个自行车都累半死,别说抬花轿了。于海脑子里正想抬花轿的情形,孙璐璐在他眼前晃了晃手说:"影帝,该干活了。"

于海和璐璐列出目标可能存在的地点,如地板下面、茅厕石头暗格、抽屉暗格、墙壁上空砖,等等。

孙璐璐说:"上次我偷户口本,就在抽屉里。这次偷,藏起来了,老刺激。"

于海说:"别提上次,翻过去了,主要看这次。"

孙璐璐骗孙妈妈说出差,和于海潜回老家,把家里每一个角落都进行地毯式搜查,厕所的承重墙、抽屉的暗格、电风扇底座、米桶、天花板、阁楼死角……全都没有,两人沮丧到极点。孙璐璐安慰他:"娶我哪那么容易,找找。"于海问璐璐:"你想想,还有什么死角没找。"

孙璐璐说:"我真想不起来了。"于海嘟着嘴巴:"好好想想。假如你是你妈,会放哪里?"孙璐璐说:"假如我是我妈,我会把户口本烧了。找个球,这样不听话的女儿直接弄死!"

于海从侦探箱子掏出一本《心理窥探术》,用手指按着读:"假如对方不断重复的关键词,很可能是隐藏最深的秘密。最经常出现的词,反倒是最需要注意的。"于海脑子播放孙妈妈和孙璐璐经常重复的词:老褶子,胖,低情商,江湖……于海摇摇头。大舅?就是大舅,这个绝对没错。于海问:"你大舅家在附近吗?"

孙璐璐的大舅已经死去五六年,他家就在璐璐家边上,豪宅,可惜没人住,舅妈改嫁了。璐璐有点伤感,于海说:"正好去拜祭下,我有预感,东西就在那。"

大舅一张微笑的遗像出现在于海面前,乖乖,他还以为看见自己遗像呢!真是有七八分像,于海看着大舅和自己一样,五短身材,浓眉大眼。唯一不同的是，大舅遗像上牙齿很白，不像于海，一口黄牙。

于海对着大舅遗照说："老舅，这世上，只有你懂我。咱们面相接近，脾气想通，基因相似，血浓于水。我是真心对你外甥女，求你指点、明示、托梦给我：户口本在哪。我一定在你坟前，洒几杯五粮液。"孙璐璐说："那不行，大舅就是喝酒得胃癌死的。"

于海把大舅屋子翻了个底朝天，还是没有。孙璐璐和于海躺在老舅屋子地上，喘着粗气。老舅依然微笑地看着这两个年轻人。孙璐璐说："咱们回去吧，也许这儿没有。再不走，老舅托梦吓我们啰。"

于海故作分析状："你老舅和我一样，反抗家族压迫，无视你妈的权威，你妈妈一肚子怨气。结果女儿依然反对她的安排，何况女婿和老舅几分相似，即便我多么出色，你妈还是觉得我身上太多你大舅的影子！"孙璐璐拍手说："精辟！这和户口本啥关系？"

于海看到大舅还在望着他，两个人，一个已长眠地下，一个却还在为梦想挣扎。于海的目光调整到和大舅一样，四目相对，他感觉到大舅的目光的温度。他忽然有了感觉，要去取大舅的遗像，璐璐连忙阻止道："你喜欢俺老舅，也不能把相片带回家！"于海说："我呸！谁有兴趣带你舅回家，户口本放没准就在遗像后面。"

孙璐璐翻开遗像，一个丝绸的布包，牢牢被透明胶粘在相框后头。孙璐璐说："妈呀！真托梦给你啦！"于海说："看完放回去！"

孙璐璐说："费了牛鼻子劲儿，干嘛放回去？"

于海说："刚看你大舅相片那一刹那，我觉得我要正大光明让你妈妈求我，求我娶你过门。我不能像你老舅这么含冤憋屈。"孙璐璐摸了下于海额头说："你有病吧？"

87. 二舅的绝地反击

孙璐璐告诉孙妈妈，于海不干了！为啥？没为啥！

孙妈妈说："不干也好，你一个人，图个清净。"

孙璐璐说："餐厅进货、质量把控、员工培训，里里外外都是老于干的，我除了数钱，基本一米虫。要是一分家，至少要再搭进100万。"

"啥！咱连房子都卖了，咋能再搭钱进去！"孙妈妈一说到这钱，就坐不住。

"我不管了，老于一走，卖房钱也没了，你就当烧了吧。"孙璐璐往那一坐。

"烧了就烧了，我也不能把你往火坑推。"孙妈妈还是死扛着。

不过，那一夜，孙妈妈怎么也没睡着，第二天就直接找于海去了。

到了于海公司，于海瞟了孙妈妈一眼，装作没看见。

孙妈妈往日一副孤芳自赏的脸，这回立刻给出一个笑容，像一朵使劲绽开的山茶花。

孙妈妈说："她二舅！"

于海说："别这么叫了，再叫和你急。"

孙妈妈说："不叫了不叫了，大兄弟，没看出你是能耐人，我家璐璐这个餐馆，还要靠你照应。"

于海叹了口气："什么人骑什么马，什么鸟配什么笼。我就是一茅厕石头，攀不起汉白玉床。"

孙妈妈说:"不,那是我有眼无珠。老实说,璐璐很小他爸就跑了,我一手带大她,但我跟不了她一辈子,所以对你有点苛刻,你别放心上。"孙妈妈掉下几滴眼泪,于海这回心软了。

孙妈妈接着哭,边哭边说:"她上回认识人家几天就闪婚了,结婚离婚我都不知道。作孽!这回,我得好好给她把一把。"

于海马上说理解,可怜天下父母心。当初璐璐出这个"激将法",他就不同意,显得自己不够仗义,但璐璐偏要这样,说妈妈只吃硬不吃软,一旦知道,没了这个"舅",钱就哗哗没了,她一定受不了。

孙妈妈马上说:"你看你也年轻有为,业务能力强,各方面都和璐璐搭。"

于海说:"您这是同意我们交往了?"

孙妈妈说:"交往和交往不同的。说实话,我和他老舅一直关系不好,他老是心浮气躁,我做姐姐的总是让他脚踏实地。死前一句话也没有留给我!"

于海说:"这和我什么关系呀?"

孙妈妈说:"我其实对你各方面都满意,除了年龄稍微大些。"

于海说:"这么说,你其实只是把对他的气撒到我头上!"

孙妈妈想了下说:"可以这么说。"于海给自己一个耳光,说:"娘的,我咋这么命苦。"

孙妈妈暂时答应于海和女儿交往,但见到他不起鸡皮疙瘩,这个答应不了。

于海也"答应"马上回去管理餐厅,帮助孙璐璐东山再起。

孙妈妈打量下于海说:"你挺好的。要是你不那么像她舅,我估摸都同意了。"

于海心想：这是暗示我去韩国整整吗？

孙妈妈忽然说："要不，你看俺怎么样？为了闺女脱离火坑，俺豁出去了，俺岁数大你也不多。"孙妈妈那副架势，和决定就义一样，很决绝做出"牺牲"。于海和小伙伴不知怎么回答才好。

孙璐璐听完后，笑出眼泪。她说："我妈这是舍身喂虎。"

于海说："还笑，都快没招了，烦死了。你说我是不是会让你想起死去的舅？"

璐璐仔细看了下说："也不是很像啦，不用整的，我不介意。"

于海说："你不介意，我就不去整了。"

璐璐忽然很开心："你这么爱我，为我去整容。哎呀，感动死！"

璐璐忽然像一只小豹子，在于海肩膀上，咬了一口。于海"啊呀"一声，反过来在璐璐屁股上咬了一口。有时，牙齿是表达爱最好的工具。

88．预约分离

丽琪辞职了，黄雯似乎松了一口气。虽然，"情敌"不见了，但自己和德生再也回不去了，两人似乎隔着一堵隐形的"墙"，德生比以往任何时候都沉默了。

马力掰着手指数那个日子。20，19，18……他像期待节日一样期待那一天早日到来。

当然，那一天也在不知不觉中来了。黄雯和德生还是像往常那样工作，黄雯说："别忘了，今天给我一个决定。"她丢过来一份离婚协议书。德生说:"你能留一点时间吗,我想和你好好谈谈。"

两人来到湖边,德生说:"这些天,我一直想,当初这个试离婚是不是一个错误,我以为分开会让我们更加反省。不过,我想通了,也许我需要给自己换一种生活。"

黄雯问:"你们男人的借口,十个离婚的男人都要换一种生活。"

德生说:"不是。我们之间的裂缝和任何人无关。我一直活在你的树荫下,我看不到自己。我按照你期待的那样生活,让自己活得复杂。或许你是个很好的工作伙伴,却不是一个真正理解我的妻子。"黄雯说:"你真的一点也不喜欢她吗?男人就像野马,一旦放开缰绳,他或许就不再沿着既定跑道奔跑。"

德生说:"生活才是野马,一旦你松开枷锁,就再也不想戴上它。"

黄雯说:"男人心不在了,什么也不会在。我十八岁那年,爸爸喜欢上一个女人,妈妈和爸爸大吵一架,我和妈妈搬出去了。家里钥匙还在。有天,我偷偷跑回家,用原来的钥匙再也打不开家门,我在外面大哭,大声敲门,里面女人也不给我开。我很沮丧。我发誓,一定不要像妈妈那样,让别的女人占领自己的房间。现在,命运又轮回了。"

黄雯拿出两把生锈的钥匙,对着湖面说:"我常常没有安全感,我想,最有安全感的就是控制他,对男人也是。即便你不要的东西,也不能轻易借给别人。销毁它,也比别人抢过去,在你面前炫耀好。"黄雯把钥匙抛入湖面,泛起一阵涟漪。

德生说:"这就是我和你最大的区别。爱情对于我来说,只是两情相悦。对于你,能给你安全感的人,太少太少。"黄雯忽然哭泣起来，她靠在德生肩膀上。德生知道，任何别离都是伤痛，但是这个决定是对双方伤害最小的，他必须面对这个现实。

那一天，马力知道德生和黄雯签署离婚协议后，马上跑去买了一串鞭炮。噼里啪啦噼里啪啦，马力高兴得手舞足蹈。马力知道这样很缺德。一个孩子过来问："叔叔，今天是什么日子。"

马力对他说："今天是叔叔很久以前喜欢的女孩开始新生活的日子。"马力拿出一个小红包，塞进100块。小孩"哇呀"一声，拿着红包跑开了。一会来了一堆小朋友，索要红包。马力把钱包里的钱全分光了。他坐在马路边上。忽然感觉很寂寞。多年前，德生和黄雯去美国，他也是像这样一个人坐在马路边上，他开始数汽车，从1辆数到5000辆，他不能让自己停下来，一旦停下来，就备感寂寞。

德生和黄雯从此开始彼此独立的生活，像"祝你幸福"很多试离婚的人，开始以为"试离婚"只是一个夫妻之间增进维系的游戏，就像空气缺失，在稀缺时候，才知道对方的重要。但很多人发现，事实并非这样，人们从固有生活里走出来，从围城里走出去，许多人未必会再走回去，因为他们开始觉察，新的生活或许比婚姻形式更有诱惑。

89. 超级合伙人

自从德生和黄雯签了离婚协议，黄雯就把自己的股份转让给德生，不久就搬出公司了。

马力依然留在公司，虽然，他知道黄雯不会接受他了，但是自己钱都投给公司,外加黄雯的部分"家底",他还是担心德生不老实。他有一次喝醉酒,向老同学道歉,声泪俱下,说那天德生离婚,他不该放鞭炮的,就是没忍住。马力也会忏悔,让人大跌眼镜。德生只是笑,马力活得远比自己真实。为什么自己的内心和现实总是南辕北辙,马力这样挺好。当然,马力酒醒后,又是德生买的单。马力从来不出一个子儿。

马力找德生说:"你们都结束了。现在,你赶紧告诉我你的前妻一切的一切,兴趣、习惯、爱好、禁忌……爱情就像接力赛,你跑完了,我接着跑!"

德生说:"怎么会有你这样的二百五,我该怎么说你!"

马力说:"我不在乎别怎么看我。你离婚了,我追你前妻,合法吗?"

德生说:"合法,但……"

马力说:"先别但,我和你是几十年老同学,兄弟,合伙人,对吧?"

德生说:"对。"

马力说:"兄弟追女人,你了解这个女人很多信息,是不是应该无偿提供咨询。"

德生无语。

马力说:"快!告诉我!"

德生说:"虽然是我前妻,但,哎,你没戏!"

马力忽然有点忧伤:"我知道我不是一个出色的马拉松选手,目标离我很远,但这不是可以放弃奔跑的理由。我知道很多人笑我,这是我这辈子做的最不切实际的事。可是,我已经够实际了,我只想按照自己的心愿跑完，她真要不接受我，我也认了。"

德生说："冲你这句，我是得帮你，但我总觉得这个活让我帮，是荒谬的。算了，还是别叫我指导你，这关系好乱。"

马力大骂："当初真该给你一顶绿帽子。我空着床，等了那么多年。"

德生说："拜托，大哥，总裁，我求你了。你空着床，是因为床太大了，处男的床都显大。"

"祝你幸福"在德生和马力的努力下，慢慢步入正轨，我们有了很多新同事，搬进了写字楼。德生和马力也成了企业家。马力还在不停给美国的黄雯写邮件，每次回复都是：邮件已经收到，我会阅后回复你。但是马力才不管呢，喜欢一个人只是让自己不会后悔的事情，在不影响到他人的情况下，他喜欢把爱的马拉松跑完，没戏，也跑完。这辈子就不后悔了。

90. 劝女离婚

李瑶还是不见怀孕迹象，两人的婚姻似乎走到死角。吴天明很少回家。

张姐忽然一改往日"以和为贵"的作风，她第一次问女儿，是否考虑过离婚。

张姐用手摸了下女儿额头，说："妈妈这辈子总是劝人以和为贵。总觉得离婚是伤和气的事。但在这件事上，你幸福，才是最重要的，如果这样一点小坎都过不去，妈妈也不信这样的人可以和你白头偕老。"

张姐的这番话，让女儿很意外，她总是一个息事宁人的人，现在，女儿在妈妈的眼睛里看到一种理解，母女俩紧紧抱在一起。

张姐说："我以前很害怕你婚姻不稳定，每次吴天明说要离婚，我都很怕，他觉得可以利用我们这个怕，更多地让你听话。他打错这个算盘啦，当他知道你无法生育，他就变了一个人。这样的婚姻，你不会得到幸福的。"

瑶瑶说："我知道。可是，他就是希望我先提出离婚，这样好在婚内财产上有利于他的打算。"

张姐说："这个你放心，我这辈子没有劝离过几回，劝女儿离婚也是慎重考虑过。你妈我就是干这个的！"张姐抓着女儿的手，她第一次感觉自己足够坚强，可以应付任何人生危机。

张姐找来老林、于海、马力、德生一干人，把自己女儿的情况和大家伙说了一声，大家都愿意帮忙。吴天明现在只差找到一个老婆的"过失"，就可以轻易踢开她，如同吹走刀锋上的羽毛。张姐希望吴天明可以多关心下家庭，吴天明说："母鸡不会下蛋，家再好也不是家。"

张姐说："你考虑过离婚吗？"

吴天明说："什么？"他考虑过无数次离婚，但从未想过从张姐嘴巴里说出来。

他还是温吞，看看对方如何再做反应。张姐说："我不和你谈离婚的事，我有一群离婚导师，他们代表我和你谈。"

马力坐在吴天明对面，问："您是吴天明先生吧？"

吴天明说："我不知道，老太太为啥要找离婚公司？"

马力说:"那可不一样,遇到你这号人,得专业离婚公司才能收拾!"

吴天明说:"什么!我一点不想离婚。"

马力说:"得,得,我打开天窗说亮话。女方不能受孕,男方可以提出离婚,但不能作为女方过失。这是第一,你没有任何好处。第二,我们查到,你擅自盗用女方身份证,雇佣一名长相相似你夫人的女性,伪造财产公证。"

吴天明说:"你们可别血口喷人,没有。"

马力说:"我们有监控,这些到法庭,你会吃不了兜着走的。还有,不是吓唬你,虽然道德不能作为法官裁断的标准,但是以你的情况,一旦离婚,非但得不到房子,恐怕还会有骂名。你的财产大概是这个数。"马力桌上有一台计算器,他打上一个数字给吴天明。吴天明一看,怎么可能!

马力说:"爱信不信,以我们的经验,有把握在这个官司上打赢。而且,我们还会写一封关于你离婚的材料,投到学校校长办公室。"

吴天明说:"你敢!"他说话明显底气不够。

马力说:"已经投了,今天就到。下一位会详细说明。"

于海叼着一根牙签,说:"哎呀,今天咋这么热。"

吴天明说:"我得走了。"

于海说:"我是做婚外情取证的。先别着急。"

吴天明说:"我这方面一直很好,没什么值得取证的。"

于海丢出一些照片,每张都是吴天明和一位女士的"幽会"照片,吴天明一看,似乎这女人从没有见过,但怎么会被拍到两人一起呢。

他拍着桌子大骂:"你们这是栽赃。你们 PS 的!"

于海说:"歇歇火,我们也不知道什么情况。我知道你马上就要升副教授了,7个人选1个,竞争激烈。你说学校看到这些照片会怎样。还有其他女生指证,这个女生还是在读学生!"

吴天明这回真着急了:"卑鄙!无耻!下流!"

于海说:"比起你来,我们都不够!我们也没说这些照片和我们有关系,只是我们地上捡的,我们对着校长说:快来看!我们任务就完成了。"

吴天明忽然很崩溃,他从没有想过面对离婚公司的导师连番轰炸。他问了一句:"你们想怎么样?"

于海说:"想怎么样,不归我管。下一位!"

老林是第一次做调解,感觉很新鲜。

吴天明这时已经心乱如麻,立刻问:"老林,你说说,到底我咋样。我都听你们的,别去学校揭发我就成。"

老林打着居委会的腔调说:"我作为李瑶未来的继父,准爸爸,我对你表示很失望。我告诉你一个好消息,医生告诉我,李瑶的病是可以治愈的。"

吴天明说:"什么?"

老林说:"张姐一直不让我告诉你,就是希望看看你的反应。结果很失望。"

老林继续说:"我觉得你太多私心,无论你对我们,还是对你妻子,你都是见风使舵,能算就算。你这种人,不知道爱情就是奉献。"

吴天明说:"我能马上见见瑶瑶吗?"

老林说:"瑶瑶不想见你了。不过,她想把所有财产都给你,自己净身出户,因为她很感谢你这些年让她开心过。"吴天明忽然

90. 劝女离婚

感觉无地自容,自己的心思和瑶瑶比起来,他觉得自己不是个东西。

最后是张姐,两个"妈妈"终于坐在一起了。

张姐问:"小吴子,你有想过今天吗?"

吴天明忽然泪流满面说:"其实我这人挺好处的,我也不知道怎么会这样。我爸爸两岁就和别的女人走了,是我妈妈拉扯我长大,我什么都得会,烹饪、缝纫、洗衣、电工,连绣花我都会,照道理,嫁给我这样男人,就是伸腿享福的命,但你来了,你把一切我会的特长都剥夺了,我没人生乐趣了!我就琢磨,我就只想过过二人世界,这过分吗?我就想做做菜给老婆吃,不吃那些难吃的猪肉炖粉条,不吃乱炖,这过分吗?"

"不过分。"

"她是你闺女,更是我老婆。她都当了你二十多年的闺女了,才当我1年6个月的媳妇,你好意思跟我抢女人吗?好意思吗!"吴天明撒起泼绝对比女人更娘们!

张姐说:"小吴,我要你明白,你之所以走到今天,不是这些,是你自己精于算计,把自己算进死胡同了。"

吴天明说:"那,我能见见李瑶吗?"

张姐说:"是老林和你说了医生的话吧。你又换脸了,她不会见你了,唯一可能见面的地方就是民政局。"

调解很顺利,吴天明和李瑶第二天去民政局,办理离婚。张姐却没有感觉难过,她马上张罗着为女儿再找一个。吴天明感觉愧疚,把房子留给母女俩,自己搬到学校去住了。那张欠条,他也撕掉了。

张姐感觉,虽然劝离,比劝和还高兴。她知道这个决定,对女儿更好。

91. 死缠烂打的二舅

张姐自从女儿离了婚，就又变回以前事事操心的妈妈。即便在给别人办理调解业务的同时，她也不忘推销自己的女儿。一位客户办理离婚手续后，张姐拿出女儿的靓照，对他小声说："我私人给你推荐一个好女孩，别声张，我是看你老实可靠，遇上别人，我压根儿不介绍。姑娘27岁，要模样有模样，要身材有身材，工作是大学老师……"当然，遇到每一位适合的客户，都是这样的话，一个月少说几十回，她乐此不疲。

老林说，张姐属于越活越回去的。她开始打扮自己，穿上大红、紫色、绛红、碎花的衣服，戴上墨镜。老林永远都是黑色和白色。张姐说："老林，你总是在出席葬礼的路上。"老林反击："你穿的比我女儿都花枝招展，别把狼招来。"张姐说："这叫生活品质，懂不？"张姐知道，为儿女操心不完，老年人还是要过好自己生活。

于海开始实施死缠烂打的策略。他每天就会上孙妈妈晨练的地方去，每次都是同样一句"呦呵，好巧呀"。孙妈妈都被他堵截得烦透了。孙妈妈要去买菜。于海说："妈，我和你一起去。"孙妈妈说："谁是你妈，满脸褶子，别把我叫老了，叫大姐就成。"于海说："那不成，打死也不能错辈儿。"

孙妈妈去买料酒，于海说这个牌子不成，你要买××这个牌子。于海拿出一瓶绍兴黄酒，摇晃了一下，找个阳光充足地方，透过瓶子看到很多泡。于海说："妈，你瞧好，以后摇了有泡沫的，都不能要。"孙妈妈心想：这大男人，皮糙肉厚，心还很细。就问："那我在这买猪肉成不？"于海说："那不成，离这三里地，有个大型菜市场，那儿的肉和鱼都很新鲜。"孙妈妈说："太远太远。"于海说："您怕远，我给你们买，我给你们下厨。"

孙妈妈用筷子头小心点了下菜，放在嘴巴边呡一下，不咸不淡。于海就稀里哗啦说一堆做饭事项，孙妈妈被镇住了，没想到，这个男人还挺会照顾人。孙妈妈问："你遇到璐璐之前，谈过几个？"璐璐连忙止住说："妈，这个问题该我来问。"孙妈妈说："海子，你同意我们调查下你吗？"于海说："同意同意。我在璐璐之前只谈过一次恋爱。"孙妈妈说："那算少的了。"于海正要高兴，孙妈妈说："以你的阅历，你是不是不会谈恋爱？和女孩相处困难？"孙妈妈补充了一句："就是情商不够。"

现在来看，孙璐璐和他妈，真是一丘之貉。

于海心想，我要说情场高手，还不立马吹。他笑道："我就是老实人。我要是对不起璐璐，你就罚我给你们家做一辈子饭。"

孙妈妈说："假如你俩好上，结婚，要立刻去查查精子活性，你一脸褶子的，我怕你生育有问题，我们孙家还是要有后的！"

现在来看，孙璐璐能闪婚，绝对还是和这个妈气味相投。这比女儿还重口味，于海不知怎么回了，只是把菜大把大把丢进嘴巴里，咯噔咯噔嚼，像一列烧煤的火车头。

孙妈妈说："整容的事就别提了，凑合吧。脸蛋这个东西，不反胃就成。"

于海真是要掀桌子了，但他忍住了，苦笑："不反胃，不反胃。我开始美容了，褶子少多了。"

璐璐已经笑到肚子疼了,她看着于海就像一只乌龟,很谨慎,很憨厚。

于海现在已经死皮赖脸,基本孙妈妈也只好默认这个准女婿,外加于海操纵餐厅的经营权,孙妈妈也开始有一点客气。

孙妈妈年轻时候,和孙璐璐脾气一样,这对母女有时像姐妹。孙妈妈着急的时候会说:"这种款型,怎么你要了。娶我也比娶你强。"多年母女成姐妹,其实,孙妈妈就嘴巴说说,她害怕女儿吃亏。

"要是于海再年轻一些,没有褶子,文化再高些,情商再高些。以他的年纪,还是你妈更合适。"孙妈妈年轻时候喜欢一个人,大半夜跑到人家家门口,叫三声,里面没答应,就踹门示爱了,那人就是孙璐璐的爸。正是这样,孙妈妈每次坏坏地说这句,孙璐璐就像小时候把好吃的藏起来,不让妈妈发现。这回,她恨不得把于海藏起来了。

92. 竞敌出现

"祝你幸福"的员工越来越多,我就是这个时候进公司的。那时候,有一家叫"帮你离"的公司迅速闯入市场,我们搞"微信试离婚",他们就整"离婚灵修课",我们搞"大数据离婚",他们就搞"星座离婚运势",处处针对我们。

李德生对马力说:"瞎胡闹,星座运势能比数据分析靠谱吗?星座就是提供一种不疼不痒、似懂非懂的满足感。"马力说:"还好这话没让丽琪听见,否则又是一场没完没了的辩论。"德生脑海里立刻浮现出当年那个风风火火的女子。马力说："我打听了，对方公司的首席咨询师叫杨雨，很多产品和服务，都是在她带领下做的。"

"帮你离"比较知道市场需要什么，利用老百姓的好奇，迅速吸引人的眼球。"帮你离"还取得了世界佳缘、百和网等婚恋网站的渠道资源，并承诺将介入婚恋网站的"离婚业务"，凡是在这里相知相识，最后步入婚姻殿堂，你一旦离婚，非但有网站高额离婚保险赔偿，"帮你离"还将为你提供一份全面详细的离婚攻略。这样聪明的市场策略，让李德生也有点佩服。但这个杨雨，是何方神圣？

在我来看，"祝你幸福"的最大贡献，就是发明了"离婚演习"的超前概念，这种概念不但适合离婚预测，也适合结婚评估，当我们看到数据和答案匹配度，就可以预估是否适合与一个人在一起，或者两人的关系能否长久。当然瓶颈在于，短期内我们无法建立庞大的数据库，还有，中国人太迷信感觉了，数据在他们面前，屁都不是。好比有人说你得癌症了，你觉得自己一切良好，没啥症状。中国人最不相信的就是缺少感觉的数据，所以数据离婚，也只是想想而已。

那段时间，我们被大量机构找去做"离婚教育"。一部分中国人认为：离婚就是一个道德的法庭，就是要对婚姻生活做一个"道义"审判，犯错误的该净身出户，早点滚蛋，离婚需要做一个了断，这就是所谓的"砸蛋派"。另一方，就是提倡"快乐离婚"的保蛋派，李德生就属于后者，砸蛋派和保蛋派会成为中国人离婚的两条路线，长期斗争下去。当然这些都是我胡诌的，在"祝你幸福"，我就是一个微不足道的小角色。

93. 黑客的自白

  我的理想就是，把"祝你幸福"的"公司创业史"写成一本书，出版。为此，我翻遍所有公司当年资料，找老员工套出当年流传的八卦，当然，也有人说，丽琪是自己走的。遇到各种纷乱纠结，我也只好瞎编了。为此，我在书种穿插大量当年珍贵档案，试图还原这家中国最为知名的离婚公司。

  忘了说，我叫水哥，是一名黑客，我经常干的事情就是破解电子邮箱，破解账户，破解 ID，破解手机，然后，进入，查看隐私。这是违法的？可是不违法你怎么发现真相！真相，有时你付费是得不到的；真相，只有在荒无人迹或者背地里才会慢慢升腾。只有越少人知道的，才叫真相。只有人家以为你不知道，其实你心里透亮的，才叫真相。

  黑客可以在网络里穿梭自由，无人知晓，黑客是一种 MARK。知道为啥叫点"赞"，动物喜欢在雪地和沙地里留下足迹，就是爪印。每个爪印都表示"到此一游"，我就是喜欢在每一个虚拟的空间里，悄悄留下一个"爪印"，即便被你发现，说明有一种目光曾监视过你，就可以了，这是一种天性的好奇。闯入之后，就开始乏味。你好奇的人和你发现实际的情形，也许有天壤之别，你好奇的只是你的好奇，你关注他人，其实只是在挖掘自己。

  我来的第一周，就把公司所有人的 EMAIL 密码破解了，这也就是我能写这本书的原因吧，我在于海的信箱里看到一首情诗，现摘录如下：

> 海的尽头，有路。
> 路一直通到，海。
> 路，晚上做着海的梦，
> 海中间，曾有一条路。
> 路是海的一条缝隙，
> 也是海身上的一道伤痕。

我看着于海的"诗歌"，这也叫诗？比顺口溜好不了多少。女人真看了，铁定失恋，甚至绝恋。但于海还是自信满满，憋出很多"诗"。

再说马力。马力这人，挺实在的。他的邮箱分为 N 个公务文件夹，全是不超过三句话的邮件，诸如 X 君，合同见附件，尾款请打入我账户。两百多封邮件哪，全是尾款请打入我账户。这人就是一本律师黄页，基本上除了合同，我确实没发现很有趣的东西，一张毕业照除外。上面有三个圈，圈出三个孩子，一个男孩，一个女孩，再一个男孩。在一个满脸青春痘的男孩头上，画上光圈，写着 I LOVE YOU。这算初恋吧，后来我才知道这个故事的来龙去脉。马力，其实是个很痴情的人，一条道走到黑。

张姐，没什么想了解的。她几乎不发邮件，钱都揣在口袋里，她唯一的电子设备就是手机。偶尔还用微信，对着手机喊，我马上回家回家回家，需要反复说几次，问我录上没有。一看，录了 10 条回家，估计那边还以为老太太被拐了呢。

说下德总。德总不简单，只有他用的资料全是中英双语，很多邮件全是英文写的。德总和黄雯离婚，都已经是往事了。但常能看到署名"黄雯"的邮件，IP在美国，问候这个问候那个的，看情形，余情未了，不过，我觉得，德总每次回得很短。他最大的兴趣是在搜索引擎上搜索：杨丽琪，看看能不能找到新的痕迹，起码，他一直在关注。我只是偷偷揣测吧。哦，对了，最近署名杨雨的邮件居然和当年杨立琪留下的 IP 地址是一样的，这点很奇怪。

说了一堆废话，切入正题吧。马力让我找找"杨雨"，我发现这个名字是今年才出现的，没有照片，没有联系方式，这个人是谁呢？而且在社交媒体上，也从未出现，难道是一个假面？

94. 应似故人来

杨雨约德生见面，地点是德生常去的那家餐厅。德生很奇怪，坐了一会儿，就看见丽琪款款走来，德生高兴地站起来。二姐拿出酒杯，在德生脸上泼上一杯 XO。

丽琪说："老规矩。酒，我请，干洗费我付。" 德生说："这回干洗费会很贵！"

丽琪说："你怎么知道杨雨就是我的？"

德生说："风格太像了，做事一惊一乍的，有点二。"

丽琪说："我们现在算竞争对手了，你对自己有信心吗？也许过阵子，我就要把贵公司赶出这个市场。"

德生说："用的着这么赶尽杀绝吗？"

丽琪说："你把我说得气量这么小。你现在过的如何？"

德生说:"老样子。"德生想到又补充了句:"我单身很久了。"

丽琪笑道:"我才不关心你离婚没离婚呢。哦,我也单身了。"

德生忽然问:"我知道。"

二姐说:"你不知道。我昨天才分的手。"

德生说:"这回也是淹死的吗?"

二姐说:"这回没有,这回是他出轨了。我就不该信他,谁叫女人这辈子只有一个初恋呢。"

德生说:"那比淹死待遇好不到哪去。"

二姐说:"我操起酒瓶,对着他的头砸下去,酒瓶没碎,他在医院呢。"

德生说:"有暴力倾向的情感专家很危险,不是吗?"

二姐说:"知道你还来。"

德生说:"应似故人来,来看看你。你原来没打算找我吧?"

二姐说:"是呀,我走后。我想这辈子都不想见你了。但那天,我知道自己又失恋后,找遍了电话通讯录,只有你的电话,我可以打。"

德生说:"你怎么知道可以打?"

二姐说:"少废话!陪我去游乐场!去不去?"

德生说:"好吧。"

二姐眨巴眼睛说:"这回可不是陪女闺蜜去的哦?敢去吗?"

据马力说,德生那次之后,又和二姐去了一次游乐场,两人就"好"上了。马力说的时候,充满了鄙视。马力还说,两人虽然是情侣关系,但是依然是商场上的竞争对手。两人希望私人关系和工作关系清晰分开。马力说,这两人脑子坏掉啰。马力还和我说了德生很多坏话,我都记下了。马力说,德生是一个没有减除"精神脐带"的男人,他渴望被女人统治。现在只是政府从"黄"改姓"杨",换个女人统治他,人就是贱。

德生有时也会搞错波段,每次电话过去找二姐约会。二姐说:"对不起,德总,不是说没下班吗?不接受陌生男人电话。"两人约定,工作和业务上,各干各的,同行是冤家。只有下班后,才是私人时间。按马力的观点,这叫"作"。不作,你会死啊。

德生还会想起那个圈圈的故事,失落的一角是不是找到了。也许每个专注事业的女人最终都会面目模糊,变为同样一个女人,尽管性格不同。黄雯和丽琪,都在人生的暗影里变为同样一个人。只不过,和二姐在一起,德生用一半脑细胞就可以了,简单透明。每次说这句话时候,二姐先是很高兴,接着气愤:"你是说我傻了!我现在身价可是不断往上走呢,小心我踹了你!"

95. 海的求婚

孙璐璐和于海在路上走,忽然有人把孙璐璐包一把抢走,于海和孙璐璐在后面追。但今天劫匪似乎有意为难他们,迂回绕圈子。他带着璐璐和于海迂回曲折地跑了几圈,最后孙璐璐发现自己正在民政局门口。

于海忽然跪下来,从口袋里拿出戒指,是一枚很特别的戒指,戒面上是一条鱼,鱼眼睛上镶嵌一颗蓝宝石。孙璐璐喘着气说:"好呀,胖子!你给我……整……浪……漫的!我说小偷怎么跑这来。"

璐璐想起来,户口本没带,到民政局也没用。于海说:"我带过来了。"

孙璐璐忽然说:"海,我们还是先不着急。每次走到这门口,都有心理阴影。"

于海说:"你是说上回,你一周连续来两次。"

孙璐璐说:"唔,我现在想万一还是那人,会被笑话死的。再说,我们都是大人了,不能再偷户口本了。"

于海重复她的话:"是呀,我们都是大人了。"

"璐璐,"孙妈妈在那里等很久了。璐璐看到妈,立刻瞪了一眼于海说:"好呀,于胖,联合我妈妈来骗婚呀,有你的!"

于海说:"这回可不是偷户口本,你妈同意的。我想,交往这么久,也该给你盖个章了。"

孙妈妈说:"上次你闪婚,我这提心吊胆的,这回,我看这孩子挺憨厚的,你要反对,妈妈就把户口本藏起来,任他千里眼顺风耳,都找不到。"

璐璐赶紧说:"别别,我去!我刚刚只是紧张。"

于海高兴,当着孙妈妈在孙璐璐手腕上咬了下,孙璐璐"哎约"一声,孙妈妈背过身去说:"这都干嘛呢,注意风化。"

孙妈妈看着璐璐,说:"这次是我同意海子的,他说要来一次浪漫的求婚,连跑的路线和小偷都是他准备的,我想就配合下,不同意,咱就回家。"

璐璐看着自己手腕上一道牙印,就骂道:"娘的,以后,只许我咬你。你不能咬我,反了你!"

进门的时候,负责登记的同志一见孙璐璐就说:"又来了,上次闪婚闪离。这回可得悠着点。"

于海说:"您放心,她悠了很久,才选的我。"璐璐在于海脚面上狠狠跺了一脚。

出门的时候,看到很多婚车从门口开过去,冯薇就在车窗后面看着她们微笑,今天是她结婚的日子。于海忽然有点惆怅,不敢正眼看她。只有孙璐璐朝冯薇摇手,于海也跟着朝她招手。新郎也朝他们招手,于海仔细一看,是他在公园打的那个老外。于海放下手,转过脸,婚车慢慢开走。

璐璐问:"舅妈结婚,新郎不是你,怎么看?"

于海说:"是我!也比那个老外强多了。"

璐璐在于海屁股上来上一脚说:"让你想她!"

于海说:"不想不想,只有一瞬间有点舍不得。"

璐璐说:"现在追,还来得及。我帮你!"

于海说:"这么大方?"璐璐突然在于海肩膀上咬一口,大叫:"让你想,让你咬我!"

于海朝丈母娘飞快跑去,大声求救:"家暴呀,娘!"

负责登记的同志在里面看到,淡定地说了句:"你看,我就说这小妮子长不了。"他停顿了下,说:"不过,现在离婚,还来得及。"

96. 不是结局的结局

马力现在已经不恐机了,他定期去美国看看黄雯,每次总会问德生:"需要我带什么东西给黄雯吗?"德生说:"不用。"马力问:"你不能找点东西给她吗?"德生问:"为啥?"马力小声说:"我已经没有看她的借口了。每月去两次美国,基本好几天睡在飞机上。"德生说:"马力,你能不能对前夫稍微隐藏下感受,我听起来不是滋味。尽管,我们是过去。"马力说:"李德生,假如我追不到黄雯,我想把公司股份卖了,回去种地!"德生说:"稍安勿躁!去我办公室谈谈。"

张姐看到,就想:这两个男人真够不干不净的。自从和老林结婚之后,两人开始夫妻档合作,张姐开出"麻将劝和法",很多人跃跃欲试。"麻将劝和"主要是"修城墙""进围城""修正果""攒人品"等等,以及如何处理上家和下家的关系,如何协调与对家的关系。张姐建议,夫妻可以坐对家。两对家庭一组,练习团队协作。很多决定离婚的夫妻因为发现在麻将桌上"配合默契",而决定复婚。

老林让张姐一家住进四合院,一家人生活其乐融融。老林把家里手风琴搬出来了,每次高兴的时候就拉一曲。张姐用欣赏的目光看着他。老林每次问她拉的如何的时候,张姐就说:"好!实在好!比我们村头拉二胡的老李强多了!"老林感觉一种失落,革命爱情是没办法谈了。

丽琪也入股"祝你幸福"了,现在德生更像个打工仔,只有他的股份是最少的,马力和二姐都是董事。每次德生有任何意见,两人就会集体否决,李德生感觉自己明显孤单了。

于海的餐厅生意一天比一天火,他最后干脆辞掉在"祝你幸福"的工作,专心经营。不过,他在餐厅门口放上一块牌子:

祝你幸福婚姻事务所,有意离婚者向前50米,右转前行40米,即到。祝你幸福!

图书在版编目（CIP）数据

离婚找导师 / 颜桥著. —济南：山东画报出版社，2015.1

ISBN 978-7-5474-1415-6

Ⅰ.①离… Ⅱ.①颜… Ⅲ.①长篇小说-中国-当代 Ⅳ.①I247.5

中国版本图书馆CIP数据核字（2014）第280777号

项目统筹	徐峙立
责任编辑	郭珊珊
装帧设计	王　钧
主管部门	山东出版传媒股份有限公司
出版发行	山东画报出版社
社　址	济南市经九路胜利大街39号　邮编 250001
电　话	总编室（0531）82098470
	市场部（0531）82098479　82098476（传真）
网　址	http://www.hbcbs.com.cn
电子信箱	hbcb@sdpress.com.cn
印　刷	莱芜市华立印务有限公司
规　格	148毫米×210毫米
	9印张　180千字
版　次	2015年1月第1版
印　次	2015年1月第1次印刷
定　价	35.00元

如有印装质量问题，请与出版社资料室联系调换。
建议图书分类：小说

内容简介:

国内首部聚焦"中国式离婚公司"的浪漫爱情小说。

哈佛大学心理学者李德生回国开设一家名为"祝你幸福"的离婚公司,公司聘用"离婚导师"进行离婚辅导,导师必须具备一项离婚"杀手锏"……

于是三教九流各色人物纷纷登场:居委会大妈、离婚律师、星座情感专家、追债公司打手,背景迥异的这群人组成一个"离婚智囊团",问诊离婚疑难杂症,产生一个个新奇设想——微信试离婚、麻将劝和、无痛离婚,表述一个离婚潮中快乐离婚的"中国梦"。

随书赠送一份总价值2万元左右的"离婚调解服务"。

作者简介:

颜桥,小说家、创意人、编剧,著有《女人森林》等。曾在《收获》《上海文学》等杂志上发表作品,入围《人民文学》杂志"未来大家TOP20"候选名单。

★ 绝密资料 ★

离婚情商测试问卷

本趣味离婚测试题出自颜桥最新小说《离婚找导师》，请君入瓮。有严重心脏疾病、婚内频繁出轨者，慎入！

声明：离商（Divorce Quotient）测试为"祝你幸福婚姻事务所"独家研发，请遵照保密协议要求进行测试，DQ测试作为"离婚"必要参考，离商低于60分的客户，自动撤离公司，不建议购买此书。请在配偶监督下答题。

1. 请问，你这是第几次有过离婚念想？
A 1次　B 2次　C 3次以上　D 无数次

2. 当你听说前女友又离婚了，你可能会使用如下哪个语气词？

A 哇塞耶　B 哦吼吼　C 哎妈呀　D 嗯哼

3. 当你怀疑伴侣出轨，对其进行试探，以下最能表示其出轨的微表情是：

    A   B   C   D

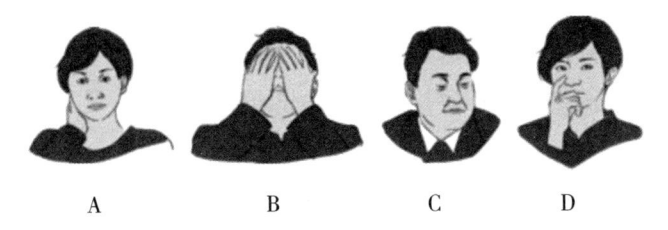

4. 离婚后你需要重新开始,你如何暗示对方自己有过婚史?

A 离过1次婚的男人是个宝。

B 原谅我此生放纵不羁爱自由。

C 不怪他(她),怪就怪最懵懂时认识最懵懂的你。

D 从不主动离婚,从不被动离婚,随缘。

5. 以下哪种行为可能会是你的行为?

A 结婚登记当天去买房。

B 婚前房子未做过财产公证。

C 结婚后购房只写女方名字。

D 不接受父母为房屋首付的借款。

6. 通常,你想到离婚,要告知对方,会用以下何种风格?

A (老娘)过不下去了,守活寡,离婚!

B 你当朋友挺好的,当我老公(婆)是一场灾难。

C 我想过了,我们不太合适。

D 我觉得自己越来越配不上你,要不休了我吧。

7. 说到离婚,最让你不安和恐惧的是什么?

A 婚前没做财产公证。

B 一起生活的记忆和习惯,时时提醒你,你要孤身一人。

C 怕老婆给你戴绿帽子。

D 没啥恐惧,只有离婚那刻恐惧,过去了就麻木了。

8. 离婚后,遇见丈母娘(或婆婆)问起离婚缘由,你如何回答?

A 别问我,问你家熊儿子(女儿)去!

B 你儿是畜生,当你面,我也这么说!

C 我答应过他不说的,缘分尽了,不要强求。

D 阿姨,我们只是都想换一种生活。

9. 以下哪些话,是你发现老公有小三后,适合"劝退"小三的话?

A 我只要掰一根手指,要你死得很难看。

B 我的男人你也敢抢,你活腻了!

C 小妹,这是他第五个了,我数着数呢,你考虑下。

D 他和我说了很多你的小秘密,想知道吗?

10. 如何对你幼小的孩子（或假象中的孩子）解释自己离婚的事？

A 爸爸不要你了，妈妈会照顾你的。

B 爸爸去了一个很远的地方，只能偶尔看看你。

C 爸爸和妈妈分开住了，你有两个地方可以去了。

D 爸爸妈妈闹别扭，分开了。

11. 离婚之后，第一件事情是什么？

A 去旅行一段时间。

B 见人倾诉一番，宣泄情绪。

C 秘而不宣，找回原来的朋友圈。

D 立刻找一段新的感情，即使只是暂时的。

12. 遇到离婚财产争议，如何对待？

A 大骂对方白眼狼，到对方单位闹。

B 描述这些年不容易，赢得同情。

C 拖住对方，有争议就先搁置，不离婚。

D 以律师对律师，不伤和气。

13. 面对离婚后企图轻生的妇女，你如何安慰？

A 给她一耳光，打醒她，为男人死够贱！

B 告知她老公，解铃还需系铃人。

C 介绍合适的心理医生给她。

D 带她出去放纵放纵,见见世面。

14. 你不小心在朋友圈给最好朋友(闺蜜)的离婚消息点了赞,如何补救?

A 偷偷收回"赞"。

B 专程发私信说错误操作。

C 不解释,内涵贴。

D 评论"恭喜你,恢复自由"。

15. 以下哪个品牌的广告口号最符合你的离婚理念?

A Obey your thirst.(服从你的渴望。)

B 对我而言,过去平淡无奇;而未来,却是绚烂缤纷。

C 一切皆有可能。

D Just do it.

16. "祝你幸福婚姻事务所"收取的基础费用是5000元起,如果不能骂人,你愿意说点什么?

A 那我就没啥好说了。

B 不要放弃治疗。

C 能花钱买来的,那都不叫问题。

D 祝您全家幸福。

1—15 为 A（1分）B（2分）C（4分）D（6分）

16 为 A（1分）B（5分）C（8分）D（10分）

把每道题得分依次相加，最后得出总分。

80分以上　离婚达人

您的离婚情商超乎常人，假如您正处于"离婚瓶颈"，请果断离婚，莫犹豫！只有您误伤人家的份儿，你的伴侣需提防，但我们相信，虽有凶器，未必都会伤人。事事周备，件件提防，活得太累。请您学会宽容和谅解，即便吃点亏。人生里，偶尔吃一次亏，会让你的生命更加充沛完整。离婚不仅是一种关系的结束，更是一种反省未来生活的契机，像闪电转瞬即逝，且行且珍惜。

70—80分　离婚战士

你一生都在战斗，虽然战绩平平。你需要谨慎离婚，不能被情绪左右。在理智占据内心的时候，问问自己，婚姻的意义在哪里？摆出类似"思考者"的pose，用手顶住你沉重的脑袋，思考一下你的筹码有多少？你引以为傲的资本有多少？你重新开始的勇气有多少？婚姻是一座险滩，离婚需谨慎。再考虑考虑!

60—70分　离婚百姓

没有高潮，没有低谷。大部分人的婚姻是平庸乏味的，是一连串的烦恼人生。离婚对你，更多是一种不愿意改变的改变，不愿意动荡的动荡。不愿意割舍的割舍。你需要一种理想的爱情，一种理想的人生，可惜现实无法提供。离婚只能让你摆脱一种关系，却无法供应理想的生活。请你铭记：离婚的动机，是寻找理想的生活，而不是逃避自己。

60分以下　离婚智障

你严重缺少离婚情商。对你来说，无痛离婚只是一个美好愿望。你要么是一个离婚的逃避者，要么是离婚最大的受害者。建议你多读读策略类读物，苦练内功，十年之后，才是出关之时。我们不忍心把你定位为"离婚方面的低能儿"，我们更愿意这么说，你是在伊甸园里唯一不受人世间邪恶沾染的苹果。不要因为你善良懵懂，就肆意践踏你的良知。不要放弃治疗，你行的!

【小引】张扬律师是我生活上的朋友，也是最早激发我写"马力"这个离婚律师的灵感来源。他思路清晰，小说里的故事纯属虚构，但真实生活里的律师会给你的离婚诉讼带来哪些"干货"？这15个暗门操作，涉及新婚姻法最关键的部分，是行走江湖必备的"秘笈"。

律师告诫你离婚操作的15个暗门
——新婚姻法解读最"硬"干货

张 扬

暗门1：存款往前查，锁定"前1年收支记录"

分家产，需要查银行存款，通常就是把掌握的对方账号提交法院查询。这时候很多人却不懂得"往前查"的技巧！"往前查"就是向法院申请查询往前一年的款项收支记录（当事人提出申请后，通常法院会接受；否则法官当然不管，也不会提醒你）。往前查的好处是：如果诉讼之前对方有大额资产无理由划出，你可以告他转移财产，一旦被法院认定就可以要求对方"少分或不分"家产了。即便"转移"未被认定,他大额的金钱划出又讲不清用途的,你也可以要回其中的一半。

暗门2:财产如何分给孩子

分家时经常有父母提出:把一套房产留给小孩。这样可操作吗?如果小孩的抚养人把房卖了又怎样?如果要求法院把房产写在第三人名下,法院判不了,所以只能通过男女双方协商一致进行处置,同时还可签订对小孩财产的保护条款,如抚养人未经另一方书面同意不得处理小孩财产,否则可以怎么追究等等。至于写下来能否被遵守则是另一问题,写明约定的总是比不写的要好。

暗门3:买房若以结婚为目的则判为"共同财产"

房子现在最值钱,以往结婚八年就变为共有了,现在是婚前是谁的就永远都是谁的,有准丈母娘打听:"他有没有房?是不是供的?"其实这时人家有房是婚前的。婚前一方名下的房子,婚后再供,离婚了房子怎样分?答案还是在谁的名下归谁。婚后一起供房的一方虽然没有产权,但可以要求另一方支付一些经济补偿。目前有的法院会认为买房子若是以结婚为目的的,就判定为共同财产(有明确约定是个人财产的除外)。

暗门4:如何判断房子是婚前财产还是婚后财产

婚前交了房钱,婚后才拿房产证,证上只有一个人的名字,这算婚前的房还是婚后的房?其实房子的诞生日是在房管局登记的那一天。你可以翻开房产证看一下,不是看签合同的那一天,也不是发房产证的那一天,而是房产证上面写的"登记日期",法院通过看登记日期来判断房产到底是属于婚前还是婚后。

暗门5:买父母房改房不过户的风险

两人结婚,如果没有特别约定的,两人的钱都属于夫妻共同财产,如果出资购买以一方父母名义参加房改的房屋,产权登记在一方父母名下的,离婚时另一方主张按照夫妻共同财产对该房屋进行分割,法院是不会支持的。法院对这种纠纷只会判决归还当时买房的出资。

暗门6：父母赠房如何处理

两人结婚后，一方父母出资为自己的孩子买房，以前算是共同财产。新的婚姻法有改变，如果婚后由一方父母出资为子女购买的房产，产权登记在出资人子女名下的可视为只对自己子女一方的赠与，该房产只是个人财产。若是由双方父母共同出资购买的房产，产权登记在一方子女名下的，该房产就按照双方父母出资的份额进行按份共有的认定，这是一般原则，大家也可以事先签合同约定。离婚律师提醒，父母帮自己的子女出资买房，一定要保留自己出资的证据，例如转账凭证、大家签名确认的协议等等。

暗门7：婚姻存续期间可以"分家"的几种情况

夫妻不离婚，但是能否分割财产呢？法律规定只有下面两种情况且不侵犯第三方债权人的时候就可以向法院主张两人"分家"：（1）一方有隐藏、转移、变卖、毁损、挥霍夫妻共同财产或者伪造夫妻共同债务等严重损害夫妻共同财产利益行为的。（2）一方负有法定抚养义务的人患重大疾病需要医治，另一方不同意支付相关医疗费用的。

暗门8："净身出户"的承诺有效吗

现在看电视讲到离婚的剧情，动不动就要别人净身出户。"海枯石烂"可以随意说，"净身出户"不能随便写。两人结婚其实也是建立了一种合同关系，约定自己婚后如有过错就离婚净身出户的，其实是一种惩罚性的约定，之前有判决认可，也有判决不认可的。这到底是怎么回事？行还是不行？其实这类"不确定"的答案在司法实践中太常见，法律界的普遍说法叫"有争议"，民间的说法则是"官字两个口"，法院的表述是"自由裁量权"。因此，不想找麻烦的，写的一方要想好，被写的一方也要实际些。这才是我们自己能把握的。

暗门9：配偶发生外遇，可以要求怎么赔

离婚时双方是可以私下协商财产的分配问题的，可以将原本属于一方的财产分给另一方。所以有些人在离婚前，会提前做好取证的准备（例如委托他人调查另一方的出轨情况），一旦手上握有将对方抓奸在床的证据，对外遇的一方就能造成非常大的压力，被曝光了甚至有可能工作不保，这时出轨者在分隔财产的谈判中大多都会做出很大的让步。能不能再给出轨者一点惩罚,要他们额外支付损害赔偿金呢?如果只是偶然的外遇,还没有达到重婚或与他人同居的这种严重程度的,法院一般不会判损害赔偿金。即使有的法院偶尔判赔,判得也很少,一般也就三五万块钱而已。

暗门10:妻子有权决定是否堕胎

妻子决定堕胎,丈夫不同意而向法院起诉要求妻子支付损害赔偿金的,法院不会支持。试想,如果丈夫以这种侵犯生育权为理由起诉要求妻子赔偿,法院该怎么衡量判赔标准呢?所以说既然难判,索性直接立法禁止这种判赔。如果夫妻两人因为生育问题无法达成一致,一方提出离婚的,可以此为理由向法院提出夫妻两人的感情已破裂,一般法院会支持离婚的。

暗门11:亲子鉴定的重要性

如果一方怀疑孩子不是自己亲生,从而起诉到法庭要求确认自己与孩子没有亲子关系的,首先需要有一些基本的证据可以向法院说明。这个时候,法院会要求夫妻对孩子进行亲子鉴定。因为法官不能仅凭双方的说辞和一般的证据来认定，他只能依靠科学的鉴定报告作出判决。但是如果另一方不同意做亲子鉴定又没有其他相反证据可以推翻对方的，法官会直接推断其内心"有鬼"，从而判决原告胜诉，认定他与孩子没有亲子关系。

暗门12：小孩的抚养权法院怎么判

（1）一切以有利于小孩成长为判决原则。这是这项内容处理的基本要求。（2）2岁以下的孩子跟母亲多些，尤其是哺乳期内，女方要带，男方很难争。（3）孩子2—10岁，考虑父母各自的情况，谁条件好小孩跟谁。考虑因素包括工作是否稳定、居住环境如何等等。（4）10岁以上的孩子，遇到这种情况一般会征求小孩意见，父或母自己去征求小孩的意见不妥，直接带小孩找法官说也要看那个法官的态度（小孩不能出庭），较稳妥的做法是找老师向小孩问询并作记录。如果小孩大了，判给谁已不再那么重要，他爱去哪就去哪，至于判决书怎么写没用，毕竟法官不会帮你去抓小孩的。另外离婚律师提示，如果之前曾分居的，小孩谁带着谁就占优势。

暗门13：孩子抚养费的计算方法

一般的做法是按照不抚养一方收入的百分之二十至三十来计付。所以会发现当一方在法庭上要求另一方支付孩子抚养费时，另一方会举出很多证据来证明自己的工资很低。但是上面说的也只是通常情况，你月收入十万，法院也不会判你给三万，抚养费只是给小孩的花费，而不是用来养大人的。另外，通常抚养费是正常情况下的开支，如果发生重病等大额支出的应当另行考虑分担，还有像"择校费"之类非必须的费用，双方协商不成的话就适用谁主张谁支付的原则处理了。

暗门14：孩子的探视权是怎样的

离婚涉及到孩子的，一方拿到抚养权另一方当然就有探视权。但因为现在法官的判决判得都不具体，时常出现探视不畅、责任难分的状况。对于争夺抚养权失败的一方，充分的探视保障是其要求的最后底线，探视问题不解决好，对大人是困扰的继续，对孩子的成长更是不利。离婚律师在这里指出：当自己依判决行使探视权受阻的，一定要收集证据，比如找证人或进行必要的拍照、录音等等。当证据证实对方违反探视判决的,即可向法院申请执行。法院不能帮你去把小孩抓回来,但可以训诫大人,严重的还可以拘留抓人。更为重要的是,当这样的事件发生两三次后,还可以向法院申请变更小孩的抚养权,想自己带小孩的机会就来了。

暗门15:异国(地区)婚姻的烦恼

中国大陆人与非中国大陆人士(包括外国人、港澳台籍人士)在境外登记结婚的,离婚时会存在对大陆地区财产处理上的困难。因为在境外登记结婚,离婚的时候,在大陆是无法办理离婚手续的,在境外办好的离婚文件(如法院离婚判决),拿回大陆并不直接可以使用,还需要去法院办理认证,手续非常繁琐。在境外登记结婚的,如果大陆地区夫妻之间有财产的,还是应该回大陆办一次结婚登记,这样日后如果离婚的时候,容易处理夫妻的财产。当然,结婚的时候恩恩爱爱,谁都不会想到日后离婚的悲剧会发生在自己身上。

张扬

广东粤广律师事务所律师。执业至今办理了大量诉讼案件并曾在大学担任兼职老师。目前担任了南方都市报及其关联公司等多家公司资深法律顾问,同时也是广州部分社区和村委的法律顾问。

张扬律师在工作之余受邀在报纸、电台以及电视节目上进行热点新闻法律点评,处理大量离婚诉讼案件。

【小引】认识 Anovia 的时候，她穿着一件机车夹克，无法想象这样范儿的女孩是一名"职业占星师"。双鱼座的她毕业于英国国际占星研究院（Academy of Astrology），主要研修现代占星学、时辰占卜等，需要处理大量的情感决策和咨询问题。我是该分手还是不该分手？我怎么能解救自己不幸的婚姻。Anovia 说，占星师无权帮助任何人做决定，占星师只能告诉你星盘上看到的世界，最终由你自己做出决定。占星只是一种辅导。

占星师给婚姻危机中人的黑暗料理

许多遇到情感危机的人，都同时想到占星，唯有这种耳熟能详的"鸡汤"可以慰藉焦虑的灵魂。Anovia 告诉我，从实际咨询情况看，占星确实可以运用于婚姻的调解中，不过占星师不会提供一种安慰剂，占星师更多的是告诉你世界残酷的真相。占星的鸡汤才是真正黑暗系料理，当你明白面对真相远比逃避现实重要时。

因占星师与客户有严格的保密协议，故而无法透露具体案例。Anovia把一些咨询后的"黑暗心情日记"摘记如下,管中窥豹。同时删去一些占星专业性较强的成分,更适合一般大众读者理解。

1. 占星学用一种象征式的手法描绘出宇宙法则运转的规律。它并不是信仰本身,信仰不会像一个方法,有逻辑、有步骤、需要理据。信仰就是更直观的感受,你不需要变着法证明它对或合理,你就是知道,并且笃定。而最终令你臣服的不是某种工具和方法,而是背后更宏大的法则,那令你知晓"有所为,有所不为"之道。

2. "白羊就是二百五,巨蟹只会哭哭哭,天蝎就知道啪啪啪,射手永远不靠谱,水瓶都是神经病,双鱼从来不着调。"只能看见负面影响的人我都替你着急,自己是要多迟钝多low,才能允许一堆负能量爆棚的人天天围绕在你身旁给你不停地加深这样的印象。

3. 有时错误带来的智慧和收获会比正确更可贵,因为错误会用尽所有的方式让你知道、觉察。正确的事是我们很少去正视的东西,因为太轻松,所以没必要。放心,神在为你关上一道门的同时还会掩住一扇窗,逼得你只得在黑暗中掘地自救,而后你会发现挖着挖着就把自己埋了。

4.有姑娘问感情是不是真的该"随遇而安"。"随遇"我见过很多,"而安"基本没有见过。无论在生活或工作里都有很多"随遇"更多被演绎成根本不知道自己要什么,所以永远在"不安"之中。随遇而安是豁达,可对很多人来说,先弄清楚自己所要的,能抓住的,可努力的部分,比给自己灌输"要豁达"有意义得多。

5.你是谁。你从哪里来。要到哪里去。这简直就是人生三大最残酷的问题,每次被问到的时候整个人状态都不好。这是门口保安大叔也经常问的问题。

6.常常会有人问,除了离婚,还有其他的选择么?当然,选择可以有很多。但从理性角度和结果导向来讲,最佳选择从来只有一个,而能不能选上是运气和智慧相结合才能做得到的。何况,最佳选择也未必是一项最容易完成的选择。你想要舒服,不付出太多,你还想要尽善尽美,那不是美好的期待,那叫作不合理的欲望。

7.卖苦在这个国度里一直都是吃香的,因为大部分人都逃离不了生命里曾经的阴影,无论生活晋级到什么优越的程度,那个"苦"感都能随时随地爆出来,杀死所有的灵、悟、温柔和浪漫,妥妥地。

8. 日巨蟹月水瓶的人，不说话不辩解的动机从不是"含忍"，而是"逃避"。月水瓶会坚持自己认为对的理念，即使犯众憎也在所不惜；可日巨蟹承受不了重压，防御系统全开时就是藏躲。所以他被追着骂不还嘴，跟"包容""忍耐"半点关系没有，他的动机就是让我一个人躲到风波过去。

9. "生存"是"我得活下去"，这是火星的感受。"生活"是"要设法活得高明"，这是金星的艺术。争取在后者里做个令自己振奋的人吧。

10. 无论是在哪一个星座里，火星行运经过土星（甚至本命盘里有着火土相位）都会用最直白的方式检验你的抗压能力，而抗压能力，永远和你的生活质量成正比，在这一点上，谁也帮不了你。

11. 爱过，恨过，反抗过，离开过，归来过，重建过，最后才能真正懂得你爱、恨、毁、离和再爱过的一切，才有智慧懂得做之后的每个选择。因为是靠你手，靠你心，一点点争取回来，所以格外了解，格外真实。真正属于你的，永不会烟消云散，而不属于你的，失去也不必惋惜。

12. 到底有没有命运呢？在我的观念里，命运一直都是存在的。有命运，从不是一件坏事，生活对真正追随自己天命的人往往很慷慨，而那些常哀怨命运多舛的，往往都是野心大于实现能力的"不认命"之人。有时我会很想说：分清楚，哪些只不过是因为种种比较之下的"欲望"，哪些是真正的"自由"。

13. 有时离开不适合的选择，就是最适合的选择。作为卜卦占星师，有时的确需要面对一些不那么愉快的现实和结果。希望咨询人有勇气做出属于自身最好的选择。祝福。

14. 那些害怕被别人控制自己或人生的人，往往是首先把主动权交给别人的人。你弃权还不许别人跑，这是怎样的歪理。

15. 每天都想做个更有价值的自己，成长跟煽动、鸡血无关，成长跟不停地给自己制造幻境更加无关。成长就是不停地认清楚你想要的，你能做到的以及你必须接受的。这并不代表你不经努力便向命运屈服，而是看清想透之后接纳和臣服于那些远比个人更高的法则。

16. 在希腊古都特尔斐的阿波罗神庙里，镌刻这样的话："Know Thyself. Nothing in Excess."凡人都会有错，所以要了解自身的局限性，既然你是人不是神，那么就要适可而止，不要走极端。

17. 任何事，令你开心的，当作福气，令你不开心的，当作经验。福气或经验,任有一样也是好的,最怕的是,一路走来,你一无所有。

18. 在关系中,我一向不赞成把焦点放在努力取悦对方身上,这种模式通常越往后收益性越小。亲爱的,把你的精力从与其他女人搏斗转向与世界搏斗上吧。等你得到了世界,自然不缺男人。到时候,不必和另外一个或几个女人争一个男人。因为谁不来取悦你,你大可不带他们玩儿。

19. 真相这种东西,除非亲身经历,否则永远像是隔着一层看不清的雾气。你所知道的真相,有时只是别人想要让你知道的真相,一些看起来很合乎逻辑的,有说服力的所谓事实。而事情的真实面目,唯有置身其中的人才有资格评断。这个世界可以有很多观点,观点可以有对有错。观点不等于真相,真相也不会受观点影响。

20. 最后,祝福你,婚姻!

Anovia Ma,职业占星师

毕业于英国国际占星研究院,主要研修现代占星学、时辰占卜,韦特塔罗牌以及透特与卡巴拉课程。四年时间内以全优成绩毕业。之后跟随台湾知名占星师、心理咨询师 Claire

老师，学习心理占星学。

目前在英国国际占星研究院，跟随英国顶级草药疗法医师、英国知名传统以及医疗专业占星师马可仕老师研习欧洲传统医疗占星学。同时还撰写占星专栏，与《COSMO时尚》《悦己SELF》《YOHO潮流志》《香港文汇报》《女友》等媒体合作。

一种高级定制的"离婚服务",你知道吗?

自从我写了一本离婚小说《离婚找导师》,离婚导师成了热门关键词。小说描述的是一位心理学家、一个占星师、一位律师、一位居委会大妈等"闲杂人等"构成一家名为"祝你幸福"的离婚公司,离婚智囊团的创意不胫而走。

朋友圈的占星师朋友 Anovia 小姐,律师张扬兄见之以为新鲜,这种"打包"服务在中国还没人吃螃蟹,于是大家一阵闲聊,决定开干。我们将用各自知识背景,为那些处于离婚纠结中的女性,献上我们的"高级离婚定制服务"。

女性作家 + 占星师 + 律师 +……= 全方位的离婚咨询套餐

颜桥,小说家、创意人。具有多年情感专栏写作经验及女性品牌创意素养,用女性作家及品牌创意人经验提供一次惊艳的疗伤。为您提供价值 6666 元的咨询服务。

公众微信号：yanqiaotime 或 颜桥私时光
微博：@颜桥

Anovia，职业占星师。透过解析星盘符号，看过许多悲欢离合。擅以七分警醒，三分治愈之言作情感预测与婚姻咨询。为您提供价值6666元的咨询服务。
邮箱：anovia_ma@163.com
微博：@Anovia

张扬，知名律师。处理大量离婚诉讼案件，对婚姻法律业务谙熟于心。为您提供价值6666元的咨询服务。
邮箱：zhangyva@foxmail.com
微博：@张扬律师

参与规则：
1. 购买本书并仔细阅读别册内容。
2. **参与前提：** 手机自拍图书封面实景（非图片），自拍购物发票或保留网站支付截图皆可（三选一）。
3. **介绍个人状况的信件：** 介绍你个人婚姻状态及离婚服

务诉求（不论心理层面还是实务方面，务必文字精短，字数控制在500字以内。为保护隐私，可使用网名，但须确保能联系到您本人），连同第2条的相关图片作为附件，发送邮件至：dianzituokouxiu@163.com

我们将在4个月内（截止到4月31日），从众多读者来信中选出一位幸运读者，为您解决人生困境。附送一套价值2万元左右的离婚咨询服务，如果您信赖我们，请写信给我们。

离婚不是逆境，离婚是一种新的起航。祝福每一位婚姻遇到险滩的人们，面对改变，人生可以柳暗花明。

离婚高级订制三人组